中國文史經典講堂

唐宋散文選評

中國文史經典講堂

唐宋散文選評

編選單位　中國社會科學院文學研究所

主編　楊義　副主編　劉躍進

選注・譯評　陳鐵民　陳才智

責任編輯　　　崔　衡
裝幀設計　　　鍾文君

書　　名　中國文史經典講堂・唐宋散文選評
編選單位　中國社會科學院文學研究所
主　　編　楊　義
副 主 編　劉躍進
選注・譯評　陳鐵民　陳才智
出　　版　三聯書店（香港）有限公司
　　　　　香港鰂魚涌英皇道 1065 號 1304 室
　　　　　JOINT PUBLISHING (H.K.) CO., LTD.
　　　　　Rm. 1304, 1065 King's Road, Quarry Bay, Hong Kong
發　　行　香港聯合書刊物流有限公司
　　　　　香港新界大埔汀麗路 36 號 3 字樓
　　　　　SUP PUBLISHING LOGISTICS (HK) LTD.
　　　　　3/F., 36 Ting Lai Road, Tai Po, N.T., Hong Kong
印　　刷　深圳中華商務安全印務股份有限公司
　　　　　深圳市龍崗區平湖鎮萬福工業區
版　　次　2006 年 9 月香港第一版第一次印刷
規　　格　大 32 開（140 × 210mm）312 面
國際書號　ISBN-13: 978.962.04.2575.2
　　　　　ISBN-10: 962.04.2575.8

主編的話

中國正在經歷着巨大的變革，已經成為全世界矚目的焦點；中華民族創造的輝煌文化也日益顯現出它的奪目光彩。華夏五千年文明，就是我們民族生生不已的活水源頭，就是我們民族卓然獨立的自下而上之根。

"問渠哪得清如許，為有源頭活水來。"

為探尋這活水源頭，為培植這生存之根，中國社會科學院文學研究所成立五十多年來，一直把文化普及工作放在相當重要的位置，並為此作了大量的、卓有成效的工作。早在二十世紀五六十年代，文學研究所就集中智慧，着手編纂《文學概論》、《中國少數民族文學史》、《中國文學史》、《中國現代文學史》等通論性的論著。與此同時，像余冠英先生的《樂府詩選》（1953年出版）、《三曹詩選》（1956年出版）、《漢魏六朝詩選》（1958年出版），王伯祥先生的《史記選》（1957年出版），錢鍾書先生的《宋詩選注》（1958年出版），俞平伯先生的《唐宋詞選釋》（初名《唐宋詞選》，1962年內部印行，1978年正式出版），以及在他們主持下編選的《唐詩選》等大專家編寫的文學讀本也先後問世，印行數十萬冊，在社會上產生了廣泛而又深遠的影響。進入新的時期，文學研究所秉承傳統，又陸續編選了《古今文學名篇》、《唐宋名篇》、《台灣愛國詩鑒》等，並在修訂《不怕鬼的故事》的基礎上新編《不信神的故事》等，贏得了各個方面的讚譽。

擺在讀者面前的這套"中國文史經典講堂"依然是這項工

作的延續。其編選者有年逾古稀的著名學者，也有風華正茂的年輕博士，更多的是中青年科研骨幹。我們希望通過這樣一項有意義的文化普及工作，在傳播優秀的傳統文學知識的同時，能夠讓廣大讀者從中體味到我們這個民族美好心靈的底蘊。我們誠摯地期待着廣大讀者的批評指正。

目　錄

唐　代

宋　代

前　言

　　古代漢語在文體意義上使用的"散文"一詞，最早源於佛經翻譯，唐代宗李豫《密嚴經序》云："夫翻譯之來，抑有由矣。雖方言有異，而本質須存。此經梵書，並是偈頌。先之譯者，多作散文。蛇化為龍，何必變於鱗介；家成於國，寧即改乎姓氏。矧訛略輕重，或有異同，再而詳悉，可為盡善。"（《全唐文》卷四十九，中華書局影印本547頁）不過，《全唐文》中，也僅此一例而已，大家使用更多的還是"古文"一詞。

　　北宋時期"散文"一詞的用例也不是很多，畢仲游（-1082-）《西台集》卷一云："至於詩賦則有聲律而易見，經義則是散文而難考。"鄧肅（1091-1132）《栟櫚集》卷四《昭祖送韓文》云："古來散文與詩律，二手方圓不兼筆。"

　　至南宋，"散文"才被普遍賦予了文體學的意義。從語境看，大都是與詩、對文或四六（駢文）對舉的，其涵義是指句式參差不齊的散體文。按照時序，可以大致舉例如次。楊萬里（1127-1206）《誠齋集》卷一百六十《答棗陽虞軍使》："下問詩之利病，知非肝鬲上之語，敬陳所見。寄大兒七字甚奇古，如分公十四字，渾成雅健，使山谷見之猶應擊節，'務官'二句乃散文語，前輩固有偶出此體者，如木之就規矩，然吾曹不可學也。"朱熹（1130-1200）："散文亦有押韻者，如《曲禮》'安民哉'協音'茲'，則與上面'思'、'辭'二字協矣。"（《朱子語類》卷八十，中華書局王星賢點校本第六冊2081頁）"後山（陳師道，1053-1102）雅健強似山谷（黃庭堅，1045-

1105），然氣力不似山谷較大，但卻無山谷許多輕浮底意思。然若論敘事，又卻不及山谷。山谷善敘事情，敘得盡，後山敘得較有疏處。若散文，則山谷大不及後山。（[陳]淳錄云：後山詩雅健勝山谷，無山谷瀟灑輕揚之態。然山谷氣力又較大，敘事詠物，頗盡事情。其散文又不及後山。）”（同上，卷一百四十，中華書局王星賢點校本第八冊 3334 頁）陸九淵（1139-1193）《象山集》卷十二《與饒壽翁》：“近見與持之書及詩文，其間粗存大旨，雖不及詳看，要亦不必詳看。詩似有一篇稍佳，餘無足采。大抵文理未通，散文字句窒擬極多。”（中華書局鍾哲點校本 166 頁）曹彥約（1157-1228）《經幄管見》卷二：“聲律起於風雅頌，散文起於典謨訓誥。” 王若虛（1174-1243）《滹南遺老集》卷三十六：“歐公（歐陽修，1007-1072）散文自為一代之祖，而所不足者，精潔峻健耳。” 同上卷三十七：“揚雄之經、宋祁之史、江西諸子之詩，皆斯文之蠹也。散文至宋人始是真文字，詩則反是矣。” 魏了翁（1178-1237）《春秋左傳要義》卷首：“對文則別，散文則通。” 孫奕（-1190-）《示兒編》卷十：“至如‘前日之事，今日不行；今日之事，後來必更。’ 此是有韻散文也。施之文卷中，人將罔覺。” 羅大經（1195？-1252？）《鶴林玉露》甲編卷二“劉錡贈官制”：“益公（周必大，1126-1204）常舉以（原文作似，疑誤）謂楊伯子（楊萬里子楊長孺）曰：‘起頭兩句，須要下四句議論承貼，四六特拘對耳，其立意措詞，貴於渾融有味，與散文同。’”（中華書局王瑞來點校本 27 頁）同上丙編卷二“文章有體”：“楊東山（楊長孺）嘗謂余曰：‘……山谷詩騷妙天下，而散文頗覺瑣碎局促。’”（同上

265頁）王應麟（1223-1296）《玉海》卷二百二《辭學指南》：
"東萊先生（呂祖謙，1137-1181）曰：'詔書或用散文，或用四六，皆得。唯四六者下語須渾全。不可如表，求新奇之對而失大體，但觀前人詔自可見。'""散文當以西漢詔為根本，次則王岐公荊公曾子開詔。熟觀然後約以今時格式。不然則似今時文策題矣。"黃震（1213-1280）《黃氏日抄》卷六十二"讀文集‧蘇文‧表狀"："此與散文無異，不過言理但取其齊比易讀。蓋表啟本如此。""皆散文之句語，相似而便於讀耳。陸宣公奏議體也。"同上卷六十三"讀文集五‧曾南豐文‧制誥"："制誥多平易，特散文之逐句相類者耳。"同上卷六十四"讀文集六‧王荊公"："外制召試三道其二，以散文為之。""公之啟，皆平易如散文，但逐句字數相對，以便讀耳。"同上卷六十七"讀文集九‧范石湖文"："外制從官用偶句，餘多散文。"羅璧（-1279-）《識遺》卷二："駢儷貴整，散文忌律，各有當也。"龔昱編《樂菴語錄》卷一："散文自有聲律，如《盤谷序》、《醉翁亭記》皆可歌。"陳叔方《潁川語小》卷下："至歐陽文忠公作《醉翁亭記》，乃散文爾。"謝采伯《密齋筆記》卷三："四六本只是便宣讀，要使如散文而有屬對乃善。"楊伯嵒（？-1254）《臆乘‧經史字音》："經史中字注音韻，世人流傳訛舛，不以為嫌。談話及散文中用之，故無害。若夫對偶與夫押韻，詎可不審哉？"（元陶宗儀《說郛》卷十一上）

　　但是，本書書名中的"散文"，取義於現代西方文學理論的概念，即與詩歌、小說、戲劇文學並列的一種文體樣式，涵蓋了上面所說的散體文（古文）以及駢體文（今文）、賦體文。

唐宋是中國散文發展史上重要的轉折期。散文發展到唐宋，開始真正從經史子中分離出來，由應用性向文學性轉變，由著述體向篇什體轉變。散文於傳統的著書立說之外，在日常生活中找到了寫景、抒情、言志的廣闊園地，成為一種獨立的文學體裁，有了其獨立的審美價值。

　　在這一轉變歷程中，有一條明顯的主線，即散體和駢體這兩種基本語言體式的相互對立、爭雄和相互交融、影響。先秦之文，奇句和偶句交錯相參，用散用駢，一任自然，是駢散未分的時代。兩漢之文，賦體獨尊。漢末魏晉，文尚駢偶，繼而講求藻飾、隸事、聲律，至六朝，成為駢文極盛的時代。唐宋時期，出現了兩次在語言上反駢復古的"古文運動"。一次在中唐時期，以韓愈、柳宗元為代表；一次在北宋中葉，以歐陽修、王安石、三蘇和曾鞏為代表。

　　文體意義上的"古文"一詞，是韓愈的發明。他在《題（歐陽生）哀辭後》中說："愈之為古文，豈獨取其句讀不類於今者耶？思古人而不得見，學古道，則欲兼通其辭；通其辭者，本志乎古道者也。"而有意識地對"古文"加以界定者，有北宋柳開（947-1000）的《應責》："古文者，非在辭澀言苦，使人難讀誦之。在於古其理，高其意，隨言短長，應變作制同古人之行事，是謂古文也。"

　　中唐和北宋這兩次古文運動，均與當時的儒學復興密切相關，因此，其理論核心都是文以明道，以文載道。道，簡而言之就是道義，關乎個人的是價值理想，關乎社會的是政治理想。文以明道，就是主張寫文章要體現作者的價值追求；文以載道，就是要考慮國家的政治民生。而韓愈所云"學古道"，其外在的出發點和落腳點，就在於效古之文，即反對當時文壇的主流樣式駢文，倡導先秦兩漢以來的、以散行單句為主的古文。以復古為旗幟，實際上則是對散文文風、文體和文辭加以全面革新。

從駢散體式變遷演進的大勢看，唐宋正處在由駢文為主演變為古文為主的過渡期。在這前後六百餘年間，駢體、散體始終同存並峙，各放光明，儷辭、古文相互交織，彼此依存，共同構成了唐宋散文的絢麗圖卷。至於賦，唐有律賦，宋有文賦，二者都介於散體文和駢文之間。與駢文相比，在修辭上，賦以鋪陳為主，駢文以對仗為主；在句法上，賦以排比句為主，駢文以對偶句為主；在音律上，賦除平仄外還要求句尾押韻，駢文有時要求平仄而不求押韻；在題目上，絕大多數的賦以"賦"命題，駢文則沒有固定的標誌；在功用上，賦用於描寫與抒情，駢文除此二者還可議論並充當應用文。

唐文和宋文的風格和面貌有很大的區別。唐文斂，宋文縱；唐文緊，宋文疏；唐文雄健奔放，宋文平實曉暢；唐文奇崛簡峭，宋文紆徐含蓄。清代袁枚《與孫俌之秀才書》稱："大抵唐文峭，宋文平；唐文曲，宋文直；唐文瘦，宋文肥；唐人修辭與立誠並用，而宋人或能立誠，不甚修辭。"錢鍾書在評價宋代散文時則說："韓愈認為'文無難易，唯其是爾'（《答劉正夫書》）。宋代散文家只提倡他的'易'的一面——'句易道，義易曉'（王禹偁《小畜集》卷一八《再答張扶書》），放棄了他的'難'的一面，略過了他所謂'沈浸醲郁'，而偏重他所謂'文從字順'。這符合於而且也附和了道學家對散文的要求：盡去'虛飾'，'詞達而已'（周敦頤《通書》第二八章）。

所以宋代散文跟唐代散文比起來，就像平原曠野跟高山深谷的比較。……宋代散文明白曉暢、平易近人，是表達意思比較輕便的工具。"（中國社會科學院文學研究所中國文學史編寫組編《中國文學史》，人民文學出版社1998年版634頁）

唐宋散文作者合計約一萬三千五百多人，作品約十二萬二千八百多篇。其中據平岡武夫主編《唐代的散文作家》、《唐代的散文作品》統計，《全唐文》、《唐文拾遺》、《唐文續拾》共收作者三千五百十六人，作品二萬二千八百九十六篇。正在出版的《全宋文》作者約一萬人，收文約十萬篇。在這為數眾多的作家之中，"唐宋八大家"代表了唐宋散文的最高成就。"唐宋八大家"的提法，出自明中葉"唐宋派"文學家茅坤的《唐宋八大家文鈔》，但可溯源至南宋。呂祖謙《與內弟曾德寬》書謂："且讀秦、漢、韓、柳、歐、曾文字（四六且看歐、王、東坡三集），以養根本。"（《東萊別集》卷十）他奉宋孝宗旨意編定的《皇朝文鑒》（《宋文鑒》），選宋初至南渡前作者三百一十三人的詩文兩千四百零一篇，歐陽修、王安石、三蘇、曾鞏六家九百零一篇，佔全書大部分，是後人以整體認識宋文六家的肇始，也是唐宋八大家成立過程中的重要一環。他還選有《古文關鍵》，其"總論"部分，評議了唐宋古文十二家，有《看韓文法》、《看歐文法》、《看蘇文法》等，揭示了他們的傳承關係，指出各人在古文運動發展中的成就、地位和作用，首次清理了唐宋古文運動發展的軌跡。"文選"部分，則選錄了韓愈、柳宗元、歐陽修、三蘇、曾鞏和張耒的文章。明初朱右承其意，編《唐宋六家文衡》，以王安石替代張耒，以"蜀蘇氏父子"三家為一，實即韓、柳、歐、曾、王和三蘇八家（《唐宋六家文衡》今不傳，參見明代貝瓊《唐宋六家文衡序》）。其後唐宋派作家唐順之有《文編》，唐宋部分專選八大家的文章。這無疑又強化了"八人"在唐宋古文創作中的地位。推崇唐順之的茅坤編八家之文，題名《唐宋八大家文鈔》，從名實兩個方面最終完成了"唐宋八大家"的概念。

八大家的散文各具特色。韓之雄奇，柳之峻潔，歐之婉曲，曾之醇厚，王之勁峭，老蘇之縱肆，大蘇之豪放，小蘇之澹泊，面目各異。清代吳振乾《唐宋八大家類選序》歸納說："奧若韓，峭若柳，宕逸若歐陽，醇厚若曾，峻潔若王，既已分流而別派矣。即如眉山蘇氏父子相師友，而明允之豪橫，子瞻之暢達，子由之紆折，亦有人樹一幟，各不相襲者。"清代惲敬《大雲山房文稿》對他們獨特風格的形成原因進行了探討："韓退之自儒家、法家、名家入，故其言峻而能達；曾子固、蘇子由自儒家、雜家入，故其言溫而定；柳子厚、歐陽永叔自儒家、雜家、詞賦家入，故其言詳雅有度；杜牧之、蘇明允自兵家、縱橫家入，故其言縱厲；蘇子瞻自縱橫家、道家、小說家入，故其言逍遙而震動。"

"唐宋八大家"在散文史上的地位固然應該充分肯定，但需要一提的是，紅花還需綠葉扶。在唐宋散文苑圍中，如果僅僅矗立這八朵紅花，決不能真實體現那百花齊放的繁榮全貌。

首先，從創作時間和作品數量上看。韓、柳和宋六家的散文創作時間分別為四十年和九十年，共計一百三十年，約佔唐宋兩朝六百餘年的五分之一。"八大家"的散文作品總量約為三百五十卷，而《全唐文》共一千卷，《全宋文》則是《全唐文》規模的五倍。

其次，從創作實踐、發展階段和成就上看。唐代散文除韓、柳外，李華（715-766）、蕭穎士（709-760）等古文先驅的鼓吹，李翺（772-841）、皇甫湜（約777-約835）等韓門弟子的繼武，皮日休（834？-883？）、陸龜蒙（？-881？）為首的晚唐小品文，都是散文史上的重要環節。宋代散文作家，像政治家、史學家司馬光（1019-1086）“固不以詞章為重，然即以文論，其氣象亦包括諸家，凌跨一代。”（《四庫全書總目提要》卷一五二）“蘇門六君子”之一的李廌（1059-1109）“才氣橫溢，其文章條暢曲折，辯而中理，大略與蘇軾相近。”（《四庫全書總目提要》卷一五四）南宋愛國詩人陸游（1125-1210）的古文創作，“僅亞於詩，亦南宋一高手，足與葉適、陳傅良驂靳。”（錢鍾書《管錐篇》第四冊）朱東潤甚至認為其成就“遠在蘇洵、蘇轍之上”（《陸游選集·序》）。而著名學者葉適（1150-1223）亦“文章雄贍，才氣奔逸，在南渡卓然為一大家。”（《四庫全書總目提要》卷一六〇）

抱着“嘗一臠肉，而知一鑊之味”（《淮南子·說林訓》）的奢望，本書甄選作家二十三人，作品三十六篇。所選篇章，既力求經典，同時也顧及了在文學史上的價值。如有不妥或錯誤，敬請讀者賜教。

2004 年 9 月 28 日初稿
2005 年 3 月 28 日修訂
2006 年 7 月 31 日校畢

唐代

王　勃

秋日登洪府滕王閣餞別序

豫章故郡，[1]洪都新府。[2]星分翼軫，[3]地接衡廬。[4]襟三江而帶五湖，[5]控蠻荊而引甌越。[6]物華天寶，龍光射牛斗之墟；[7]人傑地靈，徐孺下陳蕃之榻。[8]雄州霧列，俊采星馳。[9]臺隍枕夷夏之交，賓主盡東南之美。[10]都督閻公之雅望，棨戟遙臨[11]；宇文新州之懿範，襜帷暫駐。[12]十旬休假，[13]勝友如雲。千里逢迎，[14]高朋滿座。騰蛟起鳳，孟學士之詞宗；[15]紫電青霜，王將軍之武庫。[16]家君作宰，[17]路出名區。童子何知？躬逢勝餞。

時維九月，序屬三秋。[18]潦水盡而寒潭清，[19]煙光凝而暮山紫。[20]儼驂騑於上路，訪風景於崇阿。[21]臨帝子之長洲，得天人之舊館。[22]層巒聳翠，[23]上出重霄；飛閣流丹，下臨無地。[24]鶴汀鳧渚，窮島嶼之縈迴；[25]桂殿蘭宮，即岡巒之體勢。[26]披繡闥，[27]俯雕甍，[28]山原曠其盈視，川澤紆其駭矚。閭閻撲地，鐘鳴鼎食之家；[29]舸艦迷津，青雀黃龍之軸。[30]虹銷雨霽，彩徹區明。[31]落霞與孤鶩齊飛，秋水共長天一色。[32]漁舟唱晚，響窮彭蠡之濱；[33]雁陣驚寒，[34]聲斷衡陽之浦。[35]

遙吟甫暢，逸興遄飛。[36]爽籟發而清風生，[37]纖歌凝而白雲遏。[38] 睢園綠竹，[39] 氣凌彭澤之樽；[40] 鄴水朱華，[41] 光照臨川之筆。[42] 四美具，二難並。[43] 窮睇眄於中天，[44] 極娛遊於暇日。[45] 天高地迥，覺宇宙之無窮；興盡悲來，[46] 識盈虛之有數。望長安於日下，[47] 指吳會於雲間。[48] 地勢極而南溟深，天柱高而北辰遠。[49] 關山難越，誰悲失路之人；[50] 萍水相逢，盡是他鄉之客。懷帝閽而不見，[51] 奉宣室以何年？[52] 嗟乎！時運不齊，命途多舛。馮唐易老，[53] 李廣難封。[54] 屈賈誼於長沙，非無聖主；竄梁鴻於海曲，[55] 豈乏明時？所賴君子見機，[56] 達人知命。[57] 老當益壯，[58] 寧移白首之心；窮且益堅，[59] 不墜青雲之志。[60] 酌貪泉而覺爽，[61] 處涸轍而猶歡。[62] 北海雖賒，扶搖可接；[63] 東隅已逝，桑榆非晚。[64] 孟嘗高潔，空懷報國之情；[65] 阮籍倡狂，豈效窮途之哭？[66]

勃三尺微命，[67] 一介書生。[68] 無路請纓，等終軍之弱冠；[69] 有懷投筆，慕宗慤之長風。[70] 捨簪笏於百齡，[71] 奉晨昏於萬里。[72] 非謝家之寶樹，[73] 接孟氏之芳鄰。[74] 他日趨庭，叨陪鯉對；[75] 今晨捧袂，喜托龍門。[76] 楊意不逢，撫凌雲而自惜；[77] 鍾期既遇，奏流水以何慚？[78] 嗚呼！勝地不常，[79] 盛筵難再。[80] 蘭亭已矣，[81] 梓澤邱墟。[82] 臨別贈言，幸承恩於偉餞；登高作賦，是所望於群公！敢竭鄙誠，恭疏短引。一言均賦，四韻俱成。請灑潘江，各傾陸海云爾。[83]

注釋

1. 豫章：滕王閣在今江西南昌。漢置南昌縣，為豫章郡治，唐初已無豫章郡，所以稱為故郡。

2. 洪都：漢豫章郡，唐改為洪州，設都督府。故而稱作“新府”。

3. 星分翼軫(zhěn)：古人習慣以天上星宿與地上區域對應，稱為“某地在某星之分野”。翼、軫，星宿名，屬二十八宿。《越絕書·內經九術》列豫章為翼、軫之分野。

4. 衡廬：衡，衡山，此代指衡州（治所在今湖南衡陽）。廬，廬山，此代指江州（治所在今江西九江）。

5. 襟、帶：名詞用作動詞，屏障、環繞的意思。三江：相傳長江過彭蠡湖之後，分三道入海，故稱三江。泛指長江中下游的江河。五湖：泛指長江流域的鄱陽湖等大湖泊。

6. “控”、“引”本義都和拉弓有關，有控制之意。這裏強調洪州所處位置的重要。蠻荊：古時稱楚國為蠻荊，這裏泛指湖北、湖南一帶。甌越：古東越王建都於東甌（今浙江永嘉），故稱甌越，指今浙江地區。

7. “物華”二句：據《晉書·張華傳》，晉初，牛、斗二星之間常有紫氣，據說是寶劍之精，上徹於天。張華命人尋找，果然在豐城（今屬江西，古屬豫章郡）牢獄的地下，掘出龍泉、太阿二劍，後這對寶劍入水化為雙龍。龍光，指劍光。墟，指區域。

8. “徐孺”句：據《後漢書·徐穉傳》，東漢名士陳蕃為豫章太守，在郡不接賓客，惟徐穉來訪，特設一榻，徐穉去後就懸掛起來。徐孺，徐孺子之省稱，因為駢文又稱四六文，要求字句整齊。徐穉，字孺子，東漢末年豫章南昌人，隱士。家貧，自耕而食，德行為時人所景仰。

9. 霧、星：名詞作狀語，像霧一樣、像星一樣。采：通“寀”，官吏。

10. 臺隍：城池。盡：全都是。美：俊傑。

11. 都督：掌管數州軍事的地方長官，唐代分上、中、下三等。閻公：
    名未詳。棨（qǐ）戟：外有赤黑色繒作套的木戟，古代大官出行時
    用。這裏代指儀仗。

12. 宇文新州：複姓宇文的新州刺史，名未詳。襜（chān）帷：車上
    的帷幕，這裏代指車馬。新州：唐屬嶺南道，在今廣東省新興縣一
    帶。

13. 十旬休假：唐時官吏每旬休息一天，稱為"旬休"。十旬，即休息
    日。"假"通"暇"，空閒。

14. "千里逢迎"為動賓倒裝，"逢迎"作迎接講，"千里"代指千里
    之外來的朋友。

15. 騰蛟起鳳：《西京雜記》卷二："董仲舒夢蛟龍入懷，乃作《春秋
    繁露》。"又："揚雄著《太玄經》，夢吐鳳凰集《玄》之上，頃
    而滅。"孟學士：孟利貞，華州華陰人。高宗時累轉著作郎，加弘
    文館學士。見許嘉甫《滕王閣序小考》，《文學遺產》1994 年 6
    期 118 頁。

16. 紫電青霜：古寶劍名。《古今注》卷上：吳大帝（孫權）有寶劍六，
    "二曰紫電。"《西京雜記》卷一：高祖（劉邦）斬白蛇劍，"刃上
    常若霜雪。"王將軍：名未詳。

17. 家君：家父。作宰：任縣令。時王勃之父為交趾令。

18. 維：意思是"在"。"序"：時序，季節。三秋：古人稱七、八、
    九月為孟秋、仲秋、季秋，此即指季秋。

19. 盡：乾涸。

20. 煙光：山嵐。凝：凝聚。

21. 儼：整齊，使整齊。驂騑（cānfēi）：泛指駕車的馬。阿：山嶺。

22. 帝子、天人：均指滕王李元嬰。

23. 層巒：重疊的山巒。一作層臺。

24. 陳鴻墀纂《全唐文紀事》卷四十七引《徐氏筆精》："王勃《滕王
    閣序》云：'層巒聳翠，上出重霄。飛閣流丹，下臨無地。'乃襲

王中《頭陀寺碑》云：'層軒延袤，上出雲霓。飛閣逶迤，下臨無地。'又不獨'落霞秋水'襲庾信也。"

25. 汀：水中平地。鳧：野鴨。渚：水中的小塊陸地。縈（yíng）迴：旋繞轉折。

26. 即：就。體勢：態勢，形勢。

27. 闥：門。

28. 甍（méng）：屋脊。

29. 閭閻：里門，這裏代指房屋。撲地：遍地。鐘鳴鼎食：古代貴族鳴鐘列鼎而食。

30. 舸（gě）：《方言》："南楚江、湘，凡船大者謂之舸。"青雀黃龍：指雕有青雀黃龍頭形。舳：通"舳（zhú）"，船尾把舵處，這裏代指船隻。

31. 徹：通貫，普照。

32. 有人認為"落霞"乃飛蛾，非雲霞。"鶩"野鴨。野鴨飛逐蛾蟲而飲食，故曰"齊飛"。若謂雲霞，則不能飛也。（見〔明〕吳獬《事始》）此佳句原有出處，蕭繹《蕩婦秋思賦》："天與水兮相逼，山與雲兮共色。"釋僧懿《平心露布》："旌旗共雲漢齊高，鋒鍔同霜天比淨。"庾信《馬射賦》："落花與芝蓋齊飛，楊柳共春旗一色。"隋《德州長壽寺舍利碑》："浮雲共嶺松張蓋，明月與巖桂分叢。"

33. 彭蠡：古大澤名，即今都陽湖。

34. 驚：被……驚擾。

35. 衡陽：今屬湖南，境內有回雁峰，相傳秋雁到此就不再南飛，待春而返。

36. 甫：方才。遄（chán）：迅速。

37. 爽籟：管子參差不齊的排簫。爽，參差。

38. 白雲遏：形容音響優美，能駐行雲。《列子·湯問》："薛譚學謳於秦青，未窮青之技，自謂盡之，遂辭歸。秦青弗止，餞於郊衢。

撫節悲歌，聲振林木，響遏行雲。"

39. 睢（suī）園綠竹：睢園，西漢梁孝王菟園，在睢陽（在今河南商丘縣南），他常與文人在此聚會。《水經注》卷二四："睢水又東南流，歷於竹圃……世人言梁王竹園也。"

40. 彭澤：縣名，在今江西湖口縣東。陶淵明曾官彭澤縣令，世稱陶彭澤。樽：酒器。陶淵明《歸去來兮辭》有"有酒盈樽"之句。

41. 鄴：在今河北臨漳，是曹魏的都城，曹魏興起的地方。朱華：紅豔的荷花，此處借指文采風流。曹植《公宴詩》："秋蘭被長阪，朱華冒綠池。"

42. "光照"句：臨川，郡名，治所在今江西撫州，這裏指代南朝劉宋謝靈運。謝曾任臨川內史，《宋書》本傳稱他"文章之美，江左莫逮"。

43. 四美：《文選》劉琨《答盧諶》文李善注："四美，音、味、文、言也。"一說指良辰、美景、賞心、樂事。二難：指賢主、嘉賓難得。一說指學通古今的明哲之士。具：具備。並：會聚一起。

44. 窮：盡。中天：半空中。

45. 極：盡情。娛遊：歡樂。

46. 興：興致。

47. "望長安"句：《世說新語·夙惠》："晉明帝數歲，坐元帝膝上。有人從長安來，元帝因問明帝：'汝意謂長安何如日遠？'答曰：'日遠，不聞人從日邊來，居然可知。'元帝異之。明日集群臣宴會，告以此意，更重問之，乃答曰：'日近。'元帝失色曰：'爾何故異昨日之言邪？'答曰：'舉目見日，不見長安。'"

48. 吳會（kuài）：在今江蘇蘇州。秦漢會稽郡治所在吳縣（今蘇州），郡縣連稱為吳會。雲間：江蘇松江縣（古華亭）的古稱。陸雲（字士龍），華亭人，未識荀隱，張華使其相互介紹而不作常語，"雲因抗手曰：'雲間陸士龍。'"（《世說新語·排調》）

49. 南溟：南海。天柱：《神異經》："崑崙之山，有銅柱焉。其高入天，所謂天柱也。"北辰：北極星，借指君主。《論語·為政》：

"為政以德，譬如北辰，居其所而眾星共（拱）之。"

50. 悲：哀憐。失路：迷路，不得志。

51. 帝閽（hūn）：原意為天帝的守門者，屈原《離騷》："吾令帝閽

開關兮，倚閶闔而望予。"這裏指皇帝的宮門。

52. "奉宣室"句：賈誼遷謫長沙四年後，漢文帝又召他回長安，召見

於宣室中問鬼神之事。宣室，漢未央宮殿名，為皇帝齋戒的地方。

53. 馮唐易老：《史記·馮唐列傳》："（馮）唐以孝著，為中郎署長，

事文帝……拜唐為車騎都尉，主中尉及郡國車士。七年，景帝立，

以唐為楚相，免。武帝立，求賢良，舉馮唐。唐時年九十餘，不能

復為官。"

54. 李廣難封：李廣，漢武帝時名將，多次與匈奴作戰，軍功卓著，卻

始終不得封侯。

55. "屈賈誼"句：賈誼，漢初名臣，受朝中權貴排斥，文帝時被貶為

長沙王太傅，鬱鬱不得志。"竄梁鴻"句：梁鴻，字伯鸞，東漢扶

風平陵人，過京師，作《五噫歌》，諷刺朝廷奢侈，不體恤民生艱

難。漢章帝讀後甚為不滿，派人尋找他。他更改姓名，與妻子孟光

避居齊魯，後移居吳地。海曲，即濱海之地。竄，意為"使（梁

鴻）逃竄"。

56. 君子見機：《易·繫辭下》："君子見幾（機）而作。"

57. 達人知命：《易·繫辭上》："樂天知命故不憂。"

58. 老當益壯：《後漢書·馬援傳》："丈夫為志，窮當益堅，老當益

壯。"

59. 窮：困厄，人生遇到重大的坎坷。且：反而。

60. 墜：拋棄。青雲之志：《續逸民傳》："嵇康早有青雲之志。"

61. "酌貪泉"句：據《晉書·吳隱之傳》，廉官吳隱之赴廣州刺史任，

來到離廣州城二十里之處的貪泉，飲其水，並作詩說："古人云此

水，一歃懷千金。試使（伯）夷（叔）齊飲，終當不易心。"貪泉，

在廣州附近的石門，傳說飲此水會貪得無厭。

62. 處涸轍：《莊子・外物》云："（莊）周昨來，有中道而呼者，周顧視車轍中有鮒魚焉……"後人即由這個寓言演化出"涸轍之魚"一語，來比喻身處困境。

63. "北海"二句：語意本《莊子・逍遙遊》：大鵬徙於南海，"摶扶搖而上者九萬里"。扶搖，上行的暴風。

64. "東隅"二句：語本《後漢書・馮異傳》："失之東隅，收之桑榆。"東隅，日出處，表示早晨，引申為早年。桑榆，日落處，表示傍晚，引申為晚年。

65. "孟嘗"二句：孟嘗字伯周，東漢會稽上虞人。任合浦太守時，興利除弊，以廉潔奉公著稱，後因病隱居。桓帝時，雖尚書楊喬屢次薦舉，稱他"清行出俗，能幹絕群"，終不見用。事見《後漢書・孟嘗傳》。

66. "阮籍"二句：阮籍，字嗣宗，晉代名士。《晉書・阮籍傳》："時率意獨駕，不由徑路。車跡所窮，輒慟哭而反。"倡狂，即猖狂，放肆妄行。

67. 三尺：指幼小。微命：卑微的生命。

68. 一介：一個。

69. "無路"二句：據《漢書・終軍傳》，終軍字子雲，西漢濟南人。二十多歲為諫議大夫，武帝時出使南越，自請"願受長纓（繩），必羈南越王而致之闕下"，時僅二十餘歲。等，等同。弱冠：指二十歲，古代以二十歲為弱年，行冠禮，為成年人。《禮記・曲禮》說："二十曰弱，冠。"

70. 懷：心思。投筆：用漢班超投筆從戎的故事，見《後漢書・班超傳》。"慕宗慤（què）"句：宗慤字元幹，南朝劉宋南陽人，年少時叔父問其志向，他說："願乘長風破萬里浪"。事見《宋書・宗慤傳》。

71. 簪笏（hù）：代指官職地位。簪：冠簪，古人束髮戴冠時所用的長針。笏：手版，古代官員上朝時用以記事。百齡：百年，猶"一生"。

72. 奉晨昏：《禮記·曲禮上》："凡為人子之禮……昏定而晨省。"奉：侍奉。

73. "非謝家"句：《世說新語·言語》："謝太傅（安）問諸子姪'子弟亦何預人事，而正欲使其佳？'諸人莫有言者。車騎（謝玄）答曰：'譬如芝蘭玉樹，欲使其生於庭階耳。'"寶樹，玉樹，比喻好子弟。

74. "接孟氏"句：據說孟軻的母親為教育兒子而三遷擇鄰，最後定居於學宮附近。事見劉向《列女傳·母儀篇》。接：結交。芳鄰：好鄰居。

75. "他日"二句：《論語·季氏》："陳亢問於伯魚曰：'子亦有異聞乎？'對曰：'未也。（孔子）嘗獨立，（孔）鯉趨而過庭。（子）曰：學詩乎？對曰：未也。不學詩，無以言。（孔）鯉退而學詩。他日又獨立，鯉趨而過庭。（子）曰：學禮乎？對曰：未也。不學禮，無以立。（孔）鯉退而學禮。聞斯二者。'陳亢退而喜曰：'問一得三，聞詩，聞禮，又聞君子之遠其子也。'"鯉，孔鯉，孔子之子。趨庭鯉對二語，後人用為親聆父訓之意。

76. 捧袂（mèi）：舉起雙袖，表示恭敬的姿勢。喜托龍門：《後漢書·李膺傳》："膺以聲名自高，士有被其容接者，名為登龍門。"

77. "楊意"二句：據《史記·司馬相如列傳》，司馬相如經同鄉楊得意推薦，方得入朝見漢武帝。又云："相如既奏《大人》之頌，天子大悅，飄飄有凌雲之氣。"楊意，楊得意的省稱，蜀人，漢武帝的狗監。凌雲，指司馬相如作《大人賦》。

78. "鍾期"二句：《列子·湯問》："伯牙善鼓琴，鍾子期善聽。伯牙鼓琴……志在流水，鍾子期曰：'善哉！洋洋兮若江河。'"鍾期，鍾子期的省稱。

79. 勝：美好。

80. 再：第二次。

81. 蘭亭：在會稽山陰縣（今浙江紹興）。晉穆帝永和九年（353）三
月三日上巳節，王羲之與群賢宴集於此，行修禊禮，祓除不祥。王
羲之寫了《蘭亭序》一文記敘這次盛會。已：消逝，過去。

82. 梓澤：即晉石崇的別墅金谷園，故址在今河南洛陽西北。石崇有
《金谷詩序》傳世。王勃《山亭序》云："茂林脩竹，王右軍山陰
之蘭亭；流水長堤，石季倫河陽之梓澤。"

83. "請灑"二句：鍾嶸《詩品》："陸（機）才如海，潘（岳）才如
江。"

串講

　　第一段，扣緊"洪府"，由洪州地勢雄偉、物產珍異、人
才傑出引出宴會之賓主尊貴。"南昌故郡，洪都新府"寫古今
之變遷；"星分翼軫"四句寫空間地勢之雄；"物華天寶"四
句寫人物之盛。接着，"雄州霧列"應"星分翼軫"句，"俊
采星馳"應"物華天寶"句；"臺隍枕夷夏之交"再承"星分
翼軫"句，"賓主盡東南之美"再承"物華天寶"句。多層次
渲染，以壯文氣，為後文詳寫做好了鋪墊。

　　第二段，扣緊"秋日登閣"，寫滕王閣構築之宏，眺望之
廣，三秋時節的景色之美。筆觸轉細，漸入佳境。"潦水盡"
二句寫秋景；"儼驂騑"四句寫自己來到滕王閣。"層巒"以
下八句，寫閣在山水之間；"披繡闥"以下十句，寫閣上眺覽
所及。其中"落霞與孤鶩齊飛"二句為描寫秋景名句，展示了
一幅流光溢彩、鮮明生動的秋之圖景。

　　第三段，扣緊"餞"，寫宴會盛況，及歡娛宴遊引發的盛
衰有時、人生無常的感慨。"遙吟甫暢"以下十句，寫參與宴

會諸人。"窮睇眄於中天",引出"天高地迥"二句;"極娛遊於暇日"引出"興盡悲來"二語,於是緊緊相承,抒發身世之感。遂引用"馮唐"等四人懷才不遇而失志之典,借古喻今,以他人酒杯,澆自家塊壘。"所賴君子見機"以下,筆調再次峰迴路轉,言自己雖遭時命之窮,但正該因之自勵,不以處境困窘而改變志節。

第四段,扣緊"序",自敘遭際,謝主引賓。"無路請纓"四句感歎遭遇,表明志向。"捨簪笏"以下八句,說自己路過滕王閣,把當時的賓主合在一起說;"楊意不逢"等四句,以謙恭的筆調,表明了自己對知音的渴望和仰慕。"嗚呼"以下各句,述作序的旨意,以謙詞作結,收束全文。

評析

王勃(650-676),字子安,絳州龍門(今山西河津)人。與楊炯、盧照鄰、駱賓王以文辭齊名,合稱"初唐四傑"。少年時即顯露才華,六歲就能寫文章,而且寫得又快又好,十四歲已能即席賦詩,十七歲應舉及第。曾經擔任虢州參軍(州刺史佐吏),因罪免官。後往交趾探父,因溺水受驚而卒(一說隨父赴任交趾令,返回時溺死),年僅二十七歲。原有集,已散佚,明人輯有《王子安集》。

這篇駢文又簡稱《滕王閣序》。滕王閣舊址在江西南昌城西章江門、廣潤門外的贛江之濱。由唐高祖之子滕王李元嬰任洪州都督時,於永徽四年(653)修建。它背城臨江,面對西山,與黃鶴樓、岳陽樓並稱江南三大名樓,並素有"西江第一樓"之譽,韓愈《新修滕王閣記》云:"江南多臨觀之美,而滕王閣獨為第一，有瑰偉絕特之稱。”明人曹學佺則說“百里豫章城，千里滕王閣”，清人呂宮在《重修滕王閣序》中寫道：“洪都為江右名區，其山川之瑰麗甲於天下，而帝子閣尤攬其勝。”

關於本文的寫作時間，有四種說法，（一）龍朔三年（663）王勃十四歲時。據唐末王定保《唐摭言》卷五記載：“王勃著《滕王閣序》，時年十四（《太平廣記》引作“十三”）。都督閻公不之信。勃雖在座，而閻公意屬子婿孟學士者為之，已宿構矣。及以紙筆巡讓賓客，勃不辭讓。公大怒，拂衣而去，專會人伺其下筆。第一報云：‘南昌故郡，洪都新府。’公曰：‘亦是老生常談。’又報云：‘星分翼軫，地接衡廬。’公聞之，沉吟不言。又云：‘落霞與孤鶩齊飛，秋水共長天一色。’公矍然而起曰：‘此真天才，當垂不朽矣！’遂亟請宴所，極歡而罷。”持此說者還有清蔣清翊《王子安集注》、今人駱祥發《初唐四傑研究》、王氣中《王勃傳》及《王勃年譜訂補》。（二）上元二年（675）王勃二十六歲時，見於《新唐書》和《唐才子傳》之王勃傳，持此說者還有清姚大榮《書王勃〈秋日登洪府滕王閣餞別序〉》、《王子安年譜》、今人劉汝霖《王子安年譜》、高步瀛《唐宋文舉要》、馬茂元《讀兩〈唐書·文藝（苑）傳〉劄記》、周本淳《童子·弱冠·他日——試論王勃作〈滕王閣序〉之時間》、熊美傑《王勃十三歲作〈滕王閣序〉嗎？》、蔡德予《也談王勃作〈滕王閣序〉時的年齡問題》、張志烈《王勃雜考》、《初唐四傑年譜》等。（三）總章元年（668年）秋，見於任國緒《王勃滕王閣序作於何年》。（四）龍朔二年（662）九月九日王勃十四歲時，見於王天海

《〈滕王閣序〉寫於何時》。其中二十六歲說較為合理。

　　《滕王閣序》是一篇天才少年的才華橫溢之作，千載之下讀來，還是那麼動人良深。它意境高遠，詞珍句秀，既一氣呵成，首尾連貫，又不乏抑揚跌宕，起伏頓挫。其句式錯落有致，節奏有張有弛，結構工整，安排得當，由略到詳，由粗到細，由遠到近，由外到內，由地及人，由人及景，由景及情。借代、通感、誇張、婉曲等修辭手法和遙遠的歷史典故，隨文紛杳，與眼前的美景良辰相映成趣，與內心的深思逸懷相得益彰。典故有正有反，有明有暗；變化多端，而又貼切自然。如"孟嘗高潔，空懷報國之情"是正用，"阮籍猖狂，豈效窮途之哭"是反用，"馮唐易老，李廣難封。屈賈誼於長沙，非無聖主；竄梁鴻於海曲，豈乏明時"是明用，"老當益壯，寧移白首之心；窮且益堅，不墜青雲之志"是暗用。

　　《滕王閣序》無疑是一篇美文，它還兼有色彩變化之美，遠近變化之美，上下渾成之美，虛實相襯之美，節律協調之美，麗藻紛披之美。全篇詩與畫統一，景與情統一，神與形統一，自然與社會統一，環境與氣氛統一，理想與現實統一，山水與人文統一，歡快與凝重統一，悲愴與奮進統一，低沉與昂揚統一，充分表達了作者內心的失望與希望、痛苦與追求、失意與奮進相互交糅的複雜感情。

　　作為建築的滕王閣已舊貌不存，而王勃的這篇文章卻常誦常新，與時共進。

韋嗣立

諫濫官疏

臣聞設官分職，量才擇吏，此本於理人而務安之也。[1]故《書》曰"在知人，在安民"，"知人則哲，能官人；安民則惠，黎珉懷之。能哲而惠，何憂乎驩兜，何畏乎有苗"者是也！[2]則是明官得其人，而天下自理矣。古者取人，必先采鄉曲之譽，[3]然後辟於州郡；[4]州郡有聲，然後辟之於五府；[5]才著五府，然後升之於天朝。[6]此則用一人所擇者甚悉，[7]擢一士所歷者甚深。孔子曰："譬有美錦，不可使人學製。"[8]此明用人不可不審擇也。用得其才則理，非其才則亂，理亂所繫，焉可不深擇之哉！

今之取人，有異此道，多未甚試效，[9]即頓至遷擢。[10]夫趨競者人之常情，[11]僥倖者人之所趣，[12]而今務進不避僥倖者，接踵比肩，佈於文武之列。有文者用理內外，則有回邪賕汙、上下敗亂之憂；[13]有武者用將軍戎，[14]則有庸懦怯弱師旅喪亡之患。補授無限，員闕不供，[15]遂至員外置官，數倍正闕。[16]曹署典吏，困於祗承；[17]府庫倉儲，竭於資奉。[18]國家大事，豈甚於此！古者懸爵待士，[19]惟有才者得之，若任以無才，則有才之路塞，賢人君子，所以遁跡銷聲，常懷歎恨者也。且賢人君子，守於正直之道，遠於僥倖之門，若僥倖開，則賢者不可復出矣。賢者遂退，若欲求人安俗化，復不可得也。人若不安，國將危矣，陛下安可不深慮之！

又刺史縣令，理人之首，近年以來，不存簡擇，[20]京官有犯及聲望下者，方遣牧州，[21]吏部選人暮年無手筆者，[22]方擬縣令。此風久扇，上下同知，將此理人，何以率化？[23]今歲非豐稔，[24]戶口流亡，國用空虛，租調減削，[25]陛下不以此留念，將何以理國乎？臣望下明制，具論前事，使有司改換簡擇，[26]天下刺史、縣令，皆取才能有稱望者充。[27]自今以往，應有遷除諸曹侍郎、兩省、兩臺及五品以上清望官，[28]先於刺史內取，刺史無人，然後餘官中求。其御史、員外郎等諸清要六品以上官，[29]先於縣令中取。制中明言如是，則人爭就刺史、縣令矣。得令天下大理，萬姓欣然，豈非太平樂事哉！唯陛下詳擇。

注釋

1. 理人：治民，唐人避高宗李治諱，用"理"代"治"；避太宗李世民諱，用"人"代"民"。

2. 以上引文見《尚書·皋陶謨》，唯《尚書》"岷"字作"民"，"畏"字作"遷"。哲：大智，無所不知。官人：指任用稱職的人為官。黎岷（méng）：黎民。懷：歸向。驩（huān）兜：古代傳說中的惡人，被舜放逐到崇山。事見《尚書·舜典》。有苗：即三苗，古代部族名，此指三苗之君，即傳說中的饕餮，因貪財貪食，被舜放逐到三危。見《尚書‧舜典》。

3. 鄉曲：鄉里。

4. 辟：徵召，任用。

5. 五府：後漢指太傅、太尉、司徒、司空、大將軍，因其皆開府置官屬，故合稱五府。

6. 天朝：朝廷。

7. 所擇者甚悉：所擇取的方面很全。

8. "譬有"二句：鄭子皮想讓尹何治理封邑，子產說"不知道他有沒有這個能力"。子皮認為可以讓他去學習一下，子產說："不可……子有美錦，不使人學製焉(是不會讓人用它來學習裁製衣服的)"。事見《左傳》襄公三十一年。作者稱這兩句話為孔子所說，非是。

9. 試效：考察效果。

10. 頓至遷擢：忽然提拔。

11. 趨競：奔跑競爭，指追逐名利。

12. 僥倖：謂求利不止，欲意外獲得成功或免於不幸。趣：同"趨"。

13. 回邪：邪僻，不正。

14. 將軍戎：統率軍隊。

15. 補授：委任官職。員闕：唐時各種官職皆有定員，"員闕"即指定員內的缺額。不供：不能供給，不夠用。

16. 員外置官：在定員之外另設官位。正闕，正員(定員內的官位)的缺額。

17. 曹署典吏：官府各部門的吏員(負責操辦各種雜務的小吏，即流外官)。祗承：敬承，恭奉。此指官員超編，數量過多，吏人為恭奉侍候他們的事務所困。

18. 資奉：財物的供給。

19. 懸爵：空出官職爵位。

20. 簡擇：選擇。

21. 犯：指觸犯法令。牧州：任州刺史。

22. 吏部選人：每年赴京參加吏部流內文官銓選的人員。唐制，六品以下文官的銓選，由吏部負責。手筆：指文字寫作技能。

23. 率化：奉行教化。

24. 歲：一年的收成。豐稔（rén）：豐收。景龍三年，"關中饑，米斗百錢"（《通鑑》卷二○九）。

25. 租調：唐行租、庸、調法，租指每歲繳納的田賦（每丁納粟或稻若干），調指隨鄉土所產，每丁每年繳納綾、絹、布等物若干。庸指服力役。如遇水旱等災害，可減交或免交租調。

26. 有司：有關的官員。

27. 稱望：才能與聲望相稱。

28. 遷除：遷任。諸曹侍郎：指尚書省六部之侍郎（各部的副長官）。兩省：中書省、門下省。兩臺：《通鑑》卷二○九胡三省注："兩臺，左、右御史臺。"清望官：《唐六典》卷二"清望官"下注云："謂內外三品以上官及中書、黃門侍郎，尚書左、右丞，諸司侍郎，並太常少卿，秘書少監，太子少詹事，左、右庶子，左、右率及國子司業。"按，以上所列各官皆在四品以上。

29. 御史：御史臺屬官侍御史、殿中侍御史、監察御史，其中只有侍御史為六品官。員外郎：尚書省左、右司及六部諸司副長官，皆為六品。清要：謂職位清貴，掌握樞要。

串講

　　全篇可分為三段。第一段，從正面論述用人是關係到國家治亂安危的大事，不可不審慎。第二段，直接批評當時存在的官員冗濫、所任非人的弊端，指出其對國家將要造成大的危害。第三段，專論刺史縣令直接治民，對他們的選用未可輕視，並提出在這方面消除積弊的具體建議。

評析

　　韋嗣立（654-719），字延構，鄭州陽武（今河南原陽）人，祖籍京兆杜陵（今陝西西安東南）。進士及第。武則天時任鳳閣舍人，上疏請使王公以下子弟皆入國學，杜絕其他途徑入仕；又請昭雪垂拱以來酷吏羅織冤案，則天不聽。累遷鳳閣侍郎、同鳳閣鸞臺平章事。中宗神龍中，加修文館大學士。景龍三年，任中書侍郎、同中書門下三品。睿宗時，拜中書令。開元初，出為岳州別駕，徙為陳州刺史，卒。

　　唐中宗景龍三年（709）三月，韋嗣立拜相後，針對當時官員冗濫、國用空虛的情況上此奏章。武則天為收攬人心，放手招官，當時已出現官員冗雜的現象；到中宗時，政出多門，這種現象更加嚴重。那時韋皇后專權而貪暴，安樂、長寧公主及皇后妹郕國夫人、上官婕妤等，皆依勢用事，大肆賣官，不論什麼人，只要出錢三十萬，"則別降墨敕除官，斜封付中書，時人謂之'斜封官'"（《通鑑》卷二〇九），有員外同正、試、攝、檢校、判、知官等名目（皆屬員外置官），人數多至數千。出錢較少的人則到吏部候選，一年有數萬人。當時同平章事兼吏部侍郎崔湜、鄭愔掌管吏部銓選，也傾附勢要，公然納賄，官員定員內的缺額不夠支配，竟至預先借用三年的缺額，於是"選法大壞"。這篇奏疏即針對上述腐敗現象而發。奏疏呈進後，昏庸的中宗未加採納。次年六月，中宗被安樂公主等毒死，睿宗即位。八月，聽從姚崇、宋璟的建議，悉廢"斜封官"，但後來又因怕"生非常之變"，下令對這些人"並量材敘用"，足見撥亂反正之不易。此文現實性強，說理透闢，切中時弊；又，初唐文章，

仍沿六朝以來的駢儷之習，而此文卻採用散體，流暢、樸實，
值得一讀。

張　說

廣州都督嶺南按察五府經略使宋公遺愛碑頌

維唐御天下九十有八載，[1]蒼生賁乎海隅，玄澤漫乎荒外。[2]天子念窮鄉之僻陋，徼道之修阻，[3]吏或不率不馴，人或不康不若，[4]乃命舊相廣平公宋璟，[5]鎮茲裔壤，式是南州，[6]篤五府之政教，總三軍之旗鼓，[7]幅員萬里，馴致九譯。[8]

詔書下日，靡然順風。[9]曷由臻斯？咸名之先路也。[10]公曩時執白簡，登瑣闥，[11]推誠謇諤，不私形骸。[12]忤英主之龍鱗，躡奸臣之虎尾。[13]挫二張之銳，則聲恒寰域；[14]折三思之角，則氣蓋風雲。[15]由是極有四星，維帝之輔；[16]地有五嶽，維天之柱。[17]其入宰也，君之股肱；[18]其出守也，人之父母。

至於此邦之長人也，[19]飲食有節，衣服有常，清心而庶務簡，正色而群下一。[20]瑟兮僴兮，赫兮喧兮，[21]固以不怒而威，不言而信。雖有文身鑿齒，被髮儋耳，衣卉麵木，巢山館水，[22]種落異俗而化齊，言語不通而心喻矣。[23]其率人版築，教人陶瓦，[24]室皆數堵，晝遊則華風可觀；[25]家撤茅茨，夜作而災火不發。[26]棟宇之利也自今始。[27]祖國之舳車，海琛之雲萃，[28]物無二價，路有遺金，殊裔胥易其回途，遠人咸內我邊郡。[29]交易之坦也有如此。[30]故能言之士，舉為美談。蓋微子去殷，以後王者；[31]襄公伐楚，將得諸侯；[32]尚書東漢之雅望；[33]黃門北齊之令德。[34]宋氏世名，公其濟美。[35]《詩》所謂"無念爾祖，聿修厥德"[36]，廣平有焉。

若夫往者屈也，來者伸也，往來相召，而哀樂繼之。[37]鴻飛遵渚，於汝信處；龍章袞衣，以我公歸。[38]鬱陶乎人思，嗟歎之不足。[39]廣府司馬譚瓖、番禺耆老某乙等，[40]相與刻石，傳徽斯文。[41]予《春秋》之徒也，豈將苟其辭哉？[42]雅敬宋公王臣之重，次嘉譚子贊德之義，遙感耆舊去思之勤。[43]越裳變風，知周公之才之美；[44]吉甫作頌，見申伯於藩於宣。[45]觀政將來，惡可廢也？[46]頌曰：

降王宰兮遠國靈，歌北戶兮舞南溟，[47]酌七德兮考六經，政畫一兮言不再，[48]草木育兮魚黿寧。變蓬屋兮改籬牆，魚鱗瓦兮鳥翼堂，[49]洞日華兮皎夜光，火莫燉兮風莫揚，[50]事有近兮惠無疆。昆侖寶兮西海財，幾萬里兮歲一來，舟如島兮貨為臺。[51]市無欺兮路無盜，旅忘家兮扃夜開。[52]越井岡兮石門道，金鼓愁兮旌斾好，[53]來何暮兮去何早！[54]犧牛牲兮菌雞卜，神降福兮公壽考。[55]

注釋

1. 維：句首助詞。御：統治。九十有八載：唐高祖李淵武德元年

（618）五月即帝位，到唐玄宗開元四年（716），正好九十八年。按，宋璟於開元三年五月自御史大夫貶睦州刺史，四年，徙廣州都督，參見郁賢皓《唐刺史考》。

2. 賁（fèn）：通“僨”，興奮。玄澤：指天子的恩澤。漫：遍及。荒外：八荒之外，指荒遠地區。

3. 徼（jiào）道：邊境的道路。修阻：長而阻塞。

4. 率：服從。馴：善良。人：民。若：順從。

5. 舊相：宋璟睿宗時曾為相，故云。廣平公：對宋璟的尊稱。唐時常以郡望（或籍貫）加“公”尊稱他人。《舊唐書·宋璟傳》：“宋璟，邢州南和人，其先自廣平徙焉。”廣平，郡名。又，宋璟嘗封廣平郡開國公，但時在開元八年（見顏真卿《宋璟神道碑銘》），故此處當非以爵位相稱。

6. 裔壤：邊地。式：榜樣，作榜樣。南州：泛指南方地區。

7. 篤：理，與“督”通。總三軍之旗鼓：謂統管軍隊的指揮。唐廣州都督府“有經略軍，管鎮兵五千四百人”（《舊唐書·地理志四》）。

8. 馴致：逐漸達到。九譯：多次輾轉翻譯，常用以指殊方遠國。

9. 靡然：倒伏的樣子。句謂草木隨風倒伏，喻指人民歸服。《論語·顏淵》：“君子之德風，小人之德草，草上之風，必偃。”

10. 曷：何。斯：此。先路：前驅，為前驅。

11. 曩時：從前。執白簡：指為御史。古御史有所彈奏，用白簡。璟武后時嘗官監察御史、左臺御史中丞，玄宗時曾官御史大夫。瑣闥：指朝廷。

12. 推誠：以誠意相待。謇（jiǎn）諤：正直。私：愛惜。

13. 忤：抵觸，觸犯。英主：指武則天、唐中宗，事詳下注。龍鱗：喻指皇帝或皇帝的威嚴。蹋：同“踏”。奸臣：指下文之“二張”、“三思”等。

14. “挫二張”二句：二張，張易之、昌宗兄弟，皆武則天之內寵。宋璟為左臺御史中丞時，“張易之、昌宗兄弟，席寵脅權，天下側目。公危冠入奏，奮不顧身，天后失色，蒼黃欲起，公叩頭流血，誓以死爭。……詞氣慷慨，左右震悚。遂俱攝詣臺（御史臺），庭立切責，二豎（二張）股栗氣索，不敢仰視，自朝至於日昃，敕使馳救之，公不得已而罷。（天后）又令（二張）詣公謝罪，公拒之。"（顏真卿《宋璟神道碑銘》）怛（dá），驚愕。寰域，全國。

15. "折三思"二句：三思，武則天之侄，封梁王。中宗神龍時與韋皇后私通，恃寵專權。時璟"遷黃門侍郎，嘗遇梁王武三思於朝，三思方欲言事，公正色謂之曰：'當今（天后）復子明辟，王宜以侯就第，何得尚干朝政！'三思慚懼而退，請急累月。……屬年穀不登，國租罷入，三思食邑，公悉躅之。既屢挫其鋒，亦處之自若。"（《宋璟神道碑銘》）又《新唐書·宋璟傳》載：韋月將上書控告武三思在宮中淫亂，三思示意有關官員給月將定了一個大逆不道的罪，中宗下令將月將斬首，宋璟請求把月將關進獄中審查罪狀，中宗發怒，來不及整理頭巾，露着前額走出皇宮側門，對宋璟說："朕還以為已殺掉月將了，你還請求什麼呢？"宋璟說："人家說皇后與三思私通，陛下不審問就將他斬首，臣恐怕有人會私下議論，臣請求先審查罪狀而後行刑。"中宗更加生氣，宋璟說："請先殺死臣，不然，臣終不接受詔令。"中宗於是把月將流放到嶺南。折角，折斷其角，即挫其鋒芒銳氣之意。《漢書·朱雲傳》："五鹿岳岳，朱雲折其角。"

16. 極：北極星，古以為帝王的象徵。四星：即四輔。《晉書·天文志上》："抱（環繞）北極四星曰四輔，所以輔佐北極而出度授政也。"此喻輔佐帝王的大臣。

17. 天之柱：支撐上天的柱子，喻朝廷的棟樑之臣。

18. 入宰：入朝為宰輔大臣。股肱（gōng），大腿和胳膊，比喻輔佐君主的大臣。

19. 此邦：指廣州。長人：作百姓的長官。

20. 正色：表情端莊嚴肅。《書·畢命》："正色率下。"

21. "瑟兮"二句:《詩·衛風·淇奧》:"瑟兮僩兮,赫兮咺兮,有匪君子,終不可諼兮。"孔穎達疏:"瑟兮,顏色矜莊。僩(現)兮,容裕寬大。赫兮,明德外見。咺(xuǎn)兮,威儀宣著。"咺,《禮記·大學》引作"喧",與本篇同。

22. 文身:在身體上刺畫花紋或圖案。《禮記·王制》孔疏:"越俗斷髮文身,以辟蚊龍之害,故刻其肌,以丹青涅(染)文。"鑿齒:《山海經·海外南經》郭注:"鑿齒亦人也,齒如鑿,長五六尺。"此指南海之野人。被(pī)髮:散髮。《禮記·王制》:"東方曰夷,被髮文身。"儋(dān)耳:西漢置儋耳郡,其俗雕刻頰皮,上連耳郭,故以為郡名。唐改為儋州,在今海南儋縣。參見《太平寰宇記》卷一六九。衣卉:穿用草織成的衣服。《書·禹貢》:"島夷卉服。"麵木:用木磨成麵而食之。《文選》左思《蜀都賦》:"麵有桄榔。"劉淵林注:"桄榔,樹名也,木中有屑如麵,可食。"按,此木之莖髓可製澱粉。巢山:在山上築巢而居。

23. 種落:種族部落。化齊:推行教化一樣。喻:明白。

24. 率人:率領百姓。版築:築土牆之法,以兩版相夾,置泥其中,用杵舂實。陶瓦:用粘土為原料燒製瓦片。

25. 墍:通"塗"。指以泥塗屋。墍(jì):以泥塗屋。華風:華夏之風。

26. 茅茨:茅草屋頂。"夜作"句:《後漢書·廉範傳》:"成都民物豐盛,邑宇逼側,舊制禁民夜作,以防火災。"此處反用其意。

27. 棟宇:泛指房屋。《新唐書·宋璟傳》:"廣(州)人以竹茅茨屋,多火。璟教之陶瓦築堵,列邸肆,越俗始知棟宇利而無患災。"

28. 祖國:祖籍所在之國,指唐。海琛(chēn):海中之珍寶。雲萃:如雲之聚集。

29. 殊裔:異域,遠方。胥:皆。易其回途:不以赴廣州的曲折道路為難。內我邊郡:視我國的邊郡(廣州)為內地。

30. 坦:寬廣。

31. 微子去殷：微子名啟，殷王帝乙長子，紂王庶兄。紂王無道，微子
數諫，不聽，遂去國。周武王伐紂，微子稱臣於周。武王克商後，
封紂子武庚以續殷祀。成王時，武庚作亂，周公誅之，“乃命微子
開（啟）代殷後，奉其先祀”，國於宋。事見《史記·宋微子世
家》。後王者：為王者（指殷王）之後，即續殷祀之意。按，宋氏
之先出於微子啟。《新唐書·宰相世系表五上》：“宋氏出自子
姓。殷王帝乙長子啟，周武王封之於宋，三十六世至君偃，為楚所
滅，子孫以國為氏。”

32. “襄公”二句：襄公，宋襄公，名茲父，繼齊桓公為諸侯盟主。公
元前638年，襄公伐鄭，與救鄭的楚兵戰於泓水。楚兵強大，他
卻自稱為“仁義之師”，要待楚兵渡完河列成陣後再戰，結果
大敗受傷，次年不治而亡。事見《左傳》僖公二十二年、《史記·
宋微子世家》。《宋微子世家》太史公曰：“襄公既敗於泓，而君
子或以為多，傷中國闕禮義，褒之也。宋襄之有禮讓也。”

33. 尚書：指宋弁。《宋璟神道碑銘》：“其先出於殷王元子，七代祖
弁，魏吏部尚書，襲列人子；祖欽道，北齊黃門侍郎，並事跡崇
高。”弁官北魏吏部尚書，《魏書》、《北史》有傳。璟在東漢之
先祖，《元和姓纂》、《新唐書·宰相世系表》等均未記載，本句
之“東漢”二字疑有誤。雅望：美好的聲望。

34. 黃門：指宋欽道，璟之五代祖，北齊黃門侍郎，見《宰相世系表五
上》。《魏書》、《北齊書》、《北史》均有《宋欽道傳》。令德：
美德。

35. 濟美：繼承祖先或前人的業績。《左傳》文公十八年：“世濟其
美，不隕其名。”

36. 《詩》所謂“無念爾祖，聿修厥德”：謂念汝之祖而修其德。無、
聿皆句首助詞。

37. “若夫”四句：語本《易·繫辭下》：“往者屈也，來者信也，屈
信相感而利生焉。”孔疏：“往是去藏，故為屈也；來是施用，故

為信也。一屈一信遞相感動而利生。"信，伸。召，引導。此處"往"指到地方任職，"來"指入朝任職。

38. "鴻飛"四句：變用《詩·豳風·九罭》語："鴻飛遵渚，公歸無所，於女信處。……是以有袞衣兮，無以我公歸兮，無使我心悲兮。"舊說《九罭》是讚美周公的詩，此藉以寫宋璟被召回朝。遵，沿着。渚：水中的小塊陸地。於女（汝）信處，言汝再宿兩夜。於，助詞。信處，信宿。龍章，古帝王、諸侯禮服上的龍形圖紋。袞衣，即捲龍衣，古帝王及上公所穿繡龍的禮服。此指宋璟所服。我公，指宋璟。

39. 鬱陶：憂思積聚貌。《孟子·萬章上》："鬱陶思君爾。"嗟歎之不足：《毛詩序》："言之不足，故嗟歎之；嗟歎之不足，故永歌之；永歌之不足，不知手之舞之足之蹈之也。"

40. 司馬：唐都督府屬官。譚瓊：曾任殿中侍御史，參見《唐御史臺精舍題名考》卷二。番禺，唐廣州治所，今廣東廣州。耆老：受人敬重的老人。

41. 傳徽斯文：在儒者中傳揚宋璟的美行。徽，美。斯文，指儒者或文人。

42. 《春秋》：古編年體史書，相傳為孔子據魯史修訂而成。其敘事簡括，筆法謹嚴，多寓褒貶。漢以後被尊為經書。苟其辭：謂隨便為文。

43. 贊德：稱揚美德。去思：地方對離任長官的懷念。

44. "越裳"二句：越裳，南方古國名。《後漢書·南蠻傳》載："交趾之南有越裳國。周公居攝六年，制禮作樂，天下和平，越裳以三象重譯而獻白雉，曰：'道路悠遠，山川岨深，音使不通，故重譯而朝。'"又載越裳使者自述遠道來朝之原因曰："吾受命吾國之黃耇（長壽老人）曰：'久矣，天之無烈風雷雨，意者中國有聖人乎？有則盍（何不）往朝之。'"變風，謂風發生變化，即久無烈風雷雨之意。周公，姓姬名旦，周文王之子，武王之弟。武王死，成王年幼繼位，由周公攝政。周代的禮樂制度相傳都是周公所制訂，後儒家尊他為聖人。此以周公喻宋璟。

45. "吉甫"二句：《詩·大雅·烝民》："吉甫作誦，穆如清風。"吉甫，即尹吉甫。《詩·大雅·崧高》："維嶽降神，生甫及申。維申及甫，維周之翰。四國於蕃，四方於宣。"小序："《崧高》，尹吉甫美宣王也。天下復平，能建國親諸侯，褒賞申伯焉。"申，即申伯。《崧高》鄭箋："尹吉甫、申伯，皆周之卿士（王卿之執政者曰卿士）也。"孔疏："若四表之國有所患難，則往捍禦之，為之蕃（藩）屏；四方之處恩澤不至，則往宣暢之，使沾王化。"此以申伯喻宋璟。

46. 惡（wū）：怎麼。

47. 王宰：帝王的宰輔大臣，指宋璟。遠國靈：謂國中特別傑出的人才（指宋璟）遠至邊郡。北戶：《爾雅·釋地》："觚竹、北戶、西王母、日下，謂之四荒。"郭注："北戶在南。"邢疏："北戶者，即日南郡是也。"此指廣州一帶。南溟：南海。

48. 酌：斟酌，吸取。七德：《左傳》宣公十二年："夫武，禁暴、戢兵、保大、定功、安民、和眾、豐財者也……武有七德，我無一焉，何以示子孫。"六經：皆儒家經典，即《詩》、《書》、《禮》、《樂》、《易》、《春秋》。畫一：整齊，明白。《史記·蕭相國世家》："蕭何為法，顜若畫一"。言不再：指發佈政令清楚明確，不用說第二次。

49. 籬牆：指草房的牆，因用竹、葦等物編成，故稱。魚鱗瓦：指屋頂的瓦排列如魚鱗。鳥翼堂：指正房（堂）的屋脊像鳥兒展開翅膀一般。

50. 洞：穿，透進。日華：日光。皎：光明貌。夜光：指夜間的燈光。莫：無。燉（tún）：火熾盛貌。指無火災。

51. 昆侖：古時泛稱今中印度半島南部及南洋諸島為昆侖。西海：西方極遠處的海。古書中或稱今波斯灣、紅海、地中海、阿拉伯海、印度洋西北部為西海。舟如島：形容從昆侖、西海來廣州互市的海船之大。《全唐文》島作"鳥"，亦通。貨為臺：謂貨物堆積如臺。

52. 扃（jiong）：門。

53. 越井岡：指越秀山，在廣州市北，高二十餘丈。金鼓愁：指宋璟來廣州任職以前的景象。旌旆好：指宋璟任職廣州後的景象。

54. 來何暮：東漢廉範（字叔度）為蜀郡太守，解禁便民，民歌之曰："廉叔度，來何暮（晚）？不禁火，民安作。平生無襦今五褲。"見《後漢書‧廉範傳》。

55. 犦（bó）牛牲：用犦牛作祭祖的犧牲。犦牛，一種野牛，領肉隆起，狀如駱駝。菌雞卜：以菌山的雞占卜。《山海經‧海內經》："南海之內有衡山，有菌山。"古有雞卜之法，《史記‧武帝紀》："乃令越巫立越祝祠⋯⋯而以雞卜。上信之，越祠雞卜始用焉。"壽考：長壽。

串講

本文第一段，概述宋璟受命到廣州任職。第二段，寫宋璟以往行事，歌頌他忠貞正直、不畏權奸的高貴品格。第三段，寫宋璟在廣州任上的政績，並歌頌他能繼承祖先的美德。第四段，寫廣州吏民對宋璟的思念及作者寫此文的原因、目的。第五段，頌文，集中歌頌宋璟在廣州的政績，並對他表示美好的祝願。

評析

張說（667-731），字道濟，一字說之，祖籍河東（今山西永濟），十四歲喪父後遷居洛陽，故又稱洛陽人。永昌中考賢良方正科，對策第一，授太子校書郎。長安初擢鳳閣舍人，後因得罪武后流配欽州。睿宗時拜為中書侍郎，知政事。玄宗即位，罷知政事，協助玄宗殺太平公主，拜為中書令，封燕國公。出刺相州，轉岳州。召拜兵部尚書，知政事。後為集賢院學士，尚書左丞相。張說歷仕四朝，長期在朝中掌握政柄，為文精壯，長於碑誌，朝廷重要文誥多出其手。與許國公蘇頲齊名，時稱"燕許大手筆"。作為盛唐前期文學界的領袖，張說"喜延納後進"（《舊唐書》本傳），張九齡、王翰等著名文士均遊其門下。有《張燕公集》。

　　本文是張說為廣州都督宋璟寫的一篇頌德碑文。宋璟（663-737）睿宗時曾任宰相，玄宗開元五年（717）至八年再次任宰相。他為人剛正不阿，敢於犯顏直諫；為相堅持正道，刑賞無私，致力於選賢授能，使官吏各稱其職。史稱"唐世賢相，前稱房（玄齡）杜（如晦），後稱姚（崇）宋（璟），他人莫得比焉"（《通鑑》卷二一一）。宋璟於開元四年任廣州都督，兼嶺南按察使及五府經略使。唐時置廣州中都督府（治所在今廣州市），其正長官稱都督。嶺南，唐道名。唐太宗時分天下為十道，嶺南道即十道之一。睿宗景雲二年（711）置十道按察使，掌考察所部刺史以下官吏之善惡；玄宗開元元年（713）罷十道按察使，二年復置。嶺南按察使治所即在廣州。唐高宗永徽後分嶺南道為廣州、桂州、容州、邕州、交州五都督府（交州都督府後改為安南都護府），由廣州都督統攝，合稱嶺南五府或五管，並置五府經略使，由廣州都督兼任。宋璟任廣州都督不到一年，即於開元四年十二月被玄宗徵召入朝，同年閏十二月拜相。本碑文作於開元五年（717），當時作者張說任荊州大都督府長史。碑文係應廣州吏民的請求而寫，並擬在該地刻石建碑，所以着重地描述了宋璟在廣州任上的德政，但也自然地敍及宋璟以往的行事，歌頌了他執法無所迴避、諫爭奮不顧身的高貴品格。全篇前"碑"後"頌"，相互呼應，敍事中兼有抒情，頗真切感人。

據宋璟《請停廣州立遺愛碑奏》及《通鑑》卷二一二載，開元六年正月，宋璟由"韶州（隸屬於廣州都督府）奏事"得知廣州吏民為自己立遺愛碑，上奏疏說："臣在州無他異跡，今以臣光寵（指任宰相），成彼諂談；欲革此風，望自臣始。請敕下禁止。"結果"上從之。於是他州皆不敢立。"為了革除對在上位者阿諛奉承的惡劣風氣，宋璟請求皇帝下令禁止地方為自己立頌德碑，這種嚴於律己、以身作則的品質是難能可貴的，千載間傳為美談！

王　維

山中與裴迪秀才書

近臘月下，[1] 景氣和暢，[2] 故山殊可過。[3] 足下方溫經，[4] 猥不敢相煩，[5] 輒便獨往山中，[6] 憩感配寺，[7] 與山僧飯訖而去。比涉玄灞，[8] 清月映郭。[9] 夜登華子崗，[10] 輞水淪漣，[11] 與月上下。[12] 寒山遠火，明滅林外。深巷寒犬，吠聲如豹。村墟夜舂，[13] 復與疏

王維像（清‧李瀜繪）

鐘相間。此時獨坐，僮僕靜默，多思囊昔，[14] 攜手賦詩，步仄徑，[15] 臨清流也。當待春中，草木蔓發，[16] 春山可望，輕鰷出水，[17] 白鷗矯翼，[18] 露濕青皋，[19] 麥隴朝雊，[20] 斯之不遠，[21] 倘能從我遊乎？[22] 非子天機清妙者，[23] 豈能以此不急之務相邀！然是中有深趣矣，無忽。[24] 因馱黃檗人往，[25] 不一。[26] 山中人王維白。

注釋

1. 下：末。

2. 景氣：氣候。和暢：溫和舒適。

3. 故山：舊居的山，指輞川山谷。過：訪問。

4. 足下：對人的敬稱。溫經：溫習經書。

5. 猥（wěi）：鄙，自稱的謙詞。

6. 輒：就。

7. 憩（qì）：休息。王維有《遊感化寺》詩，宋蜀刻本、《文苑英華》
   作"化感寺"；又有《過感化寺曇興上人山院》詩，宋蜀刻本作"感
   配寺"，《文苑英華》作"化感寺"。《舊唐書·方伎傳》："義
   福……初止藍田化感寺。"則原當作"化感寺"，誤倒而為"感化
   寺"，化、配草書形近，因又誤而為感配寺。此寫作者自長安往藍
   田輞川，途中在感化寺休息。

8. 比：等到。玄灞：潘岳《西征賦》："南有玄灞素滻。"玄，天青
   色。灞，水名，源出藍田縣藍田谷，流經藍田縣城南，北入渭河。
   輞水在藍田縣城西南匯入灞水。

9. 郭：指藍田縣城。

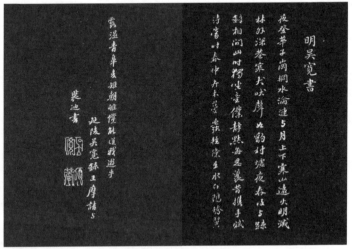

王維《山中與裴迪秀才書》（明·吳寬書）

10. 華子崗：輞川山谷二十處遊止之一，見《輞川集》序。據明刻石本《輞川圖》，華子崗是輞川山谷中段東側的一座山峰。

11. 淪漣：謂水起微波。

12. 與月上下：指月下水波起伏，波光閃動。與，隨。

13. 村墟：村落。

14. 曩（nǎng）昔：從前。

15. 仄徑：小路。

16. 蔓：蔓延，滋長。

17. 鯈（chóu）：一種銀白色的小魚。

18. 矯：舉。

19. 青皋：長着青草的水邊之地。

20. 隴：通“壟”，田埂。雊（gòu）：野雞鳴。

21. 斯：此，指上面描寫的春色。

22. 倘：或許。

23. 天機：天性。

24. 忽：忽略。

25. 黃檗（bò）：落葉喬木，俗作黃柏，莖可製黃色染料，皮與根入藥。此句意謂，借助入山馱藥的人送信去。

26. 不一：不詳說。舊時書信結尾用語。

串講

　　在這封信中，作者先敘自己思歸輞川，由於好友正“溫經”，不便相擾，只好孤身獨往，這些話包含着對友人的關懷體貼之情。接着寫自己夜歸輞川親見的美景，從視、聽兩個方面，描畫出了一幅有聲有色的寒夜山莊圖。下面寫在山莊靜夜獨坐，不禁想起昔日與好友共遊輞川的情景，流露了作者對友人的一片深情。接下用寥寥數筆，勾勒了一幅輞川春日的生機

勃勃的圖畫，自然地引出了寫信的本意：邀約摯友來春共賞輞
川佳景。

評析

　　王維（701-761），字摩詰，蒲州（治所在今山西永濟西）
人，開元九年擢進士第，解褐為太樂丞。累官至給事中。安祿
山叛軍陷長安，曾受偽職。亂平後，降為太子中允，後官至尚
書右丞，故亦稱王右丞。晚年居藍田輞川，亦官亦隱，生活優
遊。王維是在盛唐時代文化全面高漲的歷史條件下所產生的一
個多才多藝的作家。他精通音樂，書法兼長草、隸各體，繪畫
才能尤為特出，擅繪人物、山水，曾自負地說“宿世謬詞客，
前身應畫師”（《偶然作》其六），而後人甚至推許他為南宗畫
派之祖。蘇軾稱其“詩中有畫，畫中有詩”。他的文學創作就
是建築在這樣全面的藝術修養之上的，因而取得了很高的成
就。有《王右丞集》。

　　這封信寫於天寶年間（742-755）作者居輞川期間。山中
即指輞川。輞川在陝西藍田縣南輞谷內，輞谷是一條狹長的峽
谷，成西北——東南走向，長二十餘里，最寬處近五百米。谷
中有輞水（又稱輞谷水）流貫。大概因係沿輞水形成的一道山
中平川，故稱輞川。裴迪，關中人，唐代詩人，王維的好友。
天寶初王維在輞川營置別業後，常在那裏“與道友裴迪浮舟往
來，彈琴賦詩，嘯詠終日”（《舊唐書·王維傳》）。秀才，唐時
進士（唐時凡參加進士科考試的人，都稱為進士）的通稱，參
見《唐國史補》卷下。信裏兩處寫景，是作者最用力的地方；
而抒發對摯友之情，則貫穿了全篇，這兩者水乳交融。全文以

清麗淡雅的文字，刻劃了生動鮮明的自然景物形象，充滿着詩情畫意，與王維的《輞川集》絕句有異曲同工之妙。在句法上，以四字句為主，配以散句，整齊中又富於變化。

趙孟頫臨王維輞川圖（局部）

李 白

大鵬賦

余昔於江陵，見天台司馬子微，[1]謂余有仙風道骨，可與神遊八極之表，因著《大鵬遇希有鳥賦》以自廣。[2]此賦已傳於世，往往人間見之。悔其少作，[3]未窮宏達之旨，中年棄之。及讀《晉書》，睹阮宣子《大鵬贊》，[4]鄙心陋之。遂更記憶，多將舊本不同，今腹存手集，[5]豈敢傳諸作者，庶可示之子弟而已。其辭曰：

南華老仙發天機於漆園，[6]吐崢嶸之高論，開浩蕩之奇言，[7]徵志怪於《齊諧》，談北溟之有魚。吾不知幾千里，其名為鯤，化成大鵬，[8]質凝胚渾。[9]脫鬐鬣於海島，張羽毛於天門。[10]刷渤澥之春流，晞扶桑之朝暾。[11]炬赫於宇宙，憑陵乎崑崙。[12]一鼓一舞，煙矇沙昏。[13]五嶽為之震落，百川為之崩奔。[14]

爾乃蹶厚地，揭太清，[15]亙層霄，突重溟。[16]激三千以崛起，向九萬而迅征。[17]背嶪大山之崔嵬，[18]翼舉長雲之縱橫。左迴右旋，倏陰忽明。[19]歷汗漫以天矯，䟃閶闔之崢嶸。[20]簸鴻蒙，[21]扇雷霆，斗轉而天動，山搖而海傾。怒無所搏，[22]雄無所爭。固可想像其勢，髣髴其形。

若乃足縈虹蜺，[23]目耀日月，連軒沓拖，揮霍翕忽。[24]

噴氣則六合生雲，[25] 灑毛則千里飛雪。邈彼北荒，將窮南圖。[26] 運逸翰以傍擊，鼓奔飆而長驅。[27] 燭龍銜光以照物，列缺施鞭而啟途。[28] 塊視三山，杯觀五湖。[29] 其動也神應，其行也道俱。[30] 任公見之而罷釣，有窮不敢以彎弧，[31] 莫不投竿失鏃，仰之長吁。[32]

李白像（錄自南薰殿《聖賢畫像》）

爾其雄姿壯觀，塊軋河漢。[33] 上摩蒼蒼，下覆漫漫。[34] 盤古開天而直視，羲和倚日而傍歎。[35] 繽紛乎八荒之間，掩映乎四海之半。[36] 當胸臆之掩畫，若混茫之未判。[37] 忽騰覆以回轉，則霞廓而霧散。

然後六月一息，至於海湄。[38] 欻翳景以橫翥，逆高天而下垂。[39] 憩乎泱漭之野，入乎汪湟之池。[40] 猛勢所射，餘風所吹，溟漲沸渭，岩巒紛披。[41] 天吳為之怵慄，海若為之躩跐。[42] 巨鼇冠山而卻走，[43] 長鯨騰海而下馳，縮殼挫鬣，[44] 莫之敢窺。吾亦不測其神怪之若此，蓋乃造化之所為。[45]

豈比夫蓬萊之黃鵠，誇金衣與菊裳？[46] 恥蒼梧之玄鳳，耀彩質與錦章。[47] 既服御於靈仙，久馴擾於池隍。[48] 精衛勤苦於銜木，鶢鶋悲愁乎薦觴。[49] 天雞警曙於蟠桃，竣烏晰耀於太陽。[50]不曠蕩而縱適，何拘攣而守常？[51]未若茲鵬之逍遙，無厭類乎比方。不矜大而暴猛，每順時而行藏。[52]參玄根以比壽，飲元氣以充腸。[53]戲暘谷而徘徊，馮炎洲而抑揚。[54]

　　俄而稀有鳥見而謂之曰："偉哉鵬乎，此之樂也。吾右翼掩乎西極，左翼蔽乎東荒。[55]跨躡地絡，周旋天綱。[56]以忧惚為巢，以虛無為場。[57]我呼爾遊，爾同我翔。"於是乎大鵬許之，欣然相隨。此二禽已登於寥廓，而尺鷃之輩空見笑於藩籬。[58]

注釋

1. 江陵：唐荊州，天寶元年改為江陵郡，治所在江陵縣（今屬湖北荊州市）。天台：山名，在今浙江天台縣北。司馬子微：唐道士司馬承禎，字子微，洛州溫縣人。從潘師正學道，傳其辟穀導引之術。遍遊名山，旋隱於天台山不出。開元九年玄宗遣使迎入京，親受道籙。開元十五年後居王屋山。二十三年（735）卒，年八十九。事見兩《唐書》本傳。

2. 八極：八方極遠之地。表：外。希有鳥：神鳥名。《神異經‧中荒經》："崑崙之山……有大鳥，名曰希有。……背上小處無羽一萬九千里。西王母歲登翼上，會東王公也。"自廣：自我寬慰。

3. 悔其少作：語本楊修《答臨淄侯箋》："修家子雲（揚雄），老不曉事，強著一書，悔其少作。"

4. 阮宣子：《晉書‧阮修傳》："阮修，字宣子。……嘗作《大鵬贊》曰：'蒼蒼大鵬，誕自北溟……'"

5. 將：與。腹存：謂心想。

6. 南華老仙：指莊子。唐天子崇奉道教，天寶元年（742）二月，詔
以莊子為南華真人，其所著書（《莊子》）號《南華真經》，見《舊
唐書·玄宗紀》。發：顯現。天機：天賦的悟性。漆園：地名。
《史記·老莊申韓列傳》：“（莊）周嘗為蒙漆園吏。”

7. 崢嶸：比喻超越尋常。浩蕩：形容恣肆放縱。

8. “徵志怪”五句：《莊子·逍遙遊》：“北冥有魚，其名為鯤。鯤之
大，不知其幾千里也。化而為鳥，其名為鵬。鵬之背，不知其幾千
里也。怒而飛，其翼若垂天之雲。是鳥也，海運則將徙於南冥。南
冥者，天池也。《齊諧》者，志怪者也。《諧》之言曰：‘鵬之徙
於南冥也，水擊三千里，摶扶搖而上者九萬里，去以六月息者
也。’”志怪，記載怪異。《齊諧》，書名。北冥，即北溟，北海。
鯤（kūn），傳說中的一種大魚。

9. 質凝胚渾：《文選》郭璞《江賦》：“類胚渾之未凝。”李善注：
“胚胎渾沌，尚未凝結。”此反用其意，謂已自胚胎渾沌狀態凝結成
體。

10. 鬐（qí）：魚類脊背上的鰭棘。鬛（liè）：凡水族之鬐與鬚均稱鬛。
天門：天宮之門。

11. 渤澥（xiè）：渤海，又作勃海。晞（xī）：乾，曬乾。扶桑：東
方神木名。傳說日出自暘谷，上“拂於扶桑”。參見《淮南子·天
文訓》、《楚辭·九歌·東君》王逸注。朝暾（tūn）：朝陽。

12. 烜（xuǎn）赫：聲威盛大。憑陵：進逼。崑崙：山名，在今新
疆、西藏之間，勢極高峻，綿延四千餘里，古以為神仙所居之地。

13. 鼓：動。朦：模糊不清，昏暗。

14. 崩奔：崩壞，奔騰。

15. 蹶（jué）：踏。揭：高舉。太清：指天空。

16. 互：貫、穿。層霄：猶言九霄。重（chóng）溟：海。

17. “激三”二句：即“水擊三千里，摶扶搖而上者（謂乘飆風而上）九
萬里”之意。激，鼓動，指兩翼擊水。征，遠行。

18. 嶪（yè）：高大貌。崔嵬（wéi）：高貌。

19. 倏（shū）：忽然。

20. 汗漫：《淮南子·道應訓》："吾與汗漫期於九垓之外，吾不可以久駐。"高誘注："汗漫，不可知之也。"夭矯：自得貌。狃（gòng）：至。揚雄《甘泉賦》："登椽欒而狃天門兮，馳閶闔而入凌兢。"閶闔（chānghé）：天門。崢嶸：高峻。

21. 簸：播揚。鴻（hóng）濛：即鴻蒙。《莊子·在宥》："云將東遊，過扶搖之枝而適遭鴻蒙。"《釋文》："司馬（彪）云：自然元氣也，一云海上氣也。"

22. 怒：奮發，奮起。所：可以。搏：憑藉。

23. 縈：繞。虹蜺：相傳虹有雄雌之別，色鮮豔者為雄，暗淡者為雌，雄者稱虹，雌者曰蜺。

24. 連軒：飛貌。杳拖：同"渺迤"。木華《海賦》："長波渺迤，迤延八裔"。李周翰注："渺迤，延長貌。"揮霍：輕捷迅疾貌。翕（xī）忽：意同"揮霍"。張協《七命》："翕忽揮霍，雲回風烈。"

25. 六合：天地四方。

26. 邈：遠。北荒：北方極遠之地，指北溟。南圖：南行之圖謀。

27. 逸翰：健飛之羽。奔飆：疾風。

28. 燭龍：神名。傳說西北方有幽冥地帶，日光照不到，燭龍把那裏照亮了。《楚辭·天問》："日安不到，燭龍何照？"列缺：閃電。揚雄《羽獵賦》："霹靂列缺，吐火施鞭。"啟途：開路。

29. "塊視"二句：三山，海中三神山，名曰蓬萊、方丈、瀛洲。五湖，說法不一，或以太湖為五湖。二句謂大鵬自九萬里的高空下視三山細如土塊，五湖小似水杯。

30. 行也道俱：謂行動與道同在。

31. 任公：即任公子。《莊子·外物》載：任公子製一大鈎，以五十頭牛的肉做釣餌，坐於會稽山，投竿東海，日日垂釣，一年後獲一巨魚，浙江以東、蒼梧以北的人都飽食了它的肉。有窮：指夏代有窮部落的君主羿，善射。事見《左傳》襄公四年。彎弧：彎弓。

32. 投：扔掉。鏃：箭頭，代指箭。仰：仰首而視。

33. 坱（yǎng）軋：同“軮軋”。《漢書·揚雄傳》顏師古注：“軮軋，遠相映也。”

34. 蒼蒼：指天。《莊子·逍遙遊》：“天之蒼蒼，其正色邪？”漫漫：廣遠無際貌，指地。

35. 盤古：中國神話中開天闢地的人。羲和：神話中為太陽駕車的人。

36. 八荒：八方極遠之地。四海：指中國以外的地方。《爾雅·釋地》：“九夷、八蠻、六戎、五狄，謂之四海。”

37. 當：正值。胸臆：指大鵬的胸部。掩晝：指遮蔽白晝的陽光。混茫：同“混芒”，天地未分時的渾沌狀態。判：區分。

38. 六月一息：謂大鵬一舉飛去，半年後抵達南海，才得以休息。海湄：海邊。

39. 欻（xū）：忽然。翳（yì）景：遮蔽日月之光。矯：飛舉。逆：自上而下。

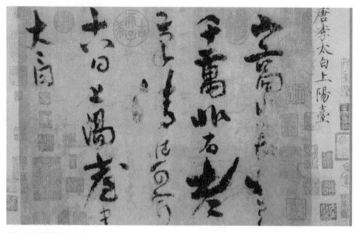

李白《上陽臺》手跡

40. 洚漭（mǎng）：廣大貌。汪湟：同"汪洸"，水深廣貌。

41. 溟漲：溟、漲皆指海。沸渭：喧騰貌。紛披：散亂。

42. 天吳：水神名。《山海經·海外東經》："朝陽之谷，神曰天吳，是為水伯。"忧慄：恐懼貌。海若：海神名，見《楚辭·遠遊》王逸注。躨跜（kuíní）：指因驚恐而動。

43. "巨鼇"句：《文選》左思《吳都賦》："巨鼇贔屓，首冠靈山。"呂向注："巨鼇，大龜也。靈山，海中蓬萊山，而大龜以首戴之。冠猶戴也。"

44. 縮殼：指巨鼇而言。挫鬣：指長鯨而言。挫，折斷。

45. 造化：大自然。

46. "豈比"二句：《西京雜記》卷一："始元元年，黃鵠下太液池。上為歌曰：'黃鵠飛兮下建章，羽肅肅兮行蹌蹌，金為衣兮菊為裳……'"太液池在漢長安建章宮，池中起三山，以像蓬萊、方丈、瀛洲（見《三輔黃圖》卷四），故稱"蓬萊之黃鵠"。鵠，天鵝。

47. 蒼梧：山名，在今湖南寧遠縣。玄鳳：即鳳。錦章：華美的色彩、花紋。

48. 服御：駕馭。謂鵠、鳳為神仙所駕馭。馴擾：順服。池隍：城池。有水稱池，無水曰隍。

49. 精衛：鳥名。傳說炎帝之少女游於東海，溺而不返，遂化為精衛，"常銜西山之木石，以堙於東海"。見《山海經·北山經》。鶂鶋：海鳥名，亦作爰居。薦觴：獻酒。《莊子·至樂》："昔者海鳥止於魯郊，魯侯御而觴之於廟，奏九韶以為樂，具太牢以為膳。鳥乃眩視憂悲，不敢食一臠，不敢飲一杯，三日而死。"

50. 天雞：《初學記》卷三〇引郭璞《玄中記》："桃都山有大樹曰桃都，枝相去三千里，上有天雞。日出照木，天雞即鳴，天下雞皆鳴。"蟠桃：仙桃名。傳說其樹屈蟠三千里。見《太平御覽》卷九六七引《漢舊儀》。踆（cūn）烏：神話所稱太陽中的烏鴉。《淮南子‧精神訓》：“日中有踆烏。”高注：“踆，猶蹲（《藝文類聚》卷一作跐），謂三足烏。”晰：明。

51. 曠蕩：性情曠達。拘攣（luán）：拘束。

52. 矜大：驕傲自大。行藏：《論語‧述而》：“子謂顏淵曰：‘用之則行，舍之則藏。’”此用其意。

53. 玄根：道家指道之根本。《文選》盧諶《贈劉琨》：“處其玄根，廓焉靡結。”李善注：“《廣雅》曰：玄，道也。”元氣：指天地未分時的混沌之氣。《論衡‧言毒》：“萬物之生，皆稟元氣。”

54. 暘（yáng）谷：日所出處。《淮南子‧天文訓》：“日出於暘谷，浴於咸池。”馮：依。炎洲：舊題東方朔《十洲記》：“炎洲，在南海中，地方二千里，去北岸九萬里。”抑揚：上下。

55. “吾右”二句：《神異經‧中荒經》謂希有鳥“南向，張左翼覆東王公，右翼覆西王母。”西王母居於西極，東王公居於東荒（東方極遠之地）。《神異經‧東荒經》：“東荒山中有大石室，東王公居焉。”

56. 地絡：地之脈絡，謂山川之屬。天綱：王琦注：“天之綱維，謂南北二極不動之處。”

57. 恍惚：同“恍惚”。指道。《老子》二十一章：“道之為物，惟恍惟惚。”虛無：《史記‧老莊申韓列傳》：“老子所貴道，虛無。”又《太史公自序》：“道家……其術以虛無為本。”

58. 寥廓：天上寬廣之處。尺鷗：同斥鷃，泛指小雀。《莊子‧逍遙遊》裏講，大鵬乘風直上九萬里高空，將往南溟，斥鷃嘲笑說：去南溟幹嘛。瞧我，翅膀一拍，雙腿一跳；升到低空，隨即往下掉；不去他那九萬里高空，活得照樣挺好。莊子說，這就是小和大的區別。藩籬：籬笆。

串講

　　此賦以《莊子・逍遙遊》中的大鵬形象為基礎而加以鋪陳、發揮，開頭先形容大鵬出世的宏大聲威，接着從大鵬的鼓翼起飛、翔入高天、遨遊八荒、遠徙南溟等幾個方面極力誇寫它的雄姿、威力和氣勢。下面將大鵬同黃鵠、玄鳳等相比，以見出它的自由與逍遙。最後寫大鵬與希有鳥相遇，兩者結為伴侶。

評析

　　李白（701-762），字太白，號青蓮居士。祖籍隴西成紀（今甘肅秦安東），隋末其先人流寓西域的碎葉城（在今吉爾吉斯斯坦境內），白即生於該地。約五歲時，其家遷居綿州昌隆（今四川江油）青蓮鄉。少年即顯露才華，吟詩作賦，博學廣覽，並好行俠。二十五歲離川，長期漫遊各地，對社會生活多所體驗。曾因吳筠等的推薦，於天寶初供奉翰林。在政治上未受重視，又受權貴讒毀，一年後即離開長安。政治抱負未能實現，使他對當時政治腐敗獲得較深認識。天寶三載，在洛陽與詩人杜甫結交。安史亂中，懷着平亂的志願，曾為永王李璘幕僚。璘敗，受牽累流放夜郎。中途遇赦，東還。晚年飄泊困苦，卒於當塗。有《李太白集》。

　　開元十三年（725），李白離巴蜀，遊洞庭，在江陵遇道士司馬承禎，作《大鵬遇希有鳥賦》（參見詹鍈《李白詩文繫年》）；天寶元年（742）詔封莊子為南華真人之後，李白改訂舊稿，遂成此篇《大鵬賦》。

　　賦中作者蓋以大鵬自比，而以希有鳥比司馬承禎。司馬承禎雖然受到唐代最高統治者的賞識，屢被徵召入都，但他並沒有興趣做官，而潛心於道教理論的研治。賦中李白引承禎為同調，由此可以看出他的志趣。值得注意的是，作者還在這篇賦裏，着力地表現了他那豪放不羈、熱烈追求自由的精神。

此賦大筆揮灑，時作奇語，想像豐富，善用排比誇張手法，顯示出了作者的浪漫主義個性。元祝堯《古賦辨體》卷七指出：「此顯出於《莊子》寓言，本自宏闊，而太白又以豪氣雄文發之。事與辭稱，俊邁飄逸，去騷頗近。」評議得當，足資參考。唐魏顥《李翰林集序》說：「《大鵬賦》時家藏一本。」任華《雜言寄李白》說：「《大鵬賦》，《鴻猷文》，嗤長卿，笑子雲，班、張所作瑣細不入耳，未知卿、雲得在嗤笑限否？」可見此賦在當時流傳甚廣，引起了人們的普遍注意。

蘇源明

秋夜小洞庭離宴序

源明從東平太守徵國子司業，[1]須昌外尉袁廣載酒於洄源亭，[2]明日遂行，及夜留宴。會莊子若訥過歸莒，[3]相里子同褘過如魏，[4]陽穀管城、青陽權衡二主簿在座，[5]皆故人也。

徹饌新樽，移方舟中。[6]有宿鼓，有汶簧，[7]濟上嫣然能歌者五六人共載。[8]止洄源東柳門，[9]入小洞庭，遲夷傍徨，眇緬曠漾；[10]流商雜徵，與長言者啾焉合引。[11]潛魚驚或躍，宿鳥飛復下，真嬉遊之擇耳。[12]源明歌曰："浮漲湖兮莽迢遙，川后禮兮扈予橈。[13]橫增沃兮蓬邅延，川后福兮翼予舷。[14]月澄凝兮明空波，星磊落兮耿秋河。[15]夜既良兮酒且多，樂方作兮奈別何！"[16]曲闋，[17]袁子曰："君公行當揮翰右垣，豈止典胄米廩邪！[18]廣不敢受賜，獨不念四三賢！"[19]源明醉，曰："所不與吾子及四三賢同恐懼安樂，有如秋水！"[20]

晨前而歸；及醒，或說向之陳事。[21]源明局局然笑曰：[22]"狂夫之言，不足罪也。"[23]乃志為序。[24]

注釋

1. 東平：唐郡名，即鄆州，天寶元年改為東平郡，治所在須昌（今山東東平西北）。國子司業：唐國子監副長官，從四品下。源明天寶十二載（753）任東平太守（見令狐楚《刻蘇公太守二文記》），十三載被徵為國子司業。

2. 外尉：唐縣令屬官有縣尉，諸州上縣置尉二人，從九品上。須昌為上縣，有尉二人。宋呂本中《紫微詩話》載："開封縣有兩尉，一尉治內，一尉治外。（范）子夷，治外尉也。治內尉失囚被譴……。"外尉，疑即指縣尉之掌治外者。洄源亭：在小洞庭湖旁。蘇源明有《小洞庭洄源亭宴四郡太守詩》。

3. 會：正好。莊若訥：密州（高密郡）莒縣人，天寶十載與錢起同登進士第，今存有《湘靈鼓瑟詩》一首（《全唐詩》卷二〇四）。莒：唐縣名，在今山東曹縣。

4. 相里：複姓。如：往。魏：唐郡名，即魏州，天寶元年改為魏郡，治所在今河北大名東北。

5. 陽穀：唐縣名，本屬濟陽郡（濟州），天寶十三載六月一日郡廢，改屬東平郡，在今山東陽穀東北。青陽：唐縣名，時屬宣城郡（宣州），在今安徽青陽。主簿：指縣主簿，縣令屬官。

6. 徹饌：指撤除洄源亭席上的菜餚。徹，通"撤"。新樽：更換酒杯。新，動詞，更新。方舟：兩條相並連的船。

7. 宿鼓：宿地製作的鼓。宿，春秋國名，在今山東東平東南。汶簧：汶水一帶製作的笙。汶，汶水，即今山東大汶河，流經今東平。簧，簧片笙中用來振動發聲的薄片。

8. 濟：濟水，流經唐東平郡須昌縣西。嫣然：美好貌。

9. 止：至。

10. 遲夷：即遲疑，徘徊。傍徨：即彷徨，指船在湖中遊蕩，無一定方向。眇緬：遼闊。曠漾：寬廣。

11. 流：流播。商、徵（zhǐ）：都是五聲音階（宮商角徵羽）之一。

商相當於現代音階的 D 調，徵相當於現代音階的 G 調。長言：歌唱。啾（jiū）：象聲詞，此指歌唱之聲。焉：語氣助詞。合引：曲調相合。二句指樂器奏出的各種曲調與人的歌唱聲相諧合。

12. 擇：好的選擇。

13. 浮：泛舟。莽：廣遠無際。迢遙：遙遠貌。川后：河神。禮：以禮相待。扈：隨從。橈（ráo）：槳，這裏指船。

14. 橫：橫越。增（céng）沃：指重疊的波浪。增，通"層"。沃，指大浪自上沃下。蓬遷延：蓬草在空中旋舞不進，喻船行遇浪徘徊不前的情狀。福：賜福。翼：輔助，護衛。舷：船邊，借指船。

15. 澄凝：清寒。明：使明亮。空波：透明的水波。磊落：光明。耿：明亮。秋河：銀河。

16. 奈別何：謂無奈又要離別。

17. 闋（què）：終了。

18. 君公：對蘇源明的敬稱。行當：將要。揮翰：揮筆，指草詔。右垣：指中書省。唐中書省在大明宮宣政殿右、殿西，又稱右省、右掖、西省、西掖垣。右省屬官有中書舍人，掌草詔。米廩：虞舜時的學校名。《禮記·明堂位》："米廩，有虞氏之庠也。"典胄米廩，在學校裏主管貴族子弟的教育。典，主管。胄，貴族後代，此指源明為國子司業。唐國子監下設國子，太學、廣文、四門等七學，其中有的學只招收貴族和高官子弟，如國子學只"掌教三品以上及國公子孫、從二品以上曾孫為生者"（《新唐書·百官志》）。

19. 獨：難道。四三賢：指莊若訥、相里同禕、管城、權衡四人。

20. 所：若。吾子：對人的親愛之稱，指袁廣。有如秋水：意謂秋水鑒之。"有如"為誓詞中常用語。《左傳》僖公二十四年："所不與舅氏同心者，有如白水！"

21. 向：從前。陳事：舊事，指源明醉中所說的話。

22. 局局然：俯身大笑貌。

23. 罪：怪罪。

24. 志：記述，記事。

串講

　　文章先交代設宴的緣由及與宴的人，接着寫在小洞庭湖上泛舟宴遊的景象和作者的心情，最後寫作者醉中失言與醒後自解。

評析

　　蘇源明（？-764），初名預，字弱夫，京兆武功（今屬陝西）人。玄宗天寶初進士及第，歷任東平太守、國子司業。安祿山陷京師，託病不受偽職。肅宗復兩京，擢考功郎中，終秘書少監。與杜甫、鄭虔、元結等友善。詩文集俱佚，散篇存於《全唐文》及《全唐詩》中。

　　《新唐書·蘇源明傳》載："出為東平太守。是時，濟陽郡太守李俊以郡瀕河，請增領宿城、中都二縣以紓民力。……於是源明議廢濟陽……既而卒廢濟陽，以縣皆隸東平。召源明為國子司業。"本文即作者入朝為國子司業前在東平與友人宴別之作，時間當在天寶十三載（754）秋（《舊唐書·地理志》謂濟陽郡廢於十三載六月一日）。題中之"小洞庭"為湖名，在唐東平郡須昌縣，今山東東平縣北蠶尾山下（見《讀史方輿紀要·山東·兗州府·東平州》）。

　　全文僅三百餘字，卻把夜宴時的湖光月色、離情別緒、朋友間的坦白真率、自己的浪漫豪情生動地再現了出來。文章敘事、寫景、抒情結合，且夾入歌唱、對話，顯得活潑而又自然；文字簡潔警辟，少用偶對，解駢為散，在駢風甚盛的盛唐文壇上，必能給讀者以新穎別致之感。

李　華

弔古戰場文

　　浩浩乎平沙無垠，夐不見人；[1] 河水縈帶，群山糾紛；[2] 黯兮慘悴，[3] 風悲日曛；[4] 蓬斷草枯，凜若霜晨；鳥飛不下，獸鋌亡群。[5] 亭長告余曰：[6]“此古戰場也。嘗覆三軍，往往鬼哭，天陰則聞。”傷心哉！秦歟漢歟？將近代歟？

　　吾聞夫齊魏徭戍，荊韓召募，萬里奔走，連年暴露。[7]沙草晨牧，河冰夜渡；地闊天長，不知歸路；寄身鋒刃，腷臆誰訴？[8] 秦漢而還，多事四夷，中州耗斁，[9]無世無之。古稱戎夏，不抗王師；文教失宣，[10]武臣用奇。[11]奇兵有異於仁義，王道迂闊而莫為。[12]嗚呼噫嘻！

　　吾想夫北風振漠，胡兵伺便，[13] 主將驕敵，期門受戰。[14]野豎旄旗，川回組練；[15]法重心駭，威尊命賤；[16]利鏃穿骨，驚沙入面；主客相搏，山川震眩；[17]聲折江河，[18]勢崩雷電。至若窮陰凝閉，[19]凜冽海隅，積雪沒脛，堅冰在須；鷙鳥休巢，征馬踟躕；[20]繒纊無溫，[21]墮指裂膚。當此苦寒，天假強胡，[22]憑陵殺氣，[23]以相剪屠。徑截輜重，橫攻士卒；都尉新降，[24]將軍復沒；屍填巨港之岸，血滿長城之窟；無貴無賤，同為枯骨，可勝言哉！鼓衰兮力盡，矢竭兮弦絕，白刃交兮寶刀折，兩軍蹙兮生死決。[25]降矣哉，終身夷狄；戰矣哉，暴骨沙礫。鳥無聲兮山寂寂，夜正長兮風淅淅，[26]魂魄結兮天沉沉，[27]鬼神聚兮雲羃羃。[28]日光寒兮草短，月色苦兮霜白，傷心慘目，有如是耶！

吾聞之，牧用趙卒，[29]大破林胡，開地千里，遁逃匈奴。漢傾天下，財殫力痛。[30]任人而已，其在多乎？周逐獫狁，北至太原，[31]既城朔方，[32]全師而還。飲至策勳，[33]和樂且閒，穆穆棣棣，[34]君臣之間。秦起長城，竟海為關，荼毒生靈，[35]萬里朱殷。漢擊匈奴，雖得陰山，[36]枕骸遍野，[37]功不補患。

蒼蒼蒸民，[38]誰無父母？提攜捧負，[39]畏其不壽。誰無兄弟？如足如手；誰無夫婦？如賓如友。生也何恩？[40]殺之何咎？[41]其存其沒，家莫聞知；人或有言，將信將疑；悁悁心目，[42]寢寐見之。佈奠傾觴，[43]哭望天涯。天地為愁，草木淒悲。弔祭不至，精魂何依？必有凶年，[44]人其流離。嗚呼噫嘻！時耶命耶？從古如斯。為之奈何？守在四夷。[45]

注釋

1. 夐（xiòng）：遠，遼闊。
2. 縈帶：指猶如旋繞的帶子。糾紛：重疊交結。
3. 黯：昏黑。慘悴：悲慘憂傷。

4. 曛（xūn）：日落的餘光。

5. 鋌（tǐng）：快跑。亡群：離群。

6. 亭長：秦漢時每十里為一亭，設亭長一人，掌治安、訴訟等事。這裏借指地方小吏。

7. 暴（pū）露：露天而處，無處隱蔽。

8. 愊（bì）臆：心情鬱悶。誰訴：向誰傾訴。

9. 中州：中原地區。耗斁（dù）：損耗，敗壞。

10. 文教：古時指禮樂法度等。失宣：沒有宣揚、提倡。

11. 用奇：指施用奇謀詭計。

12. 王道：儒家稱以仁義治天下。迂闊：不切實際，此言認為王道迂闊而不實行。

13. 伺便：窺測有利時機。

14. 期門：本漢官名，掌執兵器出入護衛。這裏指倉促應戰，與來偷襲的敵人相會於軍營的大門。

15. 組練：即組甲、被練，都是將士的衣甲服裝，後借指軍隊。這句說，戰士在平川上來回飛奔。

16. 法重：軍法森嚴。威尊命賤：意謂將軍的威嚴至高無上，但在戰場上，生命卻是不值錢的。

17. 主客：指敵我雙方。震眩：驚悸迷亂。

18. 聲折江河：謂廝殺聲勝過江河怒吼。

19. 窮陰：猶窮冬、季冬。凝閉：謂降霜結冰。

20. 鷙（zhì）鳥：兇猛的鳥，如鷹、雕等。踟躕（chíchú）：駐足不前。

21. 繒纊（zēngkuàng）：指用絲織物和絲綿做成的衣服。

22. 天假強胡：謂上天給強胡提供方便。

23. 憑陵殺氣：依憑嚴寒天氣來犯。

24. 都尉：這裏泛指武官。

25. 薄：接近，迫近。

26. 淅淅：風聲。

27. 結：集結。沉沉：昏暗無光。

28. 羃羃（mì）：濃密的樣子。

29. 牧：戰國時趙國名將李牧。守趙北境，曾"大破殺匈奴十餘萬騎，滅襜襤（古匈奴的一支），破東胡（種族名，在匈奴東），降林胡（匈奴的一支），單于奔走。其後十餘歲，匈奴不敢近趙邊城"。事見《史記‧李牧傳》。

30. "漢傾"二句：指漢武帝時，竭盡天下之力，發動幾次大規模抗擊匈奴的戰爭，以致全國財盡力疲。殫（dān），盡。痡（pù），勞倦。

31. 獫狁（xiǎnyǔn），也作"玁狁"，我國古代北方的少數民族，即後來的匈奴。太原：也作"大原"，地名，約在今寧夏固原縣北界。《詩‧小雅‧六月》："薄伐玁狁，至於大原。"謂周宣王命尹吉甫北伐，獲勝而還。

32. 城：築城。朔方：地名，其地近獫狁。《詩‧小雅‧出車》："天子命我，城彼朔方。"指天子命南仲築城朔方以禦獫狁。此處係合兩事為一事而用之。

33. 飲至：古時諸侯征伐、會盟既歸，飲於宗廟，告祭先祖，謂之飲至。策勳：把功勳記在簡策上。

34. 穆穆：形容儀表端莊盛美，多用以頌揚帝王。棣棣：形容儀態文雅和順。

35. 竟：終，直至。荼毒：殘害。

36. "漢擊"二句：指公元前119年，漢武帝令大將軍衞青、驃騎將軍霍去病率軍深入漠北（蒙古高原大沙漠以北地區），大破匈奴，斬獲八、九萬人，自此漢得漠南之地，匈奴不敢再在漠南立王庭。但這次戰爭，漢損失也很嚴重，死人數萬，喪失馬十餘萬匹。陰山，今河套以北、大漠以南諸山的統稱。

37. 枕骸：屍骨相枕。

38. 蒼蒼：形容盛多。蒸：通"烝"，眾。

39. 提攜捧負：指盡心愛護、奉養。提攜，牽扶。捧負，以手扶持以背承負。

40. 生也何恩：活着，帝王對他們有什麼恩德？

41. 殺之何咎：他們在戰場上被殺，又犯了什麼罪過？

42. 悁悁（juàn）：憂悶的樣子。

43. 佈奠：設酒食以祭。傾觴：傾酒於地而祭。

44. 必有凶年：《老子》三十三章：“大軍之後，必有凶年。”凶年，災荒年。

45. 守在四夷：使四方各少數民族為天子守衞疆土。語本《左傳》昭公二十三年：“古者，天子守在四夷。”《淮南子·泰族訓》：“天子得道，守在四夷。”

串講

　　文章一開始，就為我們展現了一幅古戰場的荒涼、淒慘圖畫，接着轉入描寫古代的戰爭，從戰國七雄的爭鬥，說到秦漢以來同四夷的紛爭，概括地指明了這些戰爭帶來的惡果。下面，文章用濃墨重彩，渲染了華夷之間戰爭的驚心動魄場面和令人目不忍睹的慘局，突出表現了戰爭給人民帶來的深重災難。下一段探討古代華夷之間戰爭得失成敗的經驗教訓，認為使邊疆得到安寧的關鍵問題在於“任人”。最後，着力地抒寫了家人對死難將士的無盡哀思，並提出“守在四夷”的主張。

評析

　　李華（715-774），字遐叔，趙州贊皇（今屬河北）人。開元二十三年進士及第，官監察御史、右補闕。安祿山陷長安時，曾受偽職，安史之亂平定後，被貶官，後官至檢校吏部員外郎。其文與蕭穎士齊名。後人輯有《李遐叔文集》。

天寶十一載（752）或十二載，李華曾以監察御史奉使朔方，本文大約即作於這次朔方之行以後。

‧　玄宗晚年，輕啟邊釁，好大喜功，百姓深受其害，文中對戰爭災難的描寫，正是針對這一點而發。如何消除這種華夷之間的戰爭災難？作者主張“守在四夷”，即要求對四夷實行“和柔”政策，反對只講武力。天寶後期，邊地戰爭連綿不斷的主要原因，恰在於唐統治者的窮兵黷武，所以，作者的上述主張，是有很強的現實性和針對性的，並非腐儒的迂闊之見。這篇駢文的一個主要特色，是能以情動人，具有很強的藝術感染力。如“至若窮陰凝閉”句以下，寫敵兵趁酷寒來犯，戰士們在陷於困境的情況下苦戰而死，充溢着低沉、愁慘、淒厲、幽抑、哀痛、悲愴之情，足以動人心魂。再如末段，“其存其沒”以下六句，寫家人對邊地戍卒的思念牽掛，非常真切感人；“佈奠傾觴”以下六句，寫親人對陣亡將士的哭祭，可謂催人淚下。善於以景襯情，融情入景，是此文的又一個特色。譬如首段前十句，盡寫景而情在景中，令人讀後“悲慘之意”油然而生，達到了情景渾一的境界。全篇寫得情文並茂，雖鋪陳似賦，卻無堆砌之弊。

傳說李華寫成此文後，特意將它弄得又髒又舊，雜於佛書中，讓好友蕭穎士看，蕭讀後稱讚寫得好，李問當代文人，誰能達到這水平，蕭答：你精心構思，就能達到。李愕然而服。從這則小故事中，可以看出蕭穎士的眼力和對朋友的瞭解之深，同時也說明此文係李華所苦心經營並且帶有他獨具的個性色彩。

韓　愈

師說

古之學者必有師。師者，所以傳道、受業、解惑也。[1] 人非生而知之者，孰能無惑？惑而不從師，其為惑也，終不解矣。[2] 生乎吾前，其聞道也，[3] 固先乎吾，吾從而師之；生乎吾後，其聞道也，亦先乎吾，吾從而師之。吾師道也，夫庸知其年之先後生於吾乎？[4] 是故無貴，無賤，無長，無少，道之所存，師之所存也。

韓愈像（錄自南薰殿《聖賢畫像》）

嗟乎！師道之不傳也久矣！欲人之無惑也難矣！古之聖人，其出人也遠矣，[5] 猶且從師而問焉；今之眾人，其下聖人也亦遠矣，[6] 而恥學於師；是故聖益聖，愚益愚，聖人之所以為聖，愚人之所以為愚，其皆出於此乎？[7] 愛其子，擇師而教之，於其身也，則恥師焉，惑矣！彼童子之師，授之書而習其句讀者也，[8] 非吾所謂傳其道，解其惑者也。句讀之不知，惑之不解，或師焉，或不焉，[9] 小學而大遺，[10] 吾未見其明也。巫、醫、樂師，百工之人，[11] 不恥相師；士大夫之族，[12] 曰師、曰弟子云者，則群聚而笑之。問之，則曰："彼與彼年相若也，[13] 道相似也。"位卑則足羞，官盛則近諛。[14] 嗚呼！師道之不復可知矣。巫、醫、樂師，百工之人，君子不齒，[15] 今其智乃反不能及，其可怪也歟！

聖人無常師，[16] 孔子師郯子、萇弘、師襄、老聃。[17] 郯子之徒，其賢不及孔子。孔子曰："三人行，必有我師。"[18] 是故弟子不必不如師，師不必賢於弟子，聞道有先後，術業有專攻，如是而已。

李氏子蟠，[19] 年十七，好古文，六藝經傳，[20] 皆通習之；不拘於時，[21] 學於余，余嘉其能行古道，作《師說》以貽之。

注釋

1. 道：指儒家之道。受：坊間選本多釋為義同"授"，非也。此蓋承首句"古之學者必有師"言之，言學者求師，所以承先哲之道，受古人之業，而解己之惑也。非謂傳道與人，授業與人，解人之惑也。說見吳小如《讀書叢劄》223頁（北京大學出版社，1987年8月）。業：指儒家的經典，即下文"六藝經傳"。惑，兼指道和業兩方面的疑難問題。

2. "人非"四句：《論語·季氏》："生而知之者，上也；學而知之者，次也；困而學之，又其次也；困而不學，民斯為下矣。"這裏化用其意。

3. 聞道：懂得道。《論語·里仁》："子曰：朝聞道，夕死可矣。"

4. 庸知：豈知。

5. 出人：超出於一般人。

6. 下聖人：低於聖人。

7. 出於此：由於此。此，指"從師而問"和"恥學於師"的兩種態度。

8. 句讀（dòu）：指文字誦讀。語意盡處，謂之句。語意未盡而誦時須略作停頓處，謂之讀，通作"逗"。

9. 不：同"否"。

10. 小學而大遺：學了小的而丟了大的。小，指"句讀之不知"。大，指"惑之不解"。

11. 巫師：從事降神弄鬼的迷信職業者。百工之人：泛指各種手工業者。

12. 士大夫之族：猶言士大夫之類，指當時社會上層人士。

13. 相若：相近。

14. "位卑"二句：意謂以位卑於己的人為師，則有失身份，感到恥辱；以大官為師，又有近於諂諛的嫌疑。

15. 不齒：是不屑與之同列的意思。

16. 聖人無常師：《論語·子張》："夫子焉不學，而亦何常師之有？"常師，固定的老師。

17. 郯（tán）子：春秋時郯國國君，傳為古帝少皞氏之後。郯子朝魯，談及少皞氏時代以鳥名官的文獻，孔子從學。見《左傳·昭公十七年》。萇弘：周敬王時大夫。孔子至周，訪樂於萇弘。見《孔子家語·觀周》。師襄：魯太師（樂官），孔子曾從他學琴。見《史記·孔子世家》、《淮南子·主術訓》。老聃：即老子李耳。聃，是其謚號。孔子曾問禮於老子。見《史記·老莊申韓列傳》及《孔子家語·觀周》。

18. "三人行"二句：《論語·述而》："子曰：三人行，必有我師焉，擇其善而從之，其不善者而改之。"

19. 李蟠（pán）：韓愈的弟子，貞元十九年（803）進士。

20. 六藝經傳：六經的經文和傳文。六藝，六經。
21. 不拘於時：意指沒有受到時代風氣的影響、不以從師為恥。

串講

第一段，開門見山提出論點：古之學者必有師。不言 "須有師" 而說 "必有師"，一板一腔，毫不含糊。然後正面界定教師的職能：傳道、受業、解惑。再反面論述無師不能解惑，從理論上闡明從師的必要性。接着提出擇師的標準：凡先聞道者，都可以為師。最後歸納上文，提出從師的原則：無貴無賤，無長無少，道之所存，師之所存。

第二段，批判當時士大夫恥於從師的不良風氣。從三個角度進行正反對比，通過針砭時弊，來論證第一段所提出的觀點，說明從師的必要。現列表說明於下：

	對比角度	對比雙方	從師態度	結果
1	古今對比	"今之眾人"	"恥學於師"	"愚益愚"
		"古之聖人"	"從師而問"	"聖益聖"
2	士大夫家庭內部對比	於其子	擇師而教之	小學
		於其身	恥師	大遺
3	士大夫與其他階層對比	巫醫樂師百工之人	不恥相師	士大夫之智不及巫醫樂師百工之人
		士大夫之族	曰師曰弟子……群聚而笑之	

第三段，以歷史事例，進一步從正面論證第一段提出的觀點。首先提出分論點：聖人無常師。然後用孔子言和行兩方面

的事例，論證求師重道是自古已然的作法。最後還從孔子的事例中闡明誰可為師的道理。

　　第四段，交代寫作緣由，樹立了一個"不拘於時"、"能行古道"的榜樣，藉以再次強調自己的觀點。讚揚李蟠，既是對他不從流俗的肯定，也是對士大夫們"不從師"的有力批判和針砭。"不拘於時"照應了第二段，"能行古道"照應了第三段。

評析

　　韓愈（768-825），字退之，河陽（今河南孟縣西）人。自稱郡望為昌黎，故世稱韓昌黎。三歲而孤，由嫂鄭氏撫養成人。刻苦自礪，二十五歲成進士，二十九歲始登上仕途，先後做過汴州觀察推官、四門博士、監察御史等官。在監察御史任時，他曾因關中旱饑，上疏請免徭役賦稅、指斥朝政，被貶為陽山令。元和十二年，從裴度平淮西吳元濟有功，升為刑部侍郎。後二年，又因諫迎佛骨，觸怒憲宗，幾乎被殺，得裴度等援救，改貶為潮州刺史。穆宗即位，他奉召回京，為兵部侍郎，又轉吏部侍郎。卒年五十七。有《昌黎先生集》。

　　本文作於貞元十八年（802）韓愈三十五歲時。當時他在文壇上已很有名望，不少青年人向他請教，他亦給予指導和幫助。這種做法，引起人們的議論，有人指責他好為人師。柳宗元《答韋中立論師道書》講："今之世，不聞有師，有輒嘩笑之，以為狂人。獨韓愈奮不顧流俗，犯笑侮，收召後學，作《師說》，因抗顏而為師。世果群怪聚罵，指目牽引，而增與為言辭。愈以是得狂名。"文章的主旨是說明教師的重要作用，從師學習的必要性以及擇師的原則，抨擊當時士大夫之族恥於從師的錯誤觀念，倡導從師而學的風氣。同時，也就對那些誹謗攻擊者給予了公開答覆和嚴正駁斥。它文氣浩瀚，亦莊亦諧，闔中肆外，縝密自然，具有不朽的思想和藝術魅力。

本篇的體裁是“說”，屬論說文。其論證結構，宋代黃震《黃氏日鈔》卷五十九總結說：“前起後收，中排三節，皆以輕重相形。初以聖與愚相形，聖且從師，況愚乎？次以子與身相形，子且擇師，況身乎？末以巫、醫、樂師、百工與士大夫相形，巫、醫、樂師、百工且從師，況士大夫乎？公以提誨後學，亦可謂深切著明矣，而文法則自然而成者。”

韓愈在《送孟東野序》中說：“大凡物不得其平則鳴。”《師說》也是“不平則鳴”的產物。作者懷着對恥相師者的鄙視和嘲弄，對自己行師道、扶掖後生的欣慰和自得，或委婉而歎，或直抒胸臆。文中情與理交融，感歎句和問句巧妙穿插，都給人以情的流溢與理的昭明之感。

張中丞傳後敘

元和二年四月十三日夜，愈與吳郡張籍閱家中舊書，[1] 得李翰所為《張巡傳》。[2] 翰以文章自名，為此傳頗詳密。[3] 然尚恨有闕者：不為許遠立傳，[4] 又不載雷萬春事首尾。[5]

遠雖材若不及巡者，[6] 開門納巡，位本在巡上，授之柄而處其下，[7] 無所疑忌，竟與巡俱守死，成功名，城陷而虜，與巡死先後異耳。[8] 兩家子弟材智下，不能通知二父志，⁹以為巡死而遠就虜，疑畏死而辭服於賊。¹⁰遠誠畏死，何苦守尺寸之地，食其所愛之肉，¹¹以與賊抗而不降乎？當其圍守時，外無蚍蜉蟻子之援，¹²所欲忠者，國與主耳，而賊語以國亡主滅，¹³遠見救援不至，而賊來益眾，必以其言為信。外無待而猶死守，¹⁴人相食且盡，雖愚人亦能數日而知死處矣：¹⁵遠之不畏死亦明矣。烏有城壞，其徒俱死，獨蒙愧恥求活？雖至愚者不忍為。嗚呼！而謂遠之賢而為之邪？

說者又謂遠與巡分城而守，¹⁶城之陷自遠所分始，以此詬遠，¹⁷此又與兒童之見無異。¹⁸人之將死，其臟腑必有先受其病者；引繩而絕之，其絕必有處。¹⁹觀者見其然，從而尤之，²⁰其亦不達於理矣。²¹小人之好議論，不樂成人之美如是哉！²²如巡、遠之所成就，如此卓卓，²³猶不得免，其他則又何說！

當二公之初守也，寧能知人之卒不救，棄城而逆遁？²⁴苟此不能守，雖避之他處何益？及其無救而且窮也，將其創殘餓羸之餘，²⁵雖欲去，必不達。二公之賢，其講之精矣。²⁶守一城，捍天下，²⁷以千百就盡之卒，²⁸戰百萬日滋之師，蔽遮江、淮，沮遏其勢，天下之不亡，其誰之功也？當是時，棄城而圖存者，不可一二數；擅強兵，²⁹坐而觀者，相環也。不追議此，³⁰而責二公以死守，亦見其自比於逆亂，³¹設淫辭而助之攻也。³²

愈嘗從事於汴、徐二府，屢道於兩府間，³³親祭於其所謂雙廟者。³⁴其老人往往說巡、遠時事云。南霽雲之乞救於賀蘭也，³⁵賀蘭嫉巡、遠之聲威功績出己上，不肯出師救。愛霽雲之勇且壯，不聽其語，強留之，具食與樂，延霽雲坐。霽雲慷慨語曰："雲來時，睢陽之人不食月餘日矣。雲雖欲獨食，義不忍；雖食，且不下嚥。"因拔所佩刀斷一指，血淋漓，以示賀蘭。一座大驚，皆感激，為雲泣下。雲知賀蘭終無為雲出師意，即馳去。將出城，抽矢射佛寺浮圖，³⁶矢著其上磚半箭，曰："吾歸破賊，必滅賀蘭，此矢所以志也。"³⁷愈貞元中過泗州，³⁸船上人猶指以相語：³⁹"城陷，賊以刃脅降巡。巡不屈，即牽去，將斬之。又降霽雲，雲未應，巡呼雲曰：'南八，⁴⁰男兒死耳，不可為不義屈！'雲笑曰：'欲將以有為也；公有言，雲敢不死！'⁴¹即不屈。"

張籍曰：有于嵩者，少依於巡。及巡起事，⁴²嵩常在圍中。⁴³籍大曆中於和州烏江縣見嵩，⁴⁴嵩時年六十餘矣。以巡初嘗得臨渙縣尉，⁴⁵好學，無所不讀。籍時尚小，粗問巡、遠事，不能細也。云巡長七尺餘，鬚髯若神。⁴⁶嘗見嵩讀《漢書》，謂嵩曰："何為久讀此？"嵩曰："未熟也。"巡曰："吾於書讀不過三遍，終身不忘也。"因誦嵩所讀書，盡卷，不錯一字。嵩驚，以為巡偶熟此卷，因亂抽他帙以試，⁴⁷無不盡然。嵩又取架上諸書，試以問巡，巡應口誦無疑。嵩從巡久，亦不見巡常讀書也。為文章，操紙筆立書，未嘗起草。初守睢陽時，士卒僅萬人，[48]城中居人戶亦且數萬，巡因一見問姓名，其後無不識者。巡怒，鬚髯輒張。及城陷，賊縛巡等數十人坐，且將戮。巡起旋，[49]其眾見巡起，或起或泣。巡曰："汝勿怖，死，命也！"眾泣不能仰視。巡就戮時，顏色不亂，陽陽如平常。[50]遠寬厚長者，貌如其心。[51]與巡同年生，月日後於巡，呼巡為兄，死時年四十九。嵩，貞元初死於亳、宋間。[52]或傳嵩有田在亳、宋間，武人奪而有之，嵩將詣州訟理，[53]為所殺。嵩無子。張籍云。

注釋

1. 吳郡：今江蘇蘇州。張籍：字文昌，原籍吳郡，寄居和州烏江（在今安徽和縣東北），因韓愈推薦，舉進士。擅長寫樂府詩，與王建齊名，並稱"張王"。

2. 李翰：趙州贊皇（今屬河北）人。他曾客居睢陽，親見張巡堅守危城事跡。《新唐書·藝文志》著錄其《張巡姚誾傳》二卷，今佚。張巡（709-757）：鄧州南陽（今屬河南）人。安祿山反時，任真源縣令，起兵抗擊叛軍。後與許遠同守睢陽（在今河南商丘南），詔拜御史中丞。

3. "翰以"二句：《舊唐書·文苑傳》："（翰）為文精密，用思苦澀。"自名：自成名。

4. 許遠（709-758）：字令威，杭州鹽官（今浙江海寧縣）人。安史亂時，官睢陽太守。事跡見兩《唐書·許遠傳》。

5. 雷萬春：《新唐書·雷萬春傳》："萬春將兵，方略不及（南）霽雲，而彊毅用命。每戰，（張）巡任之與霽雲均（均等）。"雷萬春和南霽雲是張巡兩員得力部將，此文後面敘南霽雲軼事，而不及雷萬春，當是雷的事跡在當時已不可考，因而追恨李翰沒有詳載其始末，為後人留下足徵的歷史文獻。一說，此處"雷萬春"當是"南霽雲"之誤；作南霽雲，前後文始相應。

6. 材：才能。

7. "開門"三句：肅宗至德二載（757）正月，安慶緒將尹子奇以兵十三萬攻打睢陽。睢陽太守許遠向張巡告急，巡自寧陵引兵來救。巡入睢陽後，督勵將士，晝夜苦戰。遠謂巡曰："遠懦，不習兵，公智勇兼濟；遠請為公守，公請為遠戰。"從此以後，許遠只負責調軍糧，修戰具，居中接應。而張巡則專門負責戰鬥籌劃。納：接納。柄，權柄。

8. "城陷"二句：至德二載十月，睢陽城陷。張巡、許遠等被虜。尹子奇斬張巡、南霽雲、雷萬春等三十六人，生致許遠於洛陽以邀功。及安慶緒敗，許遠被害於偃師。（見《資治通鑑》卷二二〇）

9. "兩家"二句：大曆中，張巡之子去疾曾上書，說城陷時，張巡與將校三十餘人皆割心剖肌，慘毒備至，而許遠獨生。張巡臨死時，恨許遠之心不可測，誤國家事，所以請追奪許遠的官爵，以刷冤恥。詔下尚書省，令張去疾與許遠之子許峴及百官商議。其實，張巡死時，去疾尚幼，以上所說，皆傳聞之辭。"不能通知二父志"即指此。通知，通曉。

10. 就虜：受俘。辭服：請降。

11. 食其所愛之肉：《資治通鑑》卷二二〇記載：尹子奇久圍睢陽，城中食盡，便食馬肉；馬盡，羅雀掘鼠；雀鼠又盡，張巡便將愛妾殺了分給士兵吃，許遠亦殺其奴……人知必死，沒有叛逃者，最後才剩下了四百人。

12. 蚍蜉（pí fú）蟻子之援：形容極微小的援助。蚍蜉，黑色大蟻。

13. 賊語以國亡主滅：安史亂起，玄宗逃往蜀中，兩京淪陷，當時叛軍可能以"國亡主滅"為詞，招降張巡、許遠，惟歷史記載缺略，現已無考。

14. 外無待而猶死守：叛軍圍攻睢陽甚急，當時御史大夫、河南節度使賀蘭進明屯兵臨淮，許叔冀、尚衡屯兵彭城，卻都只是觀望，而不肯援救。事見《新唐書·張巡傳》。

15. 亦能數日而知死處矣：也能夠計算日期而知道自己的死所，意謂城破身死，已知必不可免。數，計算，讀上聲。

16. 說者：指發議論的人。分城而守：當時張巡守城東北，許遠守城西南。

17. "城之陷"二句：當時張巡和許遠各守睢陽城的一方，城破是先從許遠所守部分打開缺口的，故云。詬（gòu），辱罵，誹謗。

18. 見：見識。

19. "人之將死"四句：用人之將死和引繩而絕之作比喻，說明城陷也必然會有一個地方先被攻破，不能單看表面現象，認為是防守上的疏忽。引，拉扯。絕，斷。

20. 尤之：意謂歸咎於先受病的臟腑和繩斷的地方。尤，責備。

21. 不達於理：不明事理。

22. 成人之美：《論語·顏淵篇》："子曰：'君子成人之美，不成人之惡，小人反是。'"

23. 卓卓：特異貌。

24. 棄城而逆遁：當時原有棄城他去之議。《新唐書·張巡傳》載，大家商議棄城東奔，張巡、許遠則認為：睢陽是江淮的保障，如果放棄，叛軍將乘勝而南，江淮必亡，而且率領着飢餓的民眾，很難轉移。逆遁，預先逃跑。

25. 創殘餓羸之餘：指久經戰鬥、受傷殘廢、飢餓瘦弱的士兵。

26. 講之精：考慮得很精密周到。

27. "守一城"二句：意謂守住睢陽一城，捍衛了國家。李翰《進張巡中丞傳表》："巡退軍睢陽，扼其咽頷，前後拒守。……賊所以不敢越睢陽而取江淮，江淮所以保全者，巡之力也。"

28. 就盡：漸趨覆沒。就，接近，趨向。

29. 擅（shàn）強兵：擁有強大的軍隊。

30. 追議：追究議論。

31. 自比於逆亂：自列於逆亂者之中。比，並列。

32. 設淫辭：製造誇大失實的言辭。

33. 從事於汴、徐二府：董晉鎮汴州（今河南開封），張建封鎮徐州（今江蘇徐州）時，韓愈曾先後為推官。從事，唐時通稱幕僚為從事，這裏作動詞用，謂任幕職。府，幕府。道，經過，來往。

34. 雙廟：張巡、許遠死後，肅宗追贈巡為揚州大都督，遠為荊州大都督，立廟睢陽，歲時祭祀，號雙廟（見《新唐書・張巡傳》）。

35. 南霽雲：魏州頓丘（今河南清豐縣西南）人，少微賤，為人操舟。祿山反，鉅野尉張沼起兵討賊，拔以為將。後為尚衡前鋒，至睢陽，與張巡計事。感巡厚恩，遂為張巡部將，《新唐書》有傳。賀蘭，指賀蘭進明。

36. 浮圖：佛塔。

37. 志：通“識（zhì）”，“誌”，作標記。

38. 貞元：德宗李適的年號（785-805）。泗州：屬河南道，州治在臨淮（今江蘇泗洪縣東南），為賀蘭進明駐節之處。

39. 指以相語：指着佛塔告訴我。

40. 南八：即南霽雲。八，霽雲在兄弟中的排行。

41. 敢不死：猶言豈敢不死。

42. 起事：指起兵討伐安、史叛軍。

43. 常：嘗。圍中，圍城之中，指睢陽。

44. 大曆，代宗李豫的年號（766-779）。和州烏江縣，今安徽和縣東北烏江鎮。

45. 以巡初嘗得臨渙縣尉，因為張巡的緣故，曾官臨渙縣尉。於嵩居張巡幕中，參加睢陽城守，巡死難後，敘功得官。臨渙縣故城在今安徽宿縣西南的臨渙集。

46. 鬚髯（rán）：鬍鬚的總稱。在頤曰鬚，在頰曰髯。

47. 帙（zhì）：書套，這裏借指書。

48. 僅萬人：近萬人。《說文》段玉裁注："唐人文字，僅，多訓庶幾之幾。如杜詩：'山城僅百層'；韓文：'初守睢陽時，士卒僅萬人'；又，'家僅三十口。'"

49. 起旋：舊說為起來小便。《左傳》定公三年："夷射姑旋焉。"杜預注："旋，小便。" 但揆之當時情境，應釋為站立不穩，踉踉蹌蹌。

50. 陽陽：安詳貌。《詩經·王風·君子陽陽》毛傳："陽陽，無所用其心也。"

51. 貌如其心，意謂外貌也和他內心一樣寬厚。

52. 亳（bó）、宋間：亳州和宋州之間。亳州，州治在譙縣（今安徽亳縣），宋州治所在睢陽。

53. 詣：到，往。訟理，即訴訟。

串講

第一段，引子，借評論李翰的《張巡傳》，交待寫作緣由。

第二段，為許遠辯誣之一：駁"畏死而辭服於賊"。用推論法得出"遠之不畏死亦明矣"的結論。

第三段，為許遠辯誣之二：駁"城陷自遠所分始"。以常事作譬，用歸謬法得出"其亦不達於理"的結論。

第四段，力辯二公死守之可嘉，高度頌揚張巡、許遠以寡敵眾、捍衛天下之功。

第五段，以己所聞見，補敘南霽雲乞師和就義之事，而以"愈嘗從事……巡、遠時事云"數語結上遞下。

第六段，以張籍之言，補敘張巡的讀書、就義，許遠的性格、外貌、出生年月，以及于嵩的有關軼事。材料不像前面那些集中完整，但作者娓娓道來，揮灑自如，不拘謹，不局促，人物的風神笑貌及其遭遇，便很自然地從筆端呈現出來。最後以 "張籍云" 三字回應全文開頭。

　　全篇文氣變化多姿。二、三段，因張、許蒙冤未白，乃層層申辯，故文氣收斂，在闡明一層層事理之後，不免有悲慨深長的抒情插筆。四段由於睢陽保衛戰功勳卓著，有目共睹，所以由辨誣轉入主動進攻和正面歌頌，話語蹈厲奮發，咄咄逼人，如 "守一城……其誰之功也！" 大氣凜然，激情四射，"軒昂突起，如崇山峻嶺，矗立天半"（吳闓生評語）。五、六段則由高潮轉入迴旋和餘波，悲劇感也化為悼念緬懷的情緒，文氣隨之顯得委婉紆徐。

評析

　　本文作於唐憲宗元和二年（807），韓愈時年四十歲，任國子博士。文章充滿激情地高度評價了張、許領導的睢陽戰役的重大意義，並根據調查所得補敍他們的英雄壯烈事跡，有力地駁斥了那些惡意中傷的讕言，反映了作者強烈的愛國精神。

　　徐師曾《文體明辨》云："《爾雅》：'序：緒也。' 字亦作 '敍'，言其善敍事理，次第有序，若絲之緒也。……其為體有二，一曰議論，二曰敍事。" 韓愈的這篇後敍，則是議論與敍事兼而有之。在結構上，本文前半（一至四段）以議論為主，據理力駁小人的誹謗；後半（五、六段）以敍事為主，通過補敍英雄的逸事，為前半的觀點提供了有力的佐證。"截然五段，不用鈎連，而神氣流注，章法渾成，惟退之有此。前三段乃議論，不得曰 '記張中丞逸事'，後兩段乃敍事，不得曰

'讀張中丞傳'，故標以《張中丞傳後敘》。"（方苞評語）在組織上，以紀張巡為中心，以許遠、南霽雲為陪襯，每個人物只選取幾個細節加以描寫，着力為人物傳神。段落間側接橫出，變化莫測，又密切關合，相互補充，使全文形成一個主題集中的有機整體。

作為一篇出色的傳記文學，本文不僅議論慷慨激烈，語言明晰流暢，氣勢奔放雄肆，而且還成功地塑造出張巡、許遠、南霽雲的忠勇形象，這些人物生動傳神，形象鮮明，尤其是"南霽雲乞師"一段，作者運用典型化的方法，對材料進行了精心的剪裁，將求援的經過，以"不肯出師救"一語帶過，而只選取宴請南霽雲的一個場面加以記敘，通過對不忍獨食的慷慨陳詞，斷指斥賀蘭的細節描寫，以及四座驚佩泣下的氣氛烘托，栩栩如生地勾勒出一個忠義果敢的英雄的形象。

因為其筆力俊邁，所以許多評論者都認為，本篇已經可以和司馬遷《史記》相比美。如明茅坤《唐宋八大家文鈔·韓文》卷十："《張中丞傳後敘》通篇句、字、氣，皆太史公髓。"清愛新覺羅·弘曆《唐宋文醇》卷一："《張中丞傳後敘》敘致曲折如畫，真得龍門神髓，非徒形似也。"清吳闓生《古文範》卷三："此退之文之極似太史公者。韓文所以雄峙千古，賴有此數篇耳。"

進學解

國子先生晨入太學，[1] 召諸生立館下，[2] 誨之曰：[3]
"業精於勤，荒於嬉。行成於思，[4] 毀於隨。[5] 方今聖賢相

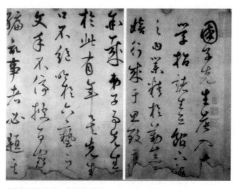

《進學解》（元·鮮于樞書）

逢，[6]治具畢張。[7]拔去兇邪，[8]登崇俊良。[9]佔小善者率以錄，[10]名一藝者無不庸。[11]爬羅剔抉，[12]刮垢磨光。[13]蓋有幸而獲選，孰云多而不揚？[14]諸生業患不能精，無患有司之不明；[15]行患不能成，無患有司之不公。”

言未既。有笑於列者曰：“先生欺余哉！弟子事先生，[16]於茲有年矣。[17]先生口不絕吟於六藝之文，[18]手不停披於百家之編。[19]記事者必提其要，[20]纂言者必鉤其玄。[21]貪多務得，[22]細大不捐。[23]焚膏油以繼晷，[24]恒兀兀以窮年：[25]先生之於業，可謂勤矣。觝排異端，[26]攘斥佛老。[27]補苴罅漏，[28]張皇幽眇。[29]尋墜緒之茫茫，[30]獨旁搜而遠紹。[31]障百川而東之，[32]回狂瀾於既倒：先生之於儒，可謂有勞矣。沉浸醲郁，[33]含英咀華。[34]作為文章，其書滿家。上規姚姒，渾渾無涯；[35]《周誥》《殷盤》，佶屈聱牙；[36]《春秋》謹嚴，[37]《左氏》浮誇。[38]《易》奇而法，[39]《詩》正而葩；[40]下逮《莊》《騷》，[41]太史所錄，[42]子雲、相如，[43]同工異曲：[44]先生之於文，可謂閎其中而肆其外矣！[45]少始知學，勇於敢為。長通於方，[46] 左右具宜：先生之於為人，可謂成矣。[47] 然而公不見信於人，私不見助於友。跋前躓後，[48] 動輒得咎。[49] 暫為御史，遂竄南夷。[50] 三年博士，冗不見治。[51] 命與仇謀，[52] 取敗幾時！[53] 冬暖而兒號寒，年豐而妻啼饑。頭童齒豁，[54] 竟死何裨？[55] 不知慮此，而反教人為！"

先生曰："吁！子來前。夫大木為杗，細木為桷，[56] 欂櫨侏儒，椳闑扂楔，[57] 各得其宜，施以成室者，匠氏之工也；玉札丹砂，赤箭青芝，[58] 牛溲馬勃，敗鼓之皮，[59] 俱收並蓄，待用無遺者，醫師之良也；登明選公，雜進巧拙，[60] 紆餘為妍，卓犖為傑，[61] 校短量長，惟器是適者，[62] 宰相之方也。[63] 昔者孟軻好辯，[64] 孔道以明。轍環天下，卒老於行。[65] 荀卿守正，[66] 大論是弘。[67] 逃讒於楚，廢死蘭陵[68]：是二儒者，吐辭為經，[69] 舉足為法，[70] 絕類離倫，[71] 優入聖域，[72] 其遇於世何如也？今先生學雖勤而不繇其統，[73] 言雖多而不要其中。[74]文雖奇而不濟於用，行雖修而不顯於眾。猶且月費俸錢，歲靡廩粟。[75]子不知耕，婦不知織。乘馬從徒，安坐而食。踵常途之促促，窺陳編以盜竊。[76] 然而聖主不加誅，宰臣不見斥，茲非其幸歟？動而得謗，名亦隨之。投閒置散，乃分之宜。若夫商財賄之有亡，[77]計班資之崇庳，[78]忘己量之所稱，[79]指前人之瑕疵：[80]是所謂詰匠氏之不以杙為楹，[81]而訾醫師以昌陽引年，欲進其豨苓也。"[82]

注釋

1. 國子先生：對國子博士的尊稱。元和七年（812）春，韓愈為國子博士。唐代主管國家教育的最高官署是國子監，內設國子學、太學、廣文學、四門學、律學、書學、算學等七學，各學都設有博士。國子學設博士五人，正五品上。掌教三品以上及國公子孫、從二品以上曾孫為生者。太學：這裏指國子學，唐代的國子學相當於漢代的太學。

2. 諸生：儒生們，指國子學的眾弟子。館：這裏指學舍或課堂。召：一本作“招”。

3. 誨：教導。

4. 行：德行。思：思考。

5. 隨：因循隨俗。

6. 聖賢：指聖君、賢臣。

7. 治具：指法令。畢張：全部得以設立。

8. 兇邪：兇惡邪曲之人。

9. 登崇俊良：提拔重用才德優良的人。

10. 佔（zhàn）：有。率：大率，大都。錄：錄用。

11. 名一藝：指能以治一種經書著稱的人。庸：通“用”。

12. 爬：爬梳。羅：搜羅。剔：剔除。抉（jué）：選擇。都指選拔人才。

13. 刮垢：刮去污垢。磨光：磨之使光潔，指精心培養造就人才。

14. “蓋有”二句：意謂只有才行有所不及而幸獲選拔的人，而決無才行優異而不蒙舉薦的人。揚：推舉。

15. 有司：古代設官分職，各有專司，因稱主管官吏或官府為有司，此指負責選拔人才的官吏。明：明察。

16. 事：侍奉。

17. 茲：此，今。有年：多年。

18. 六藝：六經，即《詩》、《書》、《禮》、《樂》、《易》、《春秋》。

19. 披：翻閱。百家之編：指諸子百家的著作。

20. 記事者：指史籍一類的著作。要：要點，綱領。

21. 纂言者：指立論一類的著作。纂，編輯，纂集文辭，即著述，這裏
　　與上文的"記事"相對，指議論。鉤其玄：探索其深奧的道理。
　　鉤：引取。

22. 貪多務得：貪圖多學，務求得到知識。

23. 捐：拋棄。

24. 焚膏油：指點燃燈燭。晷（guǐ）：日影。這句意謂夜以繼日。

25. 兀（wù）兀：勞苦貌。

26. 觝（dǐ）排：抵制排斥。異端：指與儒家不相合的學說。

27. 攘斥：排斥。佛老：指佛家和道家的學說。

28. 補苴（jū）：填補，引申為彌縫。罅（xì）漏：裂縫、缺漏。指前
　　人學說未盡完善之處。

29. 張皇：張大，引申為闡發。幽眇：指深奧隱微的道理。

30. 墜緒：指已衰落不振的儒學。茫茫：遠貌。

31. 紹：繼承。

32. 障：防，堵。

33. 醲郁：酒味濃厚。喻指內容厚重的儒經。

34. 含英咀華：意謂對文章的精華，細細咀嚼體味。張子韶曰："文字
　　有眼目處，當涵泳之，使書味存於胸中，則益矣。韓子曰'沉浸醲
　　郁，含英咀華'正謂此。"

35. "上規"二句：規，取法。姚，虞舜姚姓。姒：夏禹姒姓，此指
　　《尚書》中的《虞書》、《夏書》。渾渾，深而大的樣子。《法
　　言·問神》："虞、夏之書，渾渾爾。"

36. "周誥"二句：周誥：《尚書·周書》中有《大誥》等篇，此處指
　　《周書》。殷盤：指《尚書·商書》中的《盤庚》篇。佶（jí）屈
　　聱（áo）牙：指文辭艱澀拗口。

37. 《春秋》謹嚴：指《春秋》這部書用詞慎重嚴密，常寓褒貶於一字之中。

38. 《左氏》浮誇：指《左傳》的文辭鋪張華美。

39. 《易》奇而法：意謂《周易》神奇而有法則。

40. 《詩》正而葩：意謂《詩經》的思想純正，文采華美。葩：華美。

41. 《莊》《騷》：《莊子》、《離騷》。

42. 太史：史官，這裏指太史公司馬遷。所錄：指所著《史記》。

43. 子雲、相如：指揚雄和司馬相如。

44. 同工異曲："異曲同工"的倒文。以音樂為喻說明眾作各極其工妙。

45. 閎其中：指內容精深博大。肆其外：指文辭波瀾壯闊。

46. 長：成年，與上句"少"相對。方：學術。

47. 成：完備。

48. 跋：踏。躓（zhì）：跌倒。《詩經·豳風·狼跋》："狼跋其胡，載疐（同躓）其尾。"謂老狼有胡（頸下垂肉），進則踩其胡，退則為尾所絆。即進退兩難之意。

49. 輒：就，總是。咎：罪。

50. 遂竄南夷：指韓愈貞元十九年（803）由監察御史貶為陽山（今廣東陽山縣東）令，因陽山地處南方荒僻地區，故稱南夷。

51. 三年博士：指韓愈元和元年（806）六月召拜國子博士，元和四年六月遷為都官員外郎。冗：閒散。見（xiàn）：表現。治：治績。

52. 命與仇謀：命運和仇敵相合。謀：合。

53. 取敗幾時：意謂屢次招致失敗。

54. 頭童齒豁：《釋名·釋長幼》："山無草木者曰童。"人老禿髮，如山無草木，故曰童。豁：破缺，這裏指齒落。

55. 竟死何裨（pí）：意謂直到死有何好處。裨：補益。

56. 宋（máng）：棟樑。桷（jué）：屋椽。

57. 欂櫨（bó lú）：斗拱。《說文通訓定聲·豫部》："單言曰櫨，累言曰欂櫨……方木，似斗形，在短柱上，供承屋棟。"侏儒：樑上短木。棍（wēi）：承門樞的門臼。闑（niè）：門橛，門中央所豎的短木。扂（diàn）：門閂。楔（xiè）：門兩旁的木柱。

58. 玉劄：藥名，即地榆。丹砂：朱砂。赤箭：藥名，即天麻。青芝：藥名，又名龍芝。

59. 牛溲：牛尿，舊說可治水腫。一說為車前草。馬勃：藥名，菌類，生濕地及腐木上，主治諸瘡。敗鼓之皮：年久敗壞的鼓皮，舊說可治蟲毒。

60. 登明選公：指選拔人才既明察又公正。雜進巧拙：意謂聰敏的和拙笨的人都能得到合理錄用。

61. 紆餘：形容才氣從容。卓犖（luò）：超絕出眾，和"紆餘"分指人的不同才性。

62. 惟器是適：意謂各種才器的人都能獲得合理的使用。

63. 方：治術。

64. 孟軻好辯：孟軻曾力斥楊朱、墨翟等非儒家學派的主張。《孟子·滕文公下》："公都子曰：'外人皆稱夫子好辯，敢問何也？'孟子曰：'予豈好辯哉，予不得已也。'"

65. "轍環天下"二句：謂孟軻車跡遍於天下，終於老死在游說途中。轍（zhé）：車輪軋的痕跡。行：道路。

66. 守正：遵循正道。

67. 大論：博大精深的理論。弘：推廣。

68. "逃讒於楚"二句：《史記·荀卿列傳》："田駢之屬皆已死齊襄王時，而荀卿最為老師。齊尚修列大夫之缺，而荀卿三為祭酒焉。齊人或讒荀卿，荀卿乃適楚，而春申君以為蘭陵令。春申君死而荀卿廢，因家蘭陵。……序列著數萬言而卒。因葬蘭陵。"蘭陵，在今山東蒼山縣西南。

69. 吐辭：指言論。經：規範、經典。

70. 舉足：指行動。法：法則。

71. 絕類離倫：意謂超越同類，無與倫比。

72. 聖域：聖人的境界。

73. 繇（yóu）：通"由"。其：指儒家學說。統：統系。

74. 要（yāo）：求。中（zhòng）：說中要害。

75. 靡：浪費、消耗。廩粟：倉庫中的糧食。

76. "踵常途"二句：謂小心謹慎地隨俗行事，而無特殊表現，在舊籍中竊取前人陳言而無新異見解。踵，追隨。促促：小心謹慎的樣子。

77. 商：謀算。財賄：財貨、俸祿。亡：通"無"。

78. 計：計較。班資：指品秩。庫：通"卑"，低下。

79. 量：指器量，才識。稱（chèn）：相副、相合。

80. 前人：指職位在自己之上的貴顯者。瑕疵（xiá cī）：微小的缺點。這裏指不公不明。

81. 詰：責問。杙（yì）：小木椿。楹：柱子。

82. "而訾（zǐ）"二句：訾，毀謗，非議。昌陽，即昌蒲。《證類本草》卷六："昌蒲，久服輕身，聰耳明目，延年益心智。"引年，延年。豨（xī）苓：即豬苓。《證類本草》卷十三："豬苓利水道，一名猳豬屎。"

串講

第一段，國子先生解析進學之義。根據當前形勢，正面提出教誨："業患不能精，無患有司之不明。行患不能成，無患有司之不公。"為全篇議論張本。"業"和"行"是韓愈所執着的立身處世大端。

第二段，生徒對上述教誨加以駁難。將先生學、思、文、行四者與其自身遭遇相對照，儘管四者均很有成就，卻遭際坎坷：進士考了四次才及第；三試於吏部而未能得官；只得投靠方鎮為幕僚；三十五歲才被授以四門博士（低於國子博士）；次年為監察御史；同年冬即貶為連州陽山（今屬廣東）縣令；三年後始召回長安，任國子博士。作《進學解》時已髮禿力羸，生徒的這段話，其實正是韓愈自己的“不平而鳴”。

第三段，先生自我解嘲，回答生徒，表明隨遇而安的態度，並暗中譏刺有司。先以工匠、醫師為喻，說明“宰相之方”在於用人能兼收並蓄，量才錄用。次說孟軻、荀卿乃聖人之徒，尚且不遇於世，則自己被投閒置散，也沒有什麼可抱怨的。最後說，若還不知足，豈不是要求宰相以小材充大用嗎！但實際上，“學雖勤而不繇其統”云云，絕非由衷之言，而是反語洩憤。“動而得謗，名亦隨之”，說自己動輒遭受誹謗，而同時卻名聲益彰，就更具有諷刺意味了。

全文“首段以進學發端，中段句句是駁，末段句句是解，前呼後應，最為綿密。”（清林雲銘《韓文起》卷二）

評析

本文作於元和七年（812）二月至次年三月韓愈在長安為國子博士期間。“進學”的意思是使學生的學業有所進益，“進學解”就是對於進學這個問題的解析。

文章假託向學生訓話，總結自己進德修業的經驗，論述學與行、文與道、學習與個人前途的關係。同時，寓諧於莊，反語正說，巧妙地批評了當時執政者的不公不明，抒發了自己懷才不遇的牢騷。《舊唐書》載：“愈自以才高，累被擯黜，作《進學解》以自喻。……執政覽其文而憐之，以其有史才，改比部郎中、史館修撰。”可見這篇文章在當時的影響力。

本文駢散交錯，辭采豐富，音節鏗鏘，對偶工切，雖未以賦名篇，卻全篇用韻，有時多句一韻，有時兩句一轉，實際上是一篇氣勢雄偉、跳蕩靈活的賦體雜感文章，為杜牧《阿房宮賦》、蘇軾《赤壁賦》之前驅。在形式上，它借鑒了東方朔《答客難》、揚雄《解嘲》的"以文為戲"，用主客問答的方式來寫，表面自我解嘲，實際發洩牢騷不平。

韓愈之文，善於交錯運用各種重複句、排比句、對仗句，來增加文章的變化與氣勢，發揮散文句子可長可短的優勢，彌補散文缺乏音樂美和節奏感的缺陷，使文氣舒放自然，顯出奔騰恣肆的個性，本文即堪稱這方面的代表。像第二段論先生的學業、儒道、文章、為人，四層敘述結尾分別是"先生之業，可謂勤矣"、"先生之於儒，可謂有勞矣"、"先生之於文，可謂閎其中而肆其外矣"、"先生之於為人，可謂成矣"，使四層意思的節奏顯得整齊分明，語氣在流暢中層層加碼，為後面突然的大轉折作了有力的鋪墊。

造語精粹，也是本文能夠膾炙人口的重要原因。唐時就有人評價此文說："拔地倚天，句句欲活，讀之如赤手捕長蛇，不施韁勒騎生馬，急不得暇，莫可捉搦，又似遠人入太興城，茫然自失。"（《孫樵集》卷二《與王霖秀才書》）作者不僅創造性地運用古代語言，熔古鑄今，而且吸取當時的口語，自鑄新詞，使作品語言豐富生動，簡約精闢，如"佶屈聱牙"、"含英咀華"、"同工異曲"、"俱收並蓄"、"動輒得咎"，等等，都是極有表現力的語言，至今仍有生命力，成為人們熟知常用的成語。

白居易

與元九書

月日，居易白。微之足下：[1]

自足下謫江陵至於今，[2]凡枉贈答詩僅百篇。[3] 每詩來，或辱序，[4] 或辱書，冠於卷首，皆所以陳古今歌詩之義，且自敍為文因緣，[5] 與年月之遠近也。僕既受足下詩，又諭足下此意，常欲承答來旨，粗論歌詩大端，[6] 並自述

白居易像

為文之意，總為一書，[7] 致足下前。累歲已來，牽故少暇，間有容隙，[8] 或欲為之；又自思所陳，亦無出足下之見，臨紙復罷者數四，卒不能成就其志，[9] 以至於今。今俟罪潯陽，[10] 除盥櫛食寢外無餘事，[11] 因覽足下去通州日所留新舊文二十六軸，[12] 開卷得意，忽如會面，心所畜者，便欲快言，往往自疑，不知相去萬里也。既而憤悱之氣，思有所洩，遂追就前志，勉為此書。足下幸試為僕留意一省。[13]

夫文尚矣！[14] 三才各有文，[15] 天之文三光首之；[16] 地之文五材首之；[17] 人之文六經首之。[18] 就六經言，《詩》又首之。[19] 何者？聖人感人心而天下和平。感人心者，莫先乎情，莫始乎言，莫切乎聲，莫深乎義。[20] 詩者，根情苗言，華聲實義。[21] 上自賢聖，下至愚騃，微及豚魚，[22] 幽及鬼神，[23] 群分而氣同，形異而情一，[24] 未有聲入而不應，情交而不感者。[25] 聖人知其然，因其言，經之以六義；[26] 緣其聲，緯之以五音。[27] 音有韻，義有類。[28] 韻協則言順，言順則聲易入；[29] 類舉則情見，情見則感易交。[30] 於是乎孕大含深，貫微洞密，上下通而一氣泰，憂樂合而百志熙。[31] 五帝三皇所以直道而行、垂拱而理者，[32] 揭此以為大柄，決此以為大寶也。[33] 故聞"元首明、股肱良"之歌，則知虞道昌矣；[34] 聞五子洛汭之歌，則知夏政荒矣。[35] 言者無罪，聞者足戒。[36] 言者聞者，莫不兩盡其心焉。

注釋

1. 月日：當為十二月某日。白：意思是有事奉告。微之：白居易的好友元稹（779-831）的字。題目中的元九即元稹，唐人習慣稱呼熟人在弟兄中的排行。元白同在貞元十九年（803）登科（白書判拔萃，元平判入等），又同授秘書省校書郎，在相識訂交之後，志同道合，感情深厚，交往密切，唱酬之作甚多。足下：古人給朋友寫信時對對方的敬稱。

2. 自足下謫江陵至於今：指元稹從元和五年（810）由監察御史貶為

江陵（今屬湖北）士曹參軍到元和十年這段時間。

3. 凡：總計。枉：屈尊就卑，對人之敬辭。僅百篇：百篇之多。按：唐代"僅"字的用法，有時恰與現在相反，是"多"的意思，而不是"少"的意思。

4. 辱：義同上"枉"字，謙詞，猶言"承蒙"。

5. 因緣：本為佛家用語。因，指導致結果的直接內在原因（內因）；緣，指由外來相助的間接原因（外因）。此處則用同今語，即原因。

6. 受：意思是接到。諭：領會。承答來旨：就你的論點有所回答。粗論：粗疏地論述。粗，略。大端：重要問題。

7. 總為一書：合寫一信。

8. 累歲：連年。牽故少暇：被事務牽絆得很少空閒。間有容際：間或有些空閒的時間。

9. 亦無出足下之見：也沒有什麼超出您高見之處。臨紙復罷者數四：有好幾次鋪開紙要寫信而又作罷。卒不能成就其志：終於沒有了卻這個心願。

10. 俟（sì）罪潯陽：指元和十年（815）白居易被貶到潯陽（今江西九江）任江州司馬。江州在元和前曾稱潯陽郡。

11. 盥（guàn）櫛（jié）：洗臉和梳頭。

12. 通州：今四川達縣。元和十年三月元稹調任通州司馬，此時白居易正在江州司馬任上。軸：卷。唐人書多手寫，卷端有軸，以便舒卷。一軸即一卷。

13. "開卷"二句：意謂打開元稹的詩卷就能領會他的意見，如同當面談話一樣。忽，恍惚，彷彿。畜：一作"蓄"，存留。相去：相隔。憤悱之氣：《論語·述而》："不憤不啟，不悱不發。"此處則謂作者無辜遭貶，懷有憤慨不平之氣。追就前志：補償過去的心願。省：省察，考慮。

14. 尚矣：謂由來久遠。

15. 三才：下面所說的天、地、人。文：文章。

16. 三光：日、月、星。

17. 五材：即五行，金、木、水、火、土。

18. 六經：儒家以《詩》、《書》、《禮》、《樂》、《易》、《春秋》為六經，其中《樂經》在漢代以前就亡失了，流傳下來的只有"五經"。

19. "就六經"二句：言《六經》的排列次序以《詩》為首，《禮記·經解》及《莊子·天運》均列《詩》為六經之首。

20. "感人心者"五句：意謂感動人心之物，沒有比情感更首要的，沒有比言語更原始的，沒有比聲韻更親切的，沒有比義理更深刻的。《毛詩序》："詩者，志之所之也，在心為志，發言為詩。情動於中而形於言，言之不足，故嗟歎之，嗟歎之不足，故永（詠）歌之，永歌之不足，不知手之舞之、足之蹈之也。情發於聲，聲成文謂之音。治世之音，安以樂，其政和。亂世之音，怨以怒，其政乖（政教乖戾）。亡國之音，哀以思，其民困。故正得失，動天地，感鬼神，莫近於詩。先王以是經夫婦，成孝敬，厚人倫，美教化，移風俗。"為此五句命意所本。

21. 根情、苗言、華聲、實義：謂詩應以情感為根本，語言為苗葉，聲韻為花朵，意義為果實。"義"主要指《詩》之"六義"，"實義"即下文所說"經之以六義"。

22. 愚騃（ái）：癡呆之人。微：渺小。豚：小豬。

23. 幽及鬼神：渺茫以至於所謂"鬼神"。

24. "群分"二句：上句就人說，指上文的聖賢和愚騃，意謂種類不同而精神相似，同有視聽言動。下句就物說，指上文的豚魚和鬼神，意謂形狀有異而情感相通，同有喜怒愛憎。

25. "未有"二句：未有聞聲而不起反應，感受激情而無動於衷的。

26. 經之：貫穿之，使之綱要化。六義：《詩經》有風、雅、頌三種體裁及賦、比、興三種表現手法，合稱六義。（見《詩大序》）

27. 緯之：組合之。五音：也稱五聲。指古代音樂上的宮、商、角、徵（zhǐ）、羽。又指音韻學上區別聲韻的喉、舌、齒、唇、牙。

28. 音有韻，義有類：五音有不同的韻律，六義有不同的體裁和表現手法。

29. “韻協”二句：詩歌的聲韻協調，則誦讀起來順口；誦讀起來順口，則容易被人接受。

30. “類舉”二句：意謂觸類旁通，則能充分表達感情，情感表達充分的作品容易喚起共鳴。類舉，謂觸類旁通，由此及彼，如以小喻大，以淺喻深，以古喻今等，亦即比興法。情見，謂感情充分呈現。見，同“現”。

31. “於是乎”四句：意謂詩歌可包含廣闊深遠的內容，揭露生活的底蘊，洞察心靈的奧秘，表達精微曲折的思想，使天地二氣上下貫通，彼此感情相互交融，最終令眾心和悅。孕大含深，孕同“蘊”，孕與含，互文見義，大指思想的廣度，深指思想的深度。一氣，《舊唐書》及《唐文粹》作“二氣”，指天地之氣。泰，通順，是《易經》卦名。

32. 五帝：指黃帝、顓頊、帝嚳、堯、舜。三皇：指燧人、伏羲、神農。古人認為那時是歷史的黃金時代。直道，謂人君無偏私。垂拱而理：意謂不費氣力而治理天下。垂拱，垂衣拱手，無為而治。

33. 揭：高舉。柄：武器。決此以為大寶：意謂能夠依靠詩歌打通群眾的心竅。決，打開。寶，孔穴。

34. “元首明”三句：相傳虞舜在位時，天下大治，他和臣子皋陶作歌唱和，其中三句說：“元首明哉！股肱良哉！庶事康哉！”（見《尚書·皋陶謨》）元首，君主。股肱（gōng），喻輔佐君主的大臣。昌，昌明，興盛。

35. “聞五子”二句：相傳夏王太康荒淫無道，失去權位，他的五個兄弟在洛水邊等候他不來，作了五首歌表示怨恨和諷刺。後人相沿用《五子之歌》作臣子勸誡之辭。（見偽古文《尚書·五子之歌》）洛，洛水。汭，水流隈曲之處。

36.“言者無罪”二句：語出《毛詩·大序》：“言之者無罪，聞之者
足以戒。”

　　洎周衰秦興，[37] 采詩官廢，[38] 上不以詩補察時政，
下不以歌洩導人情，[39] 乃至於諂成之風動，[40] 救失之道
缺，[41] 於時，六義始刓矣。[42]

　　國風變為騷辭，[43] 五言始於蘇、李。[44] 蘇、李，騷
人，皆不遇者，[45] 各繫其志，發而為文。[46] 故“河梁”之
句，止於傷別；[47] 澤畔之吟，歸於怨思。[48] 彷徨抑鬱，
不暇及他耳。然去《詩》未遠，梗概尚存：故興離別，則
引“雙鳧”“一雁”為喻；[49] 諷君子小人，則引香草惡鳥
為比。[50] 雖義類不具，猶得風人之什二三焉。[51] 於時六
義始缺矣。

　　晉、宋已還，得者蓋寡。[52] 以康樂之奧博，多溺於
山水；[53] 以淵明之高古，偏放於田園。[54] 江、鮑之流，[55]
又狹於此。如梁鴻《五噫》之例者，[56] 百無一二焉。於時
六義寖微矣。[57]

　　陵夷至於梁陳間，[58] 率不過嘲風雪、弄花草而已。[59]
噫！風雪花草之物，《三百篇》中，[60] 豈捨之乎？顧所用
何如耳。[61] 設如“北風其涼”，假風以刺威虐也；“雨雪
霏霏”，因雪以愍征役也；“棠棣之華”，感華以諷兄弟
也；“采采芣苢”，美草以樂有子也[62]：皆興發於此，而

義歸於彼，反是者可乎哉？然則"餘霞散成綺，澄江淨如練"、"離花先委露，別葉乍辭風"之什，[63] 麗則麗矣，吾不知其所諷焉。故僕所謂嘲風雪、弄花草而已。於時六義盡去矣。

注釋

37. 洎（jì）：及。

38. 采詩官廢：按，《漢書‧藝文志》："故古有采詩之官，王者所以觀風俗，知得失，自考正也。"

39. "上不"二句：意謂在上者不用采詩來補救和檢查自己的施政得失，在下者也不吟詠詩歌來傳達民情。

40. 諂（chǎn）成之風動：阿諛上級、虛報成績的風氣流行起來。

41. 救失之道缺：糾正錯誤的方法消失。缺，殘缺。

42. 六義始刓（wán）：詩之六義被削弱了。刓，磨削平。

43. 國風：《詩經》有十五《國風》，是《詩經》的主要部分，因而以《國風》代指《詩經》。騷辭：《楚辭》第一篇為屈原《離騷》，因而以"騷辭"代指《楚辭》。

44. 五言始於蘇李：《文選》有蘇武、李陵贈答詩，相傳是五言詩之始，實為後人偽託。

45. 騷人：《楚辭》作者。不遇：命運不濟，不逢明時，不遇明主。蘇武出使匈奴，被扣留十九年，守節不屈，歸國後亦未受重用。李陵戰敗，投降匈奴。

46. "各繫"二句：每人都依據自己的切身感受，抒為詩篇。

47. "河梁"之句：指蘇、李贈答之詩，李陵《與蘇武》詩第三首："攜手上河梁，遊子暮何之？徘徊蹊路側，恨恨不得辭。行人難久留，各言長相思。安知非日月，弦望自有時。努力崇明德，皓首以為期。"

48. 澤畔之吟：指屈原的作品。《楚辭・漁父》："屈原既放，遊於江潭，行吟澤畔，顏色憔悴，形容枯槁。"

49. "雙鳧""一雁"：《文選》有託名蘇武歸國別李陵詩："二鳧俱北飛，一雁獨南翔。"（《古文苑》二鳧作雙鳧）上句喻蘇、李二人，下句蘇自喻。

50. 香草惡鳥：意謂用香草比喻君子，用惡鳥比喻小人。王逸《離騷序》："《離騷》之文，依《詩》取興，引類譬喻。故善鳥香草以配忠貞，惡禽臭物以比讒佞。"

51. 雖義類不具：雖六義原則不復完備。風人：猶言詩人，取古太史陳詩以觀民風意。什二三：十分之二、三。

52. 得者蓋寡：意謂一般說來，能掌握六義的更少了。蓋，傳疑之詞，有"大概如此"意。

53. 康樂：晉、宋之交的詩人謝靈運，因襲他祖父封爵康樂公，故世稱謝康樂。他精研玄理，著述豐富，故稱"奧博"，所作詩歌偏重描寫山水景物。

54. "以淵明"二句：晉、宋之交的詩人陶潛，字淵明，所作詩歌多寫田園生活，風格超逸典雅。放，有自由放浪之意。

55. 江、鮑：指梁朝詩人江淹（444-505）和劉宋詩人鮑照（414-466）。

56. 梁鴻《五噫》：東漢詩人梁鴻路過京城洛陽，憤慨朝廷大興土木，老百姓疲勞不堪，作《五噫歌》："陟彼北芒兮，噫！顧覽帝京兮，噫！宮室崔嵬兮，噫！民之劬勞兮，噫！遼遼未央兮，噫！"

57. 浸微：漸漸衰微。

58. "陵夷"句：謂衰敗到了梁陳時代。陵夷，陵與夷皆漸平之意，引申為衰頹。

59. "率不過"句：大都不過是嘲風弄月、吟花詠草、流連光景的無聊作品。嘲風雪有兩層含義，一指描寫風雪月露等景物而思想內容貧乏的作品，一指吟詩作賦，吟詠清風，玩賞月色。泛指寫抒情詩。

60.《三百篇》：指《詩經》，共計三百零五篇，後世以整數三百篇代稱。

61.“豈捨”二句：難道說就摒棄不要嗎？不過看怎樣應用就是了。

62.上引分別為《詩經》之《邶風·北風》、《豳風·鹿鳴之什·采薇》、《小雅·鹿鳴之什·棠棣》、《周南·芣苢》。棠棣（dì），落葉灌木，花黃色，可供觀賞。芣苢（fùyǐ），車前子。

63.前者為謝朓《晚登三山還望京邑》詩句，後者為鮑照《玩月城西門廊中》詩句。

　　唐興二百年，其間詩人不可勝數。[64] 所可舉者，陳子昂有《感遇》詩二十首，[65] 鮑防有《感興》詩十五首。[66]又詩之豪者，世稱李、杜。[67]李之作，才矣奇矣，人不逮矣！索其風雅比興，十無一焉。[68]杜詩最多，可傳者千餘首，至於貫穿今古，覼縷格律，[69] 盡工盡善，又過於李。然撮其《新安》、《石壕》、《潼關吏》、《蘆子》、《花門》之章，[70]“朱門酒肉臭，路有凍死骨”之句，[71] 亦不過三四十。杜尚如此，況不逮杜者乎？

　　僕常痛詩道崩壞，[72] 忽忽憤發，或食輟哺，[73]夜輟寢，不量才力，欲扶起之。嗟乎！事有大謬者，又不可一二而言，然亦不能不粗陳於左右。[74]

　　僕始生六七月時，乳母抱弄於書屏下，有指“無”字、“之”字示僕者，僕雖口未能言，心已默識；後有問此二字者，雖百十其試，而指之不差。則僕宿習之緣，[75]已在文字中矣。及五六歲，便學為詩。九歲，諳識聲韻。[76]

十五六，始知有進士，苦節讀書。[77] 二十已來，晝課賦，夜課書，間又課詩，不遑寢息矣。[78] 以至於口舌成瘡，手肘成胝，既壯而膚革不豐盈，未老而齒髮早衰白，瞥瞥然如飛蠅垂珠在眸子中也，動以萬數。[79] 蓋以苦學力文所致，又自悲矣。！

家貧多故，二十七方從鄉賦；[80] 既第之後，雖專於科試，[81] 亦不廢詩。及授校書郎時，[82] 已盈三四百首。或出示交友如足下輩，見皆謂之工；其實未窺作者之域耳。[83]

注釋

64. 不可勝數：多得數不過來。

65. 陳子昂：字伯玉，初唐著名詩人，今本《陳伯玉集》有《感遇》詩三十八首。

66. 鮑防：字子慎，襄陽人，天寶十二載進士。代宗時官太原尹兼河東節度使，是當時有名的詩人。本文所說的《感興詩》十五首已失傳。

67. 李、杜：指唐代大詩人李白、杜甫。

68. "索其"二句：意謂如果按照"風雅比興"的標準衡量李白的作品，恐怕十分之一都沒有。

69. 覼（luó）縷：委曲詳盡，此處言細密推敲。格律：體制和音律。

70. 撮（cuō）：聚集。《新安》、《石壕》、《潼關吏》、《蘆子》、《花門》之章：指杜甫《三吏》和《塞蘆子》《留花門》。

71. "朱門酒肉臭"二句：杜甫《自京赴奉先縣詠懷五百字》詩中名句。

72. 痛詩道崩壞：痛惜詩歌創作正確原則的破壞。

73. 輟（chuò）：停止。哺（bǔ）：吃飯。

74. "事有"二句：意謂事實與願望大相違反的，又不可能都一一詳細說明。粗陳，略述。左右，言侍奉於左右之人，寫信人對對方的敬稱，表示不敢直指其人。

75. 宿習之緣：佛經講的前生的緣法，謂"前生"喜好熟習什麼，"轉世"後亦然。

76. 諳識：熟悉，通曉。

77. 始知有進士：才知道讀書人可以通過進士考試求取功名一事。苦節：刻苦自勵。唐代朝廷取士，有明經、進士諸科。

78. 晝課賦：把學習做賦定為日課。不遑：無暇。

79. 胝（zhī）：身體因磨擦而起的厚皮，俗稱老繭。膚革：皮膚。"瞥（piē）瞥"句：意謂因苦讀而導致眼花，常感到有無數黑點亂飛。瞥瞥然，眼花貌。眸（móu）子，即黑眼球。動：同俗語說"動不動"。

80. 家貧多故：家境貧窮而又遭到很多變故。鄉賦：鄉試，地方上選拔人才的鄉貢考試。貞元十五年（799）秋，白居易在宣州（今安徽宣城）參加鄉試，考取後被送到京城長安參加進士考試。

81. "既第"二句：貞元十六年（800），白居易於中書侍郎高郢主試下，以第四名進士及第，但還要經過吏部的銓選考試，才能正式授官，所以仍須繼續準備應考。

82. 授校書郎：貞元十九年（803），白居易應吏部試登科，授秘書省校書郎。校書郎，掌管校理內府藏書之官。

83. 未窺作者之域：沒有窺見詩人的門徑。域："閾"的借字，意為門徑。

　　自登朝來，[84] 年齒漸長，[85] 閱事漸多，每與人言，多詢時務，每讀書史，多求理道，[86] 始知文章合為時而著，歌詩合為事而作。[87] 是時皇帝初即位，宰府有正人，[88] 屢降璽書，訪人急病。[89] 僕當此日，擢在翰林，身是諫官，[90] 月請諫紙，[91] 啟奏之外，有可以救濟人病、裨補時闕、而難於指言者，[92] 輒詠歌之，欲稍稍遞進聞於上。上以廣宸聰、副憂勤；[93] 次以酬恩獎、塞言責，[94] 下以復吾平生之志。[95] 豈圖志未就而悔已生，[96] 言未聞而謗已成矣！

又請為左右終言之。[97] 凡聞僕《賀雨》詩，而眾口籍籍，已謂非宜矣；[98] 聞僕《哭孔戡》詩，眾面脈脈，盡不悅矣；[99] 聞《秦中吟》，則權豪貴近者相目而變色矣；[100] 聞《樂遊園》寄足下詩，則執政柄者扼腕矣；[101] 聞《宿紫閣村》詩，則握軍要者切齒矣。[102] 大率如此，不可徧舉。不相與者，號為沽名，號為詆訐，號為訕謗；[103] 苟相與者，則如牛僧孺之戒焉。[104] 乃至骨肉妻孥，[105] 皆以我為非也。其不我非者，舉不過三兩人。[106] 有鄧魴者，[107] 見僕詩而喜，無何而魴死。有唐衢者，[108] 見僕詩而泣，未幾而衢死。其餘則足下。足下又十年來，困躓若此。[109] 嗚呼！豈六義四始之風，[110] 天將破壞，不可支持耶？抑又不知天之意，不欲使下人之病苦聞於上耶？不然，何有志於詩者，不利若此之甚也！

然僕又自思：關東一男子耳，[111] 除讀書屬文外，其他懵然無知。[112] 乃至書、畫、棋、博，可以接群居之歡者，[113] 一無通曉，即其愚拙可知矣。初應進士時，中朝無緦麻之親，[114] 達官無半面之舊，[115] 策蹇步於利足之途，[116] 張空拳於戰文之場。[117] 十年之間，三登科第；[118] 名入眾耳，跡升清貫，[119] 出交賢俊，入侍冕旒，[120] 始得名於文章，終得罪於文章，亦其宜也。

日者又聞親友間說：禮、吏部舉選人，多以僕私試賦判，傳為準的；[121] 其餘詩句，亦往往在人口中。僕恧然自愧，[122] 不之信也。及再來長安，又聞有軍使高霞寓者，[123] 欲娉倡妓。[124] 妓大誇曰：「我誦得白學士《長恨歌》，[125] 豈同他妓哉？」由是增價。又足下書云：到通州日，見江館柱間有題僕詩者，復何人哉？[126] 又昨過漢南日，[127] 適遇主人集眾樂，娛他賓。諸妓見僕來，指而相顧曰：此是《秦中吟》、《長恨歌》主耳。[128] 自長安抵江西三四千里，[129] 凡鄉校、佛寺、逆旅、行舟之中，[130] 往往有題僕詩者。士庶、僧徒、孀婦、處女之口，每每有詠僕詩者。此誠雕蟲之戲，不足為多。[131] 然今時俗所重，正在此耳。雖前賢如淵、雲者，[132] 前輩如李、杜者，亦未能忘情於其間哉。[133]

注釋

84. 自登朝來：指元和二年（807）十一月為集賢校理、翰林學士至現在。

85. 年齒：年紀。

86. 理道：治理天下的道理。唐人避高宗李治諱，用“理”代“治”。

87. “文章合為時而著”二句：文章應該為反映時代而寫，詩歌應該為反映現實而作。這是那時白居易文學主張的核心觀點。其《新樂府序》說的：“總而言之，為君、為臣、為民、為物、為事而作，不為文而作也”，《讀張籍古樂府》說的“未嘗著空文”，都是這個意思。

88. “皇帝初即位”二句：指唐憲宗李純即位初期，杜黃裳、裴垍、武元衡等任宰相，為官都比較正派。

89. 璽書：詔書。璽，皇帝的印章。訪人急病：指察訪民間疾苦。唐人避太宗李世民諱，用“人”代“民”。

90. “僕當”三句：元和二年（807）十一月白居易被任為集賢校理、翰林學士，次年四月又被任為左拾遺，仍充翰林學士，唐代翰林學士是帶有本身官職的一種兼差職，原來只是以文學備顧問或草擬特別詔命，到了唐德宗以後，因參預機密，地位日趨重要，可參加商議軍國大事，起草詔書，宰相多半由此升任，所以翰林學士號稱“內相”。拾遺是諫官（向皇帝進行勸諫的官）的一種。唐門下省設左拾遺二人，從八品上階。其主要職務是諷諫皇帝的施政得失（見《舊唐書·職官志》）。擢，提拔。

91. 月請諫紙：唐制，諫官每月請領諫紙（諫官謄寫諫書的紙張）二百張。

92. 裨：補益。時闕：時政的闕失。指言：指事直言。按，白居易《寄唐生》：“唯歌生民病，願得天子知。”

93. “欲稍稍”句：希望有一部分能輾轉傳達到皇帝的耳朵裏。廣宸聰，擴大皇帝的聽聞。副憂勤：幫助皇帝操勞國事。

94. 酬恩獎，塞言責：報答皇帝的恩情，略盡諫官的職責。

95. 復：實現。

96. 豈圖：哪裏料到。就：實現。悔：指罪咎。

97. 終言之：徹底地說下去。

98. 《賀雨》詩：白居易元和四年（809）寫《賀雨》詩，諷勸皇帝改善人民生活。籍籍：議論紛紛。

99. 《哭孔戡》詩：孔戡正直不畏權勢，有才不得重用，只作了閒官，含冤病死，白居易於元和五年（810）寫《哭孔戡》詩悼念他。脈脈：相視貌，此處猶怒形於色而口不言。

100.《秦中吟》：白居易創作的組詩，共十首，與《新樂府》五十首同為"諷諭詩"重要組成部分，其中有些篇章揭露了當時的社會矛盾。相目：面面相覷。

101.《樂遊園》：即《登樂遊園望》。元和五年（810）元稹被貶為江陵士曹參軍，白居易作此詩相贈。扼腕：扼緊手腕，表示憤怒痛恨。

102.《宿紫閣村》：即《夜宿紫閣山北村》，白居易以自己親身經歷揭露當時太監所掌握的神策軍闖入民家砍伐"奇樹"之事，結語是"主人慎勿語，中尉正承恩"。握軍要者：掌軍事大權的，指做神策軍中尉的大宦官。切齒：咬牙痛恨的表情。

103.不相與者：沒有交情的人。沽名：騙取虛名。詆訐（dǐ jié）：攻擊（朝廷的缺點）。訕（shàn）謗：譏刺毀謗。

104.牛僧孺之戒：元和三年（808），唐憲宗策試賢良方正直言極諫舉人，牛僧孺等應制舉賢良方正科，在對策中指陳時政，言詞激烈，得罪了權貴和宦官，僧孺等並出為關外官，考官韋貫之等皆坐貶。白居易有《論制科人狀》，所論奏者即此事。

105.妻孥：妻子。

106.舉不過三、兩人：總共不過兩三個人。

107.鄧魴：白居易同時代的詩人，白居易有《鄧魴、張徹落第》、《讀鄧魴詩》，說他的詩很像陶淵明，但是連個進士也考不上，妻子離了婚，無病而死在道路上。

108.唐衢：白居易同時代的詩人，榮陽（今屬河南）人。應進士試，久而不第。"能為歌詩，意多感發。見人文章有所傷歎者，讀訖必哭，涕泗不能已。……故謂唐衢善哭。"（《舊唐書·唐衢傳》）五十多歲時窮愁而死，詩有千篇之多，惜未留存。他是最早欣賞白詩的人之一，貞元二十年（804）白居易在滑州（今屬河南）

李翱家與他相識，白氏詩集中有《寄唐生》、《傷唐衢》。

109. 困躓若此：元稹自元和元年因屢次上書言事，為執政所忌，出為河南尉開始，屢次受到打擊，再貶為江陵士曹參軍，到元和十年出為通州司馬，前後達十年之久。困躓，艱難坎坷。

110. 四始：《詩經》中四個首篇為《國風·關雎》、《小雅·鹿鳴》、《大雅·文王》、《周頌·清廟》。四始實際上指《詩經》反映現實的傳統。

111. 關東一男子：函谷關以東均稱關東，白居易是太原人，出生於河南新鄭，少年時寄家符離，後遷居洛陽，都是關東地區，故自稱"關東一男子"。

112. 懵（měng）然：不明白的樣子。

113. 書畫棋博：書法、繪畫、下棋、賭博。接群居之歡者：和人群在一起聯歡的活動。

114. "中朝"句：是說在朝廷中連最疏遠的親族都沒有。總麻，本意是細麻布，用作古代"五服"中最輕的喪服。

115. "達官"句：意謂達官貴人中連一面之交的人都沒有。

116. "策蹇步"句：意謂趕着跛腳驢和騎快馬的人賽跑。蹇，跛腳。

117. 弮（quān）：弩弓。《漢書·司馬遷傳》："張空弮，冒白刃，北首爭死敵。"戰文之場：指科舉考場。以上四句是白居易自述科舉登第，完全是憑自己真實本領，不像旁人那樣攀親靠友，依附權貴。

118. 三登科第：指白居易貞元十六年（800）登進士第（第四名），貞元十九年（803）登"書判拔萃科"（第三等），元和元年（806）登制舉"才識兼茂明於體用科"（第四等）。

119. 清貫：接近皇帝、地位清高的官員。

120. 冕旒：皇冠叫冕，皇冠上的垂珠叫旒，代指皇帝。

121. 禮、吏部舉選人：唐代制度，由禮部主持進士考試（試詩賦及策），考取後，還要通過吏部考試（試判），才授官職。"以僕"

二句：以我應試時做的《策林》、《性習相遠近賦》等為評判標準。私試，進士將試前，"群居而賦謂之私試。"（唐・李肇《唐國史補》）準的，規範。

122. 恧（nù）然：慚愧貌。

123. 軍使：節度使的異稱。高霞寓：范陽人，隨高崇文討伐西川叛將劉闢有功，元和十年（815）為唐、鄧、隋三州節度使。見兩《唐書》本傳。

124. 娉：以財禮娶妻妾。

125. 白學士：白居易曾任翰林學士，故稱。

126. 復何人哉：這又是誰呢？

127. 漢南：山南東道治所襄陽（今屬湖北）。白氏貶江州，路經此地。其《送馮舍人閣老往襄陽》："莫戀漢南風景好，峴山花盡早歸來。"

128. 《秦中吟》《長恨歌》主：《秦中吟》和《長恨歌》的作者。

129. 江西：唐朝江南西道的簡稱。這裏實指江州。

130. 鄉校：州縣以下的學校。逆旅：旅館。

131. 雕蟲之戲：指作詩是雕蟲篆刻小技。漢代揚雄晚年悔作辭賦，認為是"童子雕蟲篆刻，壯夫不為"（見《法言》）。不足為多：不值得稱道。

132. "淵"：指王褒，字子淵；"雲"：指揚雄（前53-18），字子雲。

133. "亦未"句：意謂雖然是雕蟲小技，可是這些大作家還是丟不掉它。

　　古人云："名者公器，不可以多取。"[134] 僕是何者？竊時之名已多。既竊時名，又欲竊時之富貴，使己為造物者，肯兼與之乎？[135] 今之迍窮，理固然也。況詩人多蹇，[136] 如陳子昂、杜甫，各授一拾遺，而迍剝至死。[137] 李白、孟浩然輩，不及一命，窮悴終身。[138] 近日孟郊六十，終試協律。[139] 張籍五十，未離一太祝。[140] 彼何人哉？彼何人哉？況僕之才，又不逮彼。今雖謫佐遠郡，而官品至第五，月俸四五萬；[141] 寒有衣，饑有食，給身之外，施及家人，亦可謂不負白氏之子矣。微之微之！勿念我哉！

僕數月來，檢討囊裹中，[142] 得新舊詩，各以類分，分為卷目。自拾遺來，凡所適所感，關於美刺興比者，又自武德訖元和，因事立題，[143] 題為新樂府者，[144] 共一百五十首，謂之"諷諭詩"。[145] 又或退公獨處，或移病閒居，[146] 知足保和，吟翫情性者一百首，謂之"閒適詩"。[147] 又有事物牽於外，情理動於內，隨感遇而形於歎詠者一百首，謂之"感傷詩"。又有五言、七言長句、絕句，[148] 自一百韻至兩韻者四百餘首，謂之"雜律詩"。凡為十五卷，約八百首。異時相見，當盡致於執事。

微之，古人云："窮則獨善其身，達則兼濟天下。"[149] 僕雖不肖，常師此語。大丈夫所守者道，所待者時。[150] 時之來也，為雲龍為風鵬，[151] 勃然突然，陳力以出；[152] 時之不來也，為霧豹為冥鴻，[153] 寂兮寥兮，奉身而退。[154] 進退出處，[155] 何往而不自得哉？[156] 故僕志在兼濟，行在獨善，[157] 奉而始終之則為道，言而發明之則為詩。[158] 謂之"諷諭詩"，兼濟之志也；謂之"閒適詩"，獨善之義也。故覽僕詩，知僕之道焉。其餘"雜律詩"，或誘於一時一物，發於一笑一吟，率然成章，非平生所尚者，[159] 但以親朋合散之際，取其釋恨佐歡。今銓次之間，[160] 未能刪去；他時有為我編集斯文者，略之可也。

微之！夫貴耳賤目，榮古陋今，人之大情也。[161] 僕不能遠徵古舊，如近歲韋蘇州歌行，[162] 才麗之外，[163] 頗近興諷。其五言詩，又高雅閒澹，自成一家之體，今之秉筆者，[164] 誰能及之？然當蘇州在時，人亦未甚愛重；必待身後，然後人貴之。今僕之詩，人所愛者，悉不過"雜律詩"與《長恨歌》已下耳。時之所重，僕之所輕。至於"諷諭"者，意激而言質；[165]"閒適"者，思澹而詞迂：[166]以質合迂，宜人之不愛也。

注釋

134. "古人云"句：名譽是大家共有的東西，個人不應佔有得太多。出自《莊子·天運》："名，公器也，不可多取。"白居易《感興二首》其一亦云："名為公器無多取，利是身災合少求。"

135. "使己"二句：意謂即使我是造物者，肯將名和利都賦與一個人嗎？造物者，指主宰命運者，見《莊子·大宗師》。

136. 迍（zhūn）窮：艱困。蹇：困頓，不得志。

137. 拾遺：唐代設左右拾遺各六人，分屬門下、中書兩省，都是從八品上階，雖然接近皇帝，擔任諷諫皇帝的任務，但地位很低。陳子昂曾任右拾遺，杜甫曾任左拾遺，最終都潦倒和被迫害以死。迍剝：艱困和被迫害。迍同"屯"，"屯"和"剝"都是《易經》

裏的卦名。兩卦表示艱困和受損。

138. 一命：最低一級的官。李白生平只作過翰林供奉，無正式品級。孟浩然一生只在荊州張九齡幕府任過職，亦無正式品級。白居易《讀李杜詩集因題卷後》："不得高官職，仍遭苦亂離。"

139. 孟郊：和白居易同時的詩人，五十四歲登進士第，六十歲還只是正八品上階的協律郎（樂官）。

140. 太祝：掌管祭祀的正九品上的小官。

141. 佐：即佐貳，是府、州、縣長官的輔助官。郡：州的通稱，當時白居易貶為江州司馬，掌輔助刺史處理政務。官品至第五：江州是上州，上州司馬從五品下階。月俸四、五萬：《唐會要》載，大曆十二年（777）規定上州司馬月俸五十貫，一貫千文。

142. 袠（zhì）：書套。唐人藏書一般以十卷為一袠。

143. 武德：唐高祖年號（618—626）。元和：唐憲宗年號（806—820）。因事立題：白居易《新樂府》立題選材自唐高祖時之"七德舞"始，至元和四年《采詩官》止，時間跨度為九十年。

144. 新樂府：白居易的《新樂府》是從古樂府演變革新而來，它的用意是諷諫皇帝、批評時政，共五十首。每首均有小序，概括該詩大意。前面又有總序，介紹總的用意，是對《詩經》傳統有意識的繼承。

145. 諷諭詩：白居易"諷諭詩"分古調和新樂府兩種，內容有美有刺，而刺多於美。

146. 退公獨處：下班回家。移病閒居：因病請假閒處。古代官僚退休，也常以此為託辭。

147. 知足保和：《老子》："知足不辱。"《易·乾卦》："保合大和。"吟翫情性：《詩·大序》："吟詠性情，以諷其上。"

148. 長句：指篇幅較長超過絕句之詩，包括近體律詩、排律及古體。

149. "窮則"二句：仕途不得意時，要保持個人品格氣節；有了地位後，應該使天下人都受益。《孟子·盡心上》："窮則獨善其身，達則兼善天下。"

150. "大丈夫"二句：意謂大丈夫所堅持的是"道"，所等待的是時機。

151. 為雲龍：《易·乾·文言》："雲從龍，風從虎，聖人作而萬物覩。"為風鵬：本於《莊子·逍遙遊》"（大鵬）摶扶搖（旋風）而上者九萬里"等語。雲龍風鵬，俱用以比喻大丈夫遇到施展抱負的大好時機。

152. 勃然：興盛的樣子。陳力：貢獻出才力。

153. 霧豹：豹藏霧中，喻退隱的賢人。《列女傳》卷二《賢明傳》"陶答子妻"："陶答子治陶三年，名譽不興，家富三倍。其妻曰：妾聞南山有玄豹，霧雨七日而不下食，何也？欲以澤其毛而成文章也，故藏而遠害。"冥鴻：高飛的鴻，喻避世的人。揚雄《法言·問明》："治則見，亂則隱，鴻飛冥冥，弋人何篡焉！"以此二者與上文雲中之龍，御大風而展翅的鯤鵬對比。

154. 寂兮寥兮：清虛寂靜，廣闊無邊，沒有形象聲色可尋，永遠看不到、摸不着。語出《老子》，河上公注："寂者無音聲，寥者空無形。"奉身而退：全身歸隱。奉，恭持之意。

155. 出處：出，出仕；處，退居。

156. 何往而不自得：怎麼做都沒有不心安理得的地方。

157. "故僕"二句：意謂立志原在兼濟天下，但迫於形勢，實踐上祇能獨善其身。按，這是牢騷，也是遁辭。

158. "奉而"二句：意謂一生始終奉行"志在兼濟，行在獨善"，這就是處世之道，用語言文字表達這種志行，便是詩。發明，表述闡揚。

159. 率然成章：隨意成篇。非平生所尚：不是生平所重視的。

160. 銓次：選編，選擇編次。

161. "貴耳"三句：謂重視耳聞，輕視目見，厚古薄今，尊古卑今，為人情所不免。典出張衡《東京賦》："若客所謂，末學膚受，貴耳而賤目者也！苟有胸而無心，不能節之以禮，宜其陋今而榮古矣！"

162.韋蘇州：指韋應物，唐代著名詩人。貞元二年（786）出任蘇州刺史。

163.才麗：才情美好。

164.秉筆：持筆，指作詩。

165.意激而言質：思想激烈，語言樸素。

166.思澹而詞迂：情思恬澹（不熱衷於功名利祿），言詞迂闊（不合時宜），區別於意激言質。

今所愛者，並世而生，[167] 獨足下耳。然千百年後，安知復無如足下者出，而知愛我詩哉？故自八九年來，與足下小通則以詩相戒，小窮則以詩相勉，索居則以詩相慰，[168] 同處則以詩相娛，知吾罪吾，率以詩也。如今年春遊城南時，[169] 與足下馬上相戲，因各誦新豔小律，不雜他篇。自皇子陂歸昭國里[170]，迭吟遞唱，[171] 不絕聲者二十里餘。樊、李在傍，無所措口。[172] 知我者以為詩仙，不知我者以為詩魔。何則？勞心靈，役聲氣，[173] 連朝接夕，不自知其苦，非魔而何？偶同人當美景，或花時宴罷，或月夜酒酣，一詠一吟，不知老之將至，[174] 雖騎鸞鶴、遊蓬瀛者之適，[175] 無以加於此焉，又非仙而何？微之微之！此吾所以與足下外形骸，[176] 脫蹤跡，[177] 傲軒鼎，[178] 輕人寰者，[179] 又以此也。

當此之時，足下興有餘力，且欲與僕悉索還往中詩，[180] 取其尤長者，如張十八古樂府，李二十新歌行，盧、楊二秘書律詩，實七、元八絕句，[181] 博搜精掇，[182] 編而次之，號《元白往還詩集》。眾君子得擬議於此者，莫不踴躍欣喜，以為盛事。嗟乎！言未終而足下左轉[183]，不數月而僕又繼行。[184] 心期索然，[185] 何日成就？又可為之歎息矣！

又僕嘗語足下：凡人為文，私於自是，[186] 不忍於割截，或失於繁多，其間妍媸，[187] 益又自惑；必待交友有公鑒無姑息者，[188] 討論而削奪之，然後繁簡當否，得其中矣。況僕與足下為文，尤患其多。己尚病之，況他人乎？今且各纂詩筆，[189] 粗為卷第，待與足下相見日，各出所有，終前志焉。又不知相遇是何年，相見在何地，溘然而至，[190] 則如之何？微之微之！知我心哉！

潯陽臘月，江風苦寒，歲暮鮮歡，夜長無睡，引筆鋪紙，悄然燈前，[191] 有念則書，言無次第，勿以繁雜為倦，且以代一夕之話也。微之微之！知我心哉！樂天再拜。

注釋

167. 並世：同時。

168. 小通：稍稍得意。小窮：稍受挫折。索居：獨居。

169. 今年春：指元和十年春。

170. 皇子陂：長安城南名勝，《長安志》卷十一引《十道志》："秦葬皇子，起塚陂北原上，因名皇子陂。"昭國里：在長安城朱雀門街東第三街永崇里南。白居易於元和九年（814）冬居昭國坊。見《兩京城坊考》卷三。

171. 迭吟遞唱：反復唱和。

172. 樊、李：樊宗師與李紳。無所措口：沒法插嘴。

173. “勞心”二句：意謂勞苦精神及花費氣力。

174. 不知老之將至：《論語‧述而》中語。

175. 驂（cān）鸞鶴：以鸞鶴為坐騎，意即成仙。蓬瀛：蓬萊和瀛洲，傳說中的兩座海上仙山。適：樂趣。

176. 外形骸（hái）：將肉體置之度外。即不拘形跡之意。

177. 脫蹤跡：擺脫世俗禮法的拘束。

178. 傲軒鼎：蔑視權貴之意。軒，貴族所乘的高車。鼎，貴族所用的食器。軒鼎，代指權貴。

179. 輕人寰：輕視世俗社會，實際上專指官場生活。

180. 興有餘力：興致未盡。還往：指交往之人。

181. 張十八：即張籍。李十二：即李紳。盧、楊：盧拱、楊巨源，二人皆做過秘書郎的官。竇七：竇鞏；元八：元宗簡。以上這些詩人都是元稹和白居易共同的好友。

182. 博搜精掇：博採精選。

183. 足下左轉：指元和十年（815）三月元稹出為通州司馬。古時尊右卑左，稱貶謫降職為左遷或左轉。

184. 僕又繼行：指元和十年八月白居易貶江州司馬。

185. 心期索然：謂心中的期望（指編集《元白往還詩集》）落空，情緒消沉。

186. 私於自是：偏向於自以為是。

187. 妍媸：美醜。

188. 公鑒：公允的鑒別。姑息：遷就。

189. 詩筆：詩歌和散文。有韻為詩，無韻為筆。

190. 溘然而至：恐怕有一天二人未重逢即溘然而逝。溘然，忽然，指生命完結。

191. 悄然：冷清貌。

串講

這篇四千餘字的書信看上去有些內容"繁雜",不過在結構上絕非"言無次第"。總體上講,"僕常痛"之前為前半部分,"粗論歌詩大端";"僕常痛"以下是後半部分,"自述為文之意"。

第一段是開場白,簡要地交代寫作目的和背景。第二段和第三段,從詩歌的發生學談起,對什麼是詩歌的本質提出自己的見解。認為詩歌在內容上應"根情"、"實義",就是說詩歌所體現的感情和意義,正像植物的根和果實一樣;而在形式上應"苗言"、"華聲",就是說詩歌的語言和聲韻只是苗和花。只有根深,才能葉茂,開出鮮豔的花朵,結出豐碩的果實。這個比喻形象地說明了詩歌四個要素之間的關係。第四段至第七段列舉文學史上的作家和作品,用十分簡潔的語句,敘述歷代詩歌發展變化的概況,闡明《詩經》以來反映現實的優良傳統。他從六義著眼,強調"風雅比興"是六義的精髓,並從六義的興起、削弱,以至逐漸衰微、消失,態度明確、褒貶鮮明地評價了歷代詩人或詩作。按照詩歌應該反映現實的觀點,他在《詩經》之後,特別推崇杜甫《三吏》等名篇和"朱門酒肉臭,路有凍死骨"這樣的名句,而對六朝以來"嘲風雪,弄花草"的文風給以徹底的否定和批判。

在後半部分,白居易從自己的勤學苦讀,談到仕宦之後潛心詩歌創作,以及作品的巨大影響,在總結創作經驗時,着重談到文學創作與現實的關係,得出"文章合為時而著,歌詩合為事而作"的結論。他談到自己"苦學力文"的過程,描寫具體生動,讀後令人感動。他還談到,在創作《賀雨》等詩篇時，由於緊密聯繫當時的政治鬥爭和社會現實，貫徹自己提出的創作主張，而被達官貴人切齒痛恨，但他毫不反悔，說："始得名於文章，終得罪於文章，亦其宜也。"相反，他對自己的詩文得到各階層的歡迎，感到由衷的高興。在介紹自己作品集的編輯時，他也是將所奉行的"達則兼濟天下，窮則獨善其身"的人生觀和創作緊密呼應，說"諷諭詩"是表達"兼濟之志"，"閒適詩"是表現"獨善之義"。如果說書信的前半部分洋溢着"志在兼濟"的自信的話，那麼，後半部分落實到自己身上，則已經透露出白居易晚年"行在獨善"的先兆，文勢也不像前半部分那樣慷慨激昂了。正如他在給另一位朋友的信中所說："今且安時順命，用遣歲月。或免罷之後，得以自由，浩然江湖，從此長往。"（《與楊虞卿書》）

評析

　　白居易（772-846），字樂天，自號香山居士、醉吟先生。因晚年官太子少傅，諡號"文"，又稱白傅、白文公。生於新鄭（今屬河南）一個"世敦儒業"（《舊唐書》本傳）的家庭。白居易自幼聰慧。父死母病，靠長兄白幼文的微俸維持家用，奔波於鄱陽、洛陽之間。貞元十六年（800）登進士第，元和二年，授翰林學士。次年授左拾遺。四年，與元稹、李紳等倡導新樂府創作。元和十年，兩河藩鎮割據勢力聯合叛唐，派人刺殺主張討伐藩鎮的宰相武元衡，白居易率先上疏請急捕兇手，以雪國恥，卻被指為越職言事，並以"傷名教"的罪名，貶為江州（今江西九江）司馬。召還京後因朝中朋黨傾軋，請求外任，歷任杭州、蘇州刺史。在杭州修築湖堤，蓄水灌田，疏浚水井。離蘇州日，郡中士民涕泣相送。會昌二年（842），以刑部尚書致仕。在洛陽以詩、酒、禪、琴及山水自娛，常與劉禹錫唱和，時稱劉白。卒葬洛陽龍門香山琵琶峰。作為唐代首屆一指的高產作家，他各體兼善，取材廣泛，見解超卓，生前曾自編其《白氏文集》（初名《白氏長慶集》），"詩筆大小凡三千八百四十首"（見白居易去世前一年所作《白氏集後記》）。今存散文七百五十餘篇。

　　這封書信寫於元和十年（815），當時四十四歲的白居易正在江州司馬任上。從二十九歲進士及第後，經過十多年的宦海風波，被貶到江州當一名有職無權的司馬，經歷了他人生中最沉重的打擊，內心充滿憤慨和憂傷，思想上也不免矛盾和彷徨，這時收到時任通州司馬的好友元稹寄來的《敘詩寄樂天書》，乃思前想後，有感而發，在寒冬臘月的偏僻小城裏，寫下這封內容豐富、感情真摯的長信。這封長信不僅是白居易深思熟慮的產物，同時也是元白兩人之間長期以來思想交流的結晶。《舊唐書・白居易傳》收錄此信第二段以下的全部內容，並介紹說："文士以為信然。"

　　在信裏，白居易概括地評價了自《詩經》以來，歷代詩歌創作的各種傾向，全面總結了自己前半生的人生經歷和創作經驗，在此基礎上，系統表述了"窮則獨善其身，達則兼濟天下"的人生哲學，明確提出了"文章合為時而著，歌詩合為事而作"的文學主張，認為詩歌應該為政治為現實服務，應該反映人民疾苦，擔負起補察時政、洩導人情的使命，達到救濟人病，裨補時闕的目的。將詩歌與政治、與民生密切結合，這是白居易詩論的核心。在他以前，還沒有誰如此明確而系統地提出過。

當然，本文不只是中國文學批評史上一篇重要的理論著作，單單作為文學性的散文而言，也是情文並茂，真摯感人。其實，白居易在唐代不僅以詩聞名，同時也是新體古文的倡導者和創作者。其應試之作《性習相遠近》等賦、百道判等，新進士競相傳於京師；《策林》七十五篇，識見卓著，議論風發，詞暢意深，是追蹤賈誼《治安策》的政論佳作；《草堂記》、《冷泉亭記》、《三遊洞序》等，文筆簡潔，旨趣雋永，是不遜於韓柳的優秀的山水遊記。他的這封《與元九書》和其詩風一樣，也是平易流暢，洋洋灑灑，思想感情坦露無遺，語言文字通俗淺白，借用趙翼評價蘇軾的話說，就是："爽如哀梨，快如并剪，有必達之隱，無難顯之情。"（《甌北詩話》卷五）

柳宗元

種樹郭橐駝傳

郭橐駝，不知始何名。病僂，[1]隆然伏行，[2]有類橐駝者，[3]故鄉人號之駝。駝聞之，曰："甚善。名我固當。"因捨其名，亦自謂橐駝云。

柳宗元

其鄉曰豐樂鄉，在長安西。駝業種樹，[4]凡長安豪富人為觀遊及賣果者，[5]皆爭迎取養。[6]視駝所種樹，或移徙，無不活；且碩茂，早實以蕃。[7]他植者雖窺伺效慕，莫能如也。[8]

有問之，對曰："橐駝非能使木壽且孳也，[9]以能順木之天，以致其性焉爾。[10]凡植木之性，其本欲舒，其培欲平，其土欲故，其築欲密。[11]既然已，[12]勿動勿慮，去不復顧。[13]其蒔也若子，[14]其置也若棄，[15]則其天者全，而其性得矣。故吾不害其長而已，非有能碩而茂之也。不抑耗其實而已，[16]非有能早而蕃之也。他植者則不然：根拳而土易。[17]其培之也，若不過焉則不及。[18]苟有能反是者，[19]則又愛之太殷，[20]憂之太勤。旦視而暮撫，已去而復顧；甚者爪其膚以驗其生枯，[21]搖其本以觀其疏密，而木之性日以離矣。[22]雖曰愛之，其實害之；雖曰憂之，其實仇之，故不我若也，[23]吾又何能為哉？」

問者曰：「以子之道，移之官理，[24]可乎？」駝曰：「我知種樹而已，官理非吾業也。然吾居鄉，見長人者，[25]好煩其令，若甚憐焉，[26]而卒以禍。[27]旦暮，吏來而呼曰：『官命促爾耕，勗爾植，[28]督爾穫，早繰而緒，[29]早織而縷，[30]字而幼孩，[31]遂而雞豚！』[32]鳴鼓而聚之，[33]擊木而召之。[34]吾小人輟飧饔以勞吏，[35]且不得暇，又何以蕃吾生而安吾性耶？故病且怠。[36]若是，[37]則與吾業者，其亦有類乎？」

問者嘻曰：[38]「不亦善夫！吾問養樹，得養人術。」傳其事以為官戒也。[39]

注釋

1. 僂（lǚ）：脊背彎曲。指駝背。
2. 隆然：指脊背隆起。伏行：俯下身體走路。
3. 類：類似，好像。橐（tuó）駝：即駱駝。
4. 業種樹：以種樹為職業。
5. 為觀遊：修建觀賞遊覽場所。
6. 爭迎取養：爭着把他接到家裏，僱用他種樹。
7. 碩茂：高大茂盛。早實以蕃：果實結得早而多。
8. 他植者：其他種樹的人。窺伺：暗中觀察。效慕：仿效學習。莫能如：沒有人能比得上。
9. 壽且孳（zī）：活得時間長而且生長茂盛。

10. "能順木"二句：能夠順着樹木生長的自然規律，使它的本性獲得充分發展罷了。致，使獲得。

11. 本：根。舒：舒展。培：在根基處加土。故：指原來的陳土。築：搗土使堅實。密：堅實。

12. 既然已：這樣做了以後。

13. 去：離開。顧：轉過頭看。

14. 蒔（shì）：栽種。若子：像愛護子女一樣。

15. 置：擱。指栽好後擱置在旁邊。

16. 抑耗：抑制減損。

17. 拳：屈曲，不舒展。土易：指換上了新土。

18. "若不"句：指不是培土過了量就是培土不夠。

19. 苟：如果。反是：與此相反。

20. 殷：指愛護得過分。

21. 爪：用手指甲去抓。膚：指樹木表皮。

22. 離：散，喪失。

23. 不我若：不及我。

24. 官理：為官治民。

25. 長（zhǎng）人者：為民之長者，指官吏。

26. 憐：愛。指愛護百姓。

27. 卒以禍：最終給百姓造成災難。

28. 勖（xù）：勉勵。

29. 繅（sāo）：抽引繭絲。而：通"爾"，你。緒：絲頭。這裏指絲。

30. 縷（lǚ）：線。這裏指用線織布。

31. 字：養育。

32. 遂：成長。指餵養好。豚（tún）：小豬。這裏泛指豬。

33. 聚之：把他們召集攏來。

34. 擊木：敲打着木梆。

35. 輟（chuò）：停止。飧饔（sūnyōng）：指飯食。飧，晚餐。饔，

早餐。勞：慰勞。

36. 病：困苦。怠：疲勞。

37. 若是：如此，像這樣。

38. 嘻：笑。

39. 官戒：當官者的鑒戒。

串講

　　第一段，先介紹郭橐駝的體形、姓名。隆然伏行的橐駝畸於常人之形，有點醜陋，但橐駝卻並不因此而自慚形穢，當別人號之為駝時，他能處之泰然，並隨和地捨棄原名而接受別人對他的稱呼。正是從這一方面柳宗元讓橐駝從形名上來體現他的為人處世之道。開頭的簡單交代，並不是可有可無的一般鋪墊，它是全文達意的一個角度、一個構成部分，橐駝形名的由來，及他對此的態度，顯示了與後文種樹之道、吏治之法的一致性。

　　第二段，講橐駝之種樹。橐駝種樹成功的關鍵在於他對待種樹的態度，即能正確處理好種樹人與樹木之間的關係。在有的人看來，種樹是一種簡單行為，是主體意志的表現，他們往往從個人意願出發，沒有充分考慮樹的特性，更沒有尊重樹木的特性，結果便以人害物，即使是主觀上愛之、憂之，客觀上卻在"恨"之、"仇"之。橐駝種樹卻能順木之"天"，"天"就是自然本性。木的"天"就是"其本欲舒，其培欲平，其土欲故，其築欲密"，只有使木之"天"全，才能"致其性"，而全其"天"，首先需要知其"天"，即認識到樹木有自己的習性，有特定的生長環境和具體的生長要求。知"天"才能尊

物之“天”，順物之自然。在這裏橐駝所突出的只有“天”與
“性”二字，且尊樹之“天”與人之“天”也是完全可以統一的。
人對樹木的期盼、喜愛是種樹者的自然情性，通過人的順木之
性的勞作，使樹木的自然本性能充分地顯現出來，結出“早而
蕃”、“碩而茂”的果實，也就滿足了種樹者的主觀厚望。

　　第三段，用橐駝種樹之道來談為官之理，說明養人與養樹
相通相類。為官之道有一種是，為官者身高其位，安享民眾之
貢奉，又以長人者自居，而“好煩其令”，文中指出這種做法
給百姓帶來了災難。

評析

　　柳宗元（773-819），字子厚，河東（今山西永濟）人，
世稱柳河東。二十一歲登進士第，授校書郎，調藍田尉，三十
一歲為監察御史裏行。貞元時期，柳宗元在科名和仕途上，比
韓愈得意。順宗即位，王叔文等執政，他參加了王叔文的集
團，被任命為禮部員外郎。這時他和王叔文、劉禹錫等積極從
事政治、經濟、軍事等各方面的革新，如罷宮市、免進奉、擢
用忠良、貶謫贓官等，做了不少有利於人民的大事。王叔文執
政不到七個月，因為遭到宦官和舊官僚的聯合反攻而失敗。柳
宗元被貶為永州司馬。十年後，改為柳州刺史（故又稱柳柳
州）。憲宗元和十四年，死於柳州，年四十七歲。有《河東先
生集》。

　　本文作於貞元十九年至二十一年（803-805）柳宗元在長
安任職期間，是一篇用為人物立傳的形式生發議論的寓言性傳
記文，傳記為形為表，寓言為神為本。文章的中心思想是：揭

露當時 "長人者好煩其令" 的社會弊端，闡發作者 "養民" 治國的政治思想。

本文說理，總體上是採用模擬方法：用種樹模擬治民，用種樹要 "順木之天以致其性" 模擬治民要順民之性而安之，用種樹要 "其蒔也若子" 模擬做官要愛護老百姓，用種樹要 "其置也若棄" 模擬治國要讓老百姓休養生息，用 "他植者" 種樹 "愛之太殷，憂之太勤" 模擬 "長人者好煩其令"。如此層層模擬，環環相應，說透了種樹的原理，也就把治民的道理講清楚了。

文章還採用了對比手法闡述種樹的道理。郭橐駝種樹和 "他植者" 種樹，在原理、態度、方法和結果諸方面都構成了對比。這一系列對比，將種樹過程中的是與非、正與誤、利與弊都襯托得十分清晰。

文章第三自然段中寫 "他植者" 種樹的兩種錯誤態度時，略寫態度馬虎方面，而詳寫 "愛之太殷，憂之太勤" 方面，這是為了與後文中揭露 "長人者好煩其令" 的社會弊端相對應，體現了剪裁詳略得當、脈絡前後照應貫通的藝術特點。

本文以寓言的方式進行諷諫，除有委婉含蓄的特點外，也間雜着幽默。如第四段，一個 "知種樹而已" 的駝者，欲止又言，在樸實的簡單模擬中，揭示了吏治的弊端，頗具諷刺意味。又如 "官理非吾業也"， "若甚憐焉，而卒以禍"， "若是，則與吾業者，其亦有類乎"，也委婉而幽默，含不盡之意於言外。

始得西山宴遊記

自余為僇人，[1]居是州，[2]恒惴慄。[3]其隙也，[4]則施施而行，[5]漫漫而遊。[6]日與其徒上高山，[7]入深林，窮迴溪，[8]幽泉怪石，無遠不到。到則披草而坐，[9]傾壺而醉。醉則更相枕以臥，[10]臥而夢。意有所極，夢亦同趣。[11]覺而起，起而歸。以為凡是州之山水有異態者，[12]皆我有也，[13]而未始知西山之怪特。[14]

今年九月二十八日，[15]因坐法華西亭，[16]望西山，始指異之。[17]遂命僕人，過湘江，緣染溪，[18]斫榛莽，[19]焚茅茷，[20]窮山之高而上。攀援而登，箕踞而遨，[21]則凡數州之土壤，皆在衽席之下。[22]其高下之勢，岈然窪然；[23]若垤若穴，[24]尺寸千里；[25]攢蹙累積，[26]莫得遁隱。[27]縈青繚白，[28]外與天際，[29]四望如一。

然後知是山之特立，[30]不與培塿為類，[31]悠悠乎與顥氣俱，而莫得其涯；洋洋乎與造物者遊，而不知其所窮。[32]引觴滿酌，[33]頹然就醉，[34]不知

柳宗元手跡（柳宗元《柳州二月榕葉落盡偶題》、劉禹錫《酬柳柳州家雞之贈》詩）

日之入。蒼然暮色，自遠而至，至無所見，而猶不欲歸。心凝形釋，與萬化冥合。[35]

然後知吾向之未始遊，[36] 遊於是乎始，[37] 故為之文以志。[38] 是歲，元和四年也。

注釋

1. 僇（lù）人：受過刑辱的人。指以罪遭貶。柳宗元是時被貶到永州（今湖南永州市芝山區）這個邊遠地區，所以自稱為"僇人"。僇，同"戮"，刑戮之意。

2. 是州：此州，指永州。

3. 惴（zhuì）慄：憂懼、驚恐不安貌。

4. 隙：空閒的時候。

5. 施（yí）施：緩行貌。

6. 漫漫：漫無目的，舒散無拘束貌。

7. 日：每天。其徒：泛指他的僚屬、朋友。其，這裏指柳宗元。

8. 窮：窮盡，這裏指走遍。迴溪：迂迴曲折的溪澗。

9. 披：用手撥開。

10. 相枕以臥：互相枕着睡覺。

11. "意有所極"二句：心中想到那裏，夢也做到那裏。極，至。趣，通"趨"，往。

12. 異態：奇異的姿態。

13. 皆我有也：意謂都被我欣賞領略過了。

14. 未始：不曾，未嘗。西山：在今永州市芝山區之西。怪特：奇異獨特。

15. 今年：指元和四年（809）。

16. 法華西亭：法華，寺名，在永州市芝山區東山上，宋改名萬壽寺。元和四年，作者在寺西建亭，並撰《永州法華寺新作西亭記》記其事。

17. 指異之：指點着它並稱道它的奇異。

18. 緣：沿着。染溪：瀟水支流，在芝山區西南，一名"冉溪"，柳宗元《愚溪詩序》又更其名為 "愚溪"。

19. 斫：砍伐。榛莽：蕪雜叢生的草木。

20. 茅茷（fèi）：指茂密的茅草。茷，草葉茂盛的樣子。

21. 箕踞：席地而坐，兩腿伸開，形似簸箕，這是一種不拘禮節的隨意坐法。遨：遊，指目遊。

22. "則凡"二句：眼前幾個州的土地，全在自己的臥席之下。此處指在西山上四望，數州之地皆在視線之內。衽（rèn），臥席。

23. 岈（xiā）然：山峰高聳的樣子。一說山深邃的樣子。窪然：山谷凹陷的樣子。

24. 垤（dié）：螞蟻洞口的小土堆，也泛指小土堆。

25. 尺寸千里：謂登高望遠，遠在千里之外的景物，彷彿只在咫尺之間。

26. 攢蹙（cù）：形容景物都聚縮收攏在一起。攢，聚集。蹙，收縮。

27. 遁隱：躲避隱藏。此句言千里之景一覽無餘，瞭如指掌。

28. 縈青繚白：指青山白水互相縈繞。縈、繚都是 "纏繞"的意思。

29. 外與天際：視野之外山水與天相接。際，接合，動詞。外，或作水。

30. 特立：卓然而立。

31. 培塿（pǒulóu）：小土丘。

32. "悠悠"四句：寫登臨絕頂時心曠神怡，與大自然融為一體的超脫境界。悠悠，無窮無盡的樣子。顥（hào）氣，即浩然之氣，指天地間的大氣。涯，邊際。洋洋，無邊無際的樣子。造物者，指天地、大自然。天地創造萬物，故稱之為造物者。窮，盡。

33. 引觴（shāng）滿酌：拿起酒杯倒滿一杯酒。觴，酒杯。酌，斟酒。

34. 頹然：鬆弛傾倒的樣子。

35. "心凝"二句：物我兩忘，達到了與自然界萬物融為一體的境界。
心凝，心神凝定虛靜，沒有任何雜亂的思想活動。形釋，形體似已
消散，不復存在。釋，消散。萬化，萬物。冥合，暗合。

36. 向：從前。

37. 遊於是乎始：（真正的）遊覽從這一次（西山之遊）開始。

38. 志：記。

串講

　　開篇數句寫自己貶居永州的心態，徐徐道出漫遊山水的原
因。作者用了一組形式勻齊的句子順承而下，便捷自然：惴慄
則漫遊，漫遊則窮遠，窮遠所至則傾壺，傾壺而醉，醉則臥，
臥則夢，夢而覺，覺而起，起而歸。近乎頭尾蟬聯，上遞下接
的頂真格，語意順暢，趣味盎然地自畫出一個自肆於山水之間
的士大夫形象。剛用"以為凡是州之山水有異態者，皆我有也"
作結，卻又筆鋒陡然一轉，"而未始知西山之怪特"，點破題
旨，使文章自然過渡到對始得西山宴遊的記述。

　　接着便寫宴遊西山。先寫遠望："坐法華西亭，望西山。"
作者對遠眺中的西山雖未作細寫，但"指異"二字卻飽含着激
賞之意，西山的怪特已俱傳言外。接着，"命僕人，過湘江，
緣染溪，斫榛莽，焚茅茷"，連串短句一氣如注，五個動詞蟬
聯而下，令人目不暇接，作者急於登臨的遊興也溢於言表，身
輕足捷，奮步跋涉的姿態躍然紙上。讀到這裏，讀者也心馳神
往，想追隨作者去領略西山勝景了。爾後寫登山後的"箕踞而
遨"，兩腳岔開，席地而坐的姿勢顯示出作者探得西山的歡
悅，同時攀援後的疲憊、勝利者的滿足也被寫了出來。登高之

後自然要下瞰，"數州之土壤皆在衽席之下"，既烘托出西山的高峻，也透露出作者的怡然之樂。緊接着轉入對西山的正面描述。作者以敏銳的觀察力，驅遣生花妙筆，連用形容和譬喻，從不同角度準確地把握了西山的特徵。如"岈然"寫山峰的高聳，"窪然"寫溪谷的低下，是近望所得；"若垤若穴"寫其狀如蟻穴，形似窟窿，"尺寸千里"寫山脈連綿橫亙，乃遠視所見，等等。

以上是作者筆下的西山，也是他胸中的西山。西山與許多名山大川相比也許不足稱奇，但由於揉進了作者理想的美、主觀的情，便顯得怪特而幽美。作者因參與永貞革新而被貶永州，"材不為世用，道不行於時"，所以要在超然物外的幻境中擺脫苦惱，要在大自然的懷抱中休憩其騷動不安的靈魂，本文第三段中的"洋洋乎與造物者遊，而不知其所窮"、"心凝形釋，與萬化冥合"就表現了這種情緒。

文末以"然後知吾向之未始遊，遊於是乎始"戛然收束，突出了此遊的感受至深。

評析

柳宗元在唐順宗永貞元年（805）被貶為永州司馬，本文是他到永州的第五年，即唐憲宗元和四年（809）所作。永州地處湖南、兩廣交界，當時被視為僻遠蠻荒之地，但有佳山秀水，景色優美。作者以待罪謫居之身，寄情山水，在永州期間寫了很多雜文、寓言、遊記。遊記中最有代表性而自成體系的是《永州八記》。本文是"八記"中的第一篇，因西山為"向之未始遊"，故以"始得"二字立意命題，並在文中或明或暗地點題：遊山前"未始知"的遺憾，登山時急於求知的亢奮，登頂後探得西山的歡悅，激賞中渾忘物我的恬漠，遊覽後"於是乎始"的慨歎，層層緊扣，首尾呼應，佈局脈絡清晰，結構渾然一體。

文章不僅以淡逸清和的筆墨畫出令人迷醉的山景，還通過遊覽中獲得的精神感悟，表現作者特立獨行的氣節和品格。西山對於柳宗元不是一種冷漠的存在，一經作者點化，彷彿具有了血肉靈魂，而且有着和作者的性格相諧調統一的美的特徵。自然山水之美與作者人格之美在這裏相互映照，使這篇山水遊記的意蘊得以更加昇華和深化。

作者善於繪景狀物，筆墨簡潔而形象鮮明。對西山的高峻，不作正面描繪，而採用了側面襯托的手法，來表現西山的非凡氣勢。同時，文章開篇並不切入正題，而先寫平日遊覽眾山的情景，用這種鋪墊手法，來反襯發現和宴遊西山，以及在遊覽中獲得的感悟。側面襯托和鋪墊的運用，是本文藝術上的兩個顯著特色。

清人劉熙載說："柳州八記山水……無不形態盡致。"（《藝概》）"永州八記"中確實有許多寫景入微的佳構。但本篇卻不以縝密見長，而以疏朗取勝。文中寫西山之景，不用工筆刻劃，而以大筆寫意。一方面是因為"始得"初遊，另一方面也是服從於着意抒情的需要。這樣的筆致不僅能肖其貌，更能傳其神。儘管如此，運筆也極富變化：既有正面落墨，也有側面烘托；既有全景鳥瞰，也有特寫鏡頭；既有仰觀遠景，也有俯察近物。

在語言上，這篇遊記集中體現了柳宗元行文尚"潔"、"意盡言止"的一貫主張。凝煉簡潔，晶瑩潤暢。通篇無閒文浪墨，顯得精粹集中，句式散中有整，參差多變。

捕蛇者說

永州之野產異蛇：黑質而白章，[1]觸草木盡死；以齧人，[2]無禦之者。然得而腊之以為餌，[3]可以已大風、攣踠、瘻、癘，[4]去死肌，[5]殺三蟲。[6]其始大醫以王命聚之，[7]歲賦其二。[8]募有能捕之者，當其租入。永之人爭奔走焉。

有蔣氏者，專其利三世矣。問之，則曰："吾祖死於是，吾父死於是，今吾嗣為之十二年，幾死者數矣。"言之貌若甚慼者。[9]余悲之，且曰："若毒之乎？余將告於莅事者，[10]更若役，復若賦，則如何？"蔣氏大戚，汪然出涕，[11]曰："君將哀而生之乎？則吾斯役之不幸，未若復吾賦不幸之甚也。嚮吾不為斯役，[12]則久已病矣。自吾氏三世居是鄉，積於今六十歲矣。而鄉鄰之生日蹙，[13]殫其地之出，[14]竭其廬之入。號呼而轉徙，餓渴而頓踣。[15]觸風雨，犯寒暑，呼噓毒癘，[16]往往而死者，相藉也。[17]曩與吾祖居者，今其室十無一焉。與吾父居者，今其室十無二三焉。與吾居十二年者，今其室十無四五焉。非死而徙爾，[18]而吾以捕蛇獨存。悍吏之來吾鄉，叫囂乎東西，隳突乎南北；[19]譁然而駭者，雖雞狗不得寧焉。吾恂恂而起，[20]視其缶，而吾蛇尚存，則弛然而臥。[21]謹食之，時而獻焉。退而甘食其土之有，以盡吾齒。[22]蓋一歲之犯死者二焉，其餘則熙熙而樂，[23]豈若吾鄉鄰之旦旦有是哉。今雖死乎此，比吾鄉鄰之死則已後矣，又安敢毒耶？”

　　余聞而愈悲，孔子曰：“苛政猛於虎也！”[24]吾嘗疑乎是，今以蔣氏觀之，猶信。嗚呼！孰知賦斂之毒，有甚於是蛇者乎！故為之說，以俟夫觀人風者得焉。[25]

注釋

1. 黑質而白章：淡黑色底子上有白色斑紋。章，花紋。
2. 齧（niè）：咬噬。
3. 腊（xī）之以為餌：把蛇製成肉乾，用作藥物。腊，乾肉，這裏作動詞。餌，藥餌。
4. 已：止，治癒。大風：嚴重風濕病。攣踠（luán wǎn）：手腳拳屈不能伸直。瘻（lóu）：頸腫。癘（lì）：惡瘡。
5. 死肌：死肉，如癰疽的腐爛部分。
6. 三蟲：道家迷信說法，人體內有侵害人體使人得病夭死的三屍蟲。（詳見葉夢得《避暑錄話》卷下）。
7. 大醫：即太醫。唐設太醫署，有令二人，掌醫療之法（見《新唐書·百官志》、《舊唐書·職官志》）。
8. 歲賦其二：每年徵收蛇二次。賦，徵收。
9. 慼（qī）：憂愁。
10. “若毒之乎”二句：若，你。毒，痛恨，厭苦。蒞事者，當事的官吏。
11. 汪然：流涕貌。
12. 嚮：以前。

13. 蹙（cù）：困迫。

14. 殫：竭盡。

15. 頓踣（bó）：困頓僵仆。

16. 呼噓毒癘：呼吸毒氣、癘氣。

17. 相藉：互相枕藉，形容死者眾多。

18. 非死而徙：意謂不是死亡就是流徙他鄉。而，猶則。

19. 隳（huī）突：破壞奔突，極言其騷擾。《呂氏春秋·慎大覽·順說》：“隳人之城郭。”高誘注：“隳，壞也。”

20. 恂（xún）恂：誠謹貌。

21. 弛然：安適貌。

22. 盡吾齒：猶言終我天年。齒，年齡。

23. 熙熙：和樂貌。

24. “孔子曰”二句：孔子經過泰山，遇到一個在墓旁哭泣的婦人，讓子貢去問情形。婦人說：“從前我的舅舅、我的丈夫死於老虎，現如今我的愛子又死於老虎了。”孔子問：“那為何還不離開這個虎患之地呢？”婦人答道：“這裏沒有苛政。”孔子感慨說：“苛政猛於虎也。”（事見《禮記·檀弓下》）

25. 觀人風者：《禮記·王制》記周代制度：“命大（太）師陳詩以觀民風。”此指觀察民間風俗之官。

串講

　　第一段，先介紹蛇毒之猛烈可怕，但毒蛇有特殊的醫療功能，捕蛇可以“當其租入”，所以永州人情願冒着被蛇咬死的危險，“爭奔走焉”，這就為下文說明賦稅比毒蛇更可怕作了襯托和鋪墊。

　　第二段，概述蔣氏祖孫三代冒死捕蛇的悲慘遭遇和鄉鄰們為賦稅所逼的慘景。先說蔣氏三世專利，使人以為可羨。再寫蔣氏的悲訴：吾祖死、吾父死、吾幾死，一連用了三個驚心動魄的“死”字，為下文反襯賦斂帶給人民的苦難作了有力的鋪墊。緊接着，敘述作者向蔣氏提出“更役復賦”的建議，蔣氏聞“復賦”而“大戚”，則賦斂之毒可知矣。下面，文章充分運用了對比的手法，對比的角度概括地說有五個方面：（一）“吾斯役之不幸，未若復吾賦不幸之甚也。”二句統攝蔣氏答話全文，是全篇答話的綱。（二）從存亡的角度對比：鄉鄰們受賦斂之苦，死者相藉，而蔣氏卻“以捕蛇獨存”。（三）從生活狀況的角度對比：鄉鄰因賦稅而受到悍吏的騷擾，驚恐不安，而蔣氏卻“弛然而臥”，“熙熙而樂”。（四）從遭受危險次數的角度對比：鄉鄰因賦稅而受到的危險“旦旦有是哉”，而蔣氏卻因捕蛇“蓋一歲之犯死者二焉”。（五）從死亡先後的角度對比：蔣氏“今雖死乎此，比吾鄉鄰之死則已後矣，又安敢毒耶？”這五個層次的對比，一浪高過一浪，揭示出統治者的橫徵暴斂給人民帶來了巨大的苦難。

第三段，文章蓄足全勢之後，方撥雲去霧，卒章顯旨，孔子“苛政猛於虎”的話既是立論的根據和佐證，同時又為主旨句的出現再次蓄勢。最後以“賦斂之毒，有甚於是蛇”點明全篇主旨。

評析

本文寫於元和年間柳宗元被貶永州期間（806-814）。柳宗元是一位現實感很強的政治家，由於貶官後長期受壓抑，因此有機會更多地接觸到了底層人民的生活。在《捕蛇者說》中，柳宗元借蔣氏之口，記錄了人民在橫徵暴斂之下痛不欲生的情景，以事實來闡明苛政甚於蛇毒的觀點。文章看似客觀地描述了在毒蛇與賦斂雙重迫害下掙扎的捕蛇人的遭遇，實際上卻有着作者自己的感情注入。文中出現的“問之”、“余悲之”、“余聞而愈悲”，就是其由淺入深的感情的表達，那對黑暗現實滿腔激情的控訴，深蘊在他對事實和人物形象、人物心理的準確把握之中。

本文通篇之中，以蛇毒與賦毒為賓主，反復比照，從而將題旨鮮明地揭示出來。蔣氏在談到自己一家三代的悲慘命運時，“貌若甚慼者”，及作者提出“將告於蒞事者，更若役，復若賦”時，蔣更“大慼”，接着，作者極巧妙地記錄蔣氏之語：他寧願冒被毒死之險去捕蛇；迫於賦斂，不敢以蛇為毒，相反還要為之慶幸，真可謂“淒咽之音，不堪卒讀”（《古文評注》卷七引清·過珙評語）。

此文構思奇特精巧，它先極力突現異蛇之毒，並鋪墊蔣氏三代不幸的遭遇，再將賦毒與蛇毒組接起來，進行對比，因皇家徵收這種毒蛇，可以捕蛇“當其租入”，於是永州人冒死捕蛇，這就自然導出賦毒甚於蛇毒的見解。循着這樣的思路，由異蛇引出異事，由異事又導出異理，層層遞進，脈絡清晰。

杜　牧

阿房宮賦

杜牧

六王畢，四海一；[1]蜀山兀，阿房出。[2]覆壓三百餘里，隔離天日。[3]驪山北構而西折，直走咸陽。[4]二川溶溶，[5]流入宮牆。五步一樓，十步一閣；廊腰縵迴，簷牙高啄；[6]各抱地勢，鈎心鬥角。[7]盤盤焉，囷囷焉，[8]蜂房水渦，矗不知乎幾千萬落！[9]長橋臥波，未雲何龍？[10]復道行空，不霽何虹？高低冥迷，不知西東。歌臺暖響，春光融融；舞殿冷袖，風雨淒淒。[11]一日之內，一宮之間，而氣候不齊。

妃嬪媵嬙，王子皇孫，辭樓下殿，輦來於秦，朝歌夜弦，為秦宮人。[12]明星熒熒，開妝鏡也；綠雲擾擾，梳曉鬟也；渭流漲膩，棄脂水也；煙斜霧橫，焚椒蘭也。雷霆乍驚，宮車過也；轆轆遠聽，杳不知其所之也。一肌一容，盡態極妍，縵立遠視，[13]而望幸焉；[14]有不得見者，三十六年。[15]燕、趙之收藏，韓、魏之經營，齊、楚之精英，幾世幾年，摽掠其人，倚疊如山。[16] 一旦不能有，輸來其間。[17] 鼎鐺玉石，金塊珠礫，棄擲邐迤，[18] 秦人視之，亦不甚惜。

嗟乎！一人之心，千萬人之心也。秦愛紛奢，人亦念其家；奈何取之盡錙銖，[19]用之如泥沙？使負棟之柱，多於南畝之農夫；架梁之椽，多於機上之工女；釘頭磷磷，多於在庾之粟粒；[20]瓦縫參差，多於周身之帛縷；直欄橫檻，多於九土之城郭；[21]管弦嘔啞，[22]多於市人之言語。使天下之人，不敢言而敢怒；獨夫之心，[23]日益驕固。戍卒叫，函谷舉；[24]楚人一炬，可憐焦土。[25]

嗚呼！滅六國者，六國也，非秦也。族秦者，[26]秦也，非天下也。嗟乎！使六國各愛其人，則足以拒秦；使秦復愛六國之人，則遞三世可至萬世而為君，誰得而族滅也？[27]秦人不暇自哀，而後人哀之；後人哀之而不鑒之，亦使後人而復哀後人也。

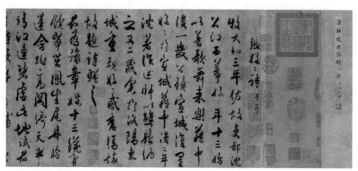

杜牧手跡

注釋

1. "六王畢"二句：意謂齊、楚、燕、趙、韓、魏六國相繼滅亡，中國為秦所統一。《史記‧秦始皇本紀》載始皇二十六年："秦王初并天下，令丞相、御史曰：'……六王咸伏其辜，天下大定。'"戰國時各國國君都稱王，故云"六王"。畢，完結。指為秦所滅。一，統一。

2. "蜀山兀"二句：意謂砍盡蜀山的木材，建造阿房宮。蜀山，泛指蜀地之山。兀，高而上平。這裏形容山的光禿。阿房（ē páng），一說是地名或山名，遺址在今西安西南阿房村；一說因宮殿的"四阿"（屋頂四角彎曲處）造得寬闊得名，"房"同"旁"，寬廣的意思。《史記‧秦始皇本紀》載：秦始皇以咸陽人多城小，舊建宮廷不夠大，決定在渭水以南的上林苑中興建大規模的宮殿。首先是在阿房修建前殿，東西五百步（一步六尺），南北五十丈，殿上可坐萬人，殿下可建五丈旗，周邊馳道修成閣道，直抵終南山，山巔是高聳的宮闕（宮殿正門），再從宮闕興修複道（上下兩層的通道），渡過渭水，直達咸陽。這一巨大工程，直到秦代滅亡都未完成。

3. "覆壓"二句：在三百餘里的地面上，覆壓着巨大的建築物，高牆峻宇，隱天蔽日。阿房宮，又叫阿城，秦惠文王造宮未成而亡，秦始皇擴大規模，"規恢三百餘里。離宮別館，彌山跨谷，輦道相屬，閣道通驪山八百餘里。"（《三輔黃圖》卷一）

4. "驪山"二句：意謂由驪山之北構築閣道通阿房，折而西，直至咸陽。驪山，在今陝西臨潼縣東南。秦都咸陽，故城在今陝西咸陽市東。

5. 二川：渭水和樊川。溶溶：水盛貌。

6. "廊腰縵迴"二句：形容走廊曲折，如繒縵之縈迴，屋簷高聳，作禽鳥仰首啄物狀。走廊曲折，如柔軟的腰肢，故曰"廊腰"。屋簷突出在外，故曰"簷牙"。縵，無花紋的繒帛。

7. "各抱地勢"二句：意謂阿房宮中的樓閣，各因地勢而建，彼此環抱，和中心區相鈎連，屋角交錯，狀如相鬥。

8. 盤盤、囷囷（qūn）：屈曲迴旋貌。

9. 蜂房：形容天井之多。矗（chù）：高高聳立的樣子。落：簷上的滴
    水裝置。

10. “長橋”二句：阿房宮有橋，橫跨渭水。古人認為雲從龍，有龍必
    有雲，未雲何龍，意謂沒有雲哪來的龍？原來是臥波的長橋。下二
    句句法同。

11. “歌臺”四句：“歌臺”、“舞殿”互文見義，意謂歌舞盛時，宮
    中溫暖如春；歌舞歇時，宮中清冷，如風雨淒淒。融融，和暖貌。

12. “妃嬪媵（yìng）嬙（qiáng）”六句：謂六國滅亡，王族被俘虜，
    他們離開本國樓殿，來到秦國；其妃嬪媵嬙，以色藝選入阿房宮，
    成為秦國宮人。《左傳·哀公元年》：“宿有妃嬙嬪御焉。”杜預
    注：“妃嬙，貴者；嬪御，賤者。皆內官。”媵，古代貴族女子出
    嫁時隨嫁或陪嫁的人。

13. 縵立：久立而待。

14. 望幸：盼望皇帝來臨。

15. “有不得見者”二句：秦始皇在位三十六年。這裏是說，幽閉在宮
    中的宮女，有的終身未能見到皇帝。

16. “幾世幾年”三句：謂六國的財寶，都是他們的統治者一代又一代
    地掠奪人民而積累起來的。倚疊：堆積。

17. “一旦”二句：謂一旦國破家亡，不能佔有這些財寶，都送進了阿
    房宮。

18. “鼎鐺（chēng）”三句：謂視鼎如鐺，視玉如石。鼎，古代以為國
    之重器。鐺，平底鐵鍋。塊：土塊。礫，小石。邐迤，綿延貌。

19. 取之盡錙（zī）銖（zhū）：連錙銖都搜刮得一乾二淨。一兩的二
    十四分之一叫銖，六銖為錙。錙銖代表極微小的數量。

20. 庾（yǔ）：露天的穀倉。

21. 九土：九州。

22. 嘔啞：嘈雜的樂聲。

23. 獨夫：貪暴失眾的君主。此指秦始皇。

24. "戍卒叫"二句：上句指陳涉反秦，全國響應；下句指劉邦攻破函谷關。陳涉是謫戍漁陽的戍卒，起義於大澤鄉，事見《史記・陳涉世家》。秦二世三年（前207年）八月，趙高殺二世，立公子子嬰為王。十月，劉邦進兵至霸上，子嬰迎降，秦亡，參見《史記・秦始皇本紀》及《高祖本紀》。

25. "楚人一炬"二句：指項羽入關後燒咸陽事。《史記・項羽本紀》："項羽引兵西屠咸陽，殺秦降王子嬰，燒秦宮室，火三月不滅。"

26. 族秦：滅掉秦的宗族，即亡秦。

27. "使秦復愛六國之人"三句：秦傳二世而亡。這裏意謂倘若秦統治者能愛護六國人民，則可由二世傳到三世以至萬世。《史記・秦始皇本紀》載："秦王初并天下，令丞相、御史曰：'……自今已來，除謚法。朕為始皇帝。後世以計數，二世三世至於萬世，傳之無窮。'"

串講

　　文章的主旨在於借古諷今。作者通過描寫阿房宮的興建及其毀滅，總結秦王朝統治者驕奢亡國的歷史教訓，向當代最高統治者發出警告。

　　第一段，先由遠及近，由外及裏，寫阿房宮的雄偉壯觀、非凡氣勢。文章開篇十二字突兀不凡，頭兩句寫出了秦帝國統一天下的雄偉氣概，次兩句寫出了阿房宮的宏偉規模，而時代的形勢、帝王的奢侈和野心，也一齊躍然而出。接下來，細繪宮中樓閣廊簷、長橋複道、歌臺舞殿等。

　　第二段，由樓閣建築轉到人物活動，寫阿房宮裏的望皇帝臨幸的美人，述其來歷，狀其梳洗，言其美貌，訴其哀怨，繪聲繪色，備極渲染；再由人物轉到珍寶，既寫六國剽掠，堆疊如山，悉輸入秦，又寫秦人棄擲，視若瓦礫，從而揭露了秦朝統治者荒淫奢靡的生活，為下文的議論設下埋伏。

第三段，敘述和描寫完阿房宮規模大，宮室多、美女眾、珍寶富之後，筆鋒陡轉，以夾敘夾議方法，將阿房宮的興建和秦人的奢靡，與天下的窮困、凋敝聯繫起來，形成尖銳對比，並以秦的頃刻瓦解作結。

第四段純用議論，暢談天下興亡之理，總結六國和秦滅亡的歷史教訓；最後畫龍點睛，昭示鑒戒，發人深思。

評析

杜牧（803-852），字牧之，京兆萬年（今陝西西安）人，宰相杜佑之孫。二十六歲舉進士，解褐弘文館校書郎。因為秉性剛直被排擠，出為江西觀察使、宣歙觀察使沈傳師及淮南節度使牛僧孺的幕僚，“促束於簿書宴遊間”，生活很不得意。三十六歲內遷為京官，任監察御史。後受宰相李德裕排擠，出為黃、池、睦三州刺史。李德裕失勢，內調為司勳員外郎，官終中書舍人。後人稱為“小杜”。居官關心國事，以濟世之才自負，曾注曹操所定《孫子兵法》十三篇。有《樊川文集》。

本賦作於唐敬宗寶曆元年（825）或二年。敬宗李湛十六歲即位，好遊樂，貪聲色，並大興土木，修建宮殿。杜牧《上知己文章啟》說，他寫此賦就是為了諷諫唐敬宗：“寶曆大起宮室，廣聲色，故作《阿房宮賦》。”這是杜牧的成名作，大和二年（828），杜牧就是因為此賦得中進士，《唐摭言》卷六記載：

　　崔郾侍郎既拜命，於東都試舉人，三署公卿，皆祖於長樂傳舍；冠蓋之盛，罕有加也。時吳武陵任太學博士，策蹇而至。郾聞其來，微訝之，乃離席與言。武陵曰：“侍郎以峻德偉望，為明天子選才俊，武陵敢不薄施塵露！向者，偶見太學生十數輩，揚眉抵掌，讀一卷文書，就而觀之，乃進士杜牧《阿房宮賦》。若其人，真王佐才也，侍郎官重，必恐未暇披覽。”於是撝笏朗宣一遍。郾大奇之。武陵曰：“請侍郎與狀頭。”郾曰：“已有人。”曰：“不得已，即第五人。”郾未遑對。武陵曰：“不爾，即請此賦。”郾應聲曰：“敬依所教。”既即席，白諸公曰：“適吳太學以第五人見惠。”或曰：“為誰？”曰：“杜牧。”眾中有以牧不拘細行間之者。郾曰：“已許吳君矣。牧雖屠沽，不能易也。”

　　此賦借古喻今，極盡鋪陳渲染之能事；議論深刻，不乏情真意切之感慨。而且構思精巧，組織嚴密，條理清晰，層次分明，“前幅極寫阿房之瑰麗，不是羨慕其奢華，正以見驕橫斂怨之至，而民不堪命也，便伏有不愛六國之人意在。所以一炬之後，回視向來瑰麗，亦復何有！以下因盡情痛悼之，為隋廣、叔寶等人炯戒，尤有關治體。不若《子虛》、《上林》，徒逢君之過也。”（吳楚材、吳調侯《古文觀止》卷七）

　　此賦通篇融敘事、描寫、議論為一體，想像豐富，誇張疊出；文字有散有駢，韻散相間，錯落有致；句式變化多端，排比對仗，縱橫交錯；語言詞采華茂，精煉生動，聲韻鏗鏘和諧，富有動感。這些在文體形式上的新特點，開創了後世的文賦一體，吳曾祺《涵芬樓文談》"辨體"第六說《阿房宮賦》："通篇全不似賦，直姑以賦名之耳。"正見出其中的端倪。而鈴木虎雄《賦史大要》更直稱："文賦的近祖，推數《阿房》為近當。"

杜牧主張形式要為內容服務："凡為文以意為主，以氣為輔，以辭采章句為之兵衛。"(《樊川文集·答莊充書》)在這篇他早年的作品中，上述見解已經有很好的體現。作者將阿房宮的修建與毀滅，同秦王朝的興盛與覆亡緊密地聯繫在一起，借題發揮，縱論天下興亡之理，揭示出統治者暴斂民財，貪圖享樂，必將失去民心，導致滅亡。正是由於這一高遠的立意，這篇文章才得以氣盛言宜，波瀾起伏，引人入勝，膾炙古今。

陸龜蒙

甫里先生傳

甫里先生者，不知何許人也；人見其耕於甫里，故云。先生性野逸無羈檢，[1] 好讀古聖人書；探六籍，[2] 識大義，就中樂《春秋》，抉摘微旨，[3] 見有文中子王仲淹所為書，云"三傳作而《春秋》散"[4]，深以為然。貞元中，韓晉公嘗著《春秋通例》，[5] 刻之於石，竟以是學為己任，而顛倒漫漶，翳塞無一通者；[6] 殆將百年，人不敢指斥疵纇，[7] 先生恐疑誤後學，乃著書摭而辨之。[8]

先生平居以文章自怡，[9] 雖幽憂疾痛中，落然無旬日生計，[10] 未嘗暫輟。點竄塗抹者，[11] 紙劄相壓，投於箱篋中，歷年不能淨。[12] 寫一本，或為好事者取去，後於他人家見，亦不復謂己作矣。少攻歌詩，欲與造物者爭柄。[13] 遇事輒變化，不一其體裁。始則凌轢波濤，穿穴險固，[14] 囚鎖怪異，破碎陣敵，卒造平淡而後已。[15] 好潔，几格窗戶硯席，翦然無塵埃。[16] 得一書詳熟，然後置於方冊；[17] 值本即校，不以再三為限，朱黃二毫，[18] 未嘗一日去於手。所藏雖少，咸精實正定，可傳借人。書有編簡斷壞者緝之，文字謬誤者刊之。[19] 樂聞人為學，講評通論不倦。有無賴者，毀折糅污，[20] 或藏去不返，先生慼然自咎。[21]

先生貧而不言利。問之，對曰："利者，商也，人既士矣，奈何亂四人之業乎？[22] 且仲尼、孟軻氏之所不許。"[23]先生之居，有池數畝，有屋三十楹，有田畸十萬步，[24]有牛不減四十蹄，有耕夫百餘指；[25]而田汙下，[26]暑雨一晝夜，則與江通，無別己田他田也。先生由是苦饑，困倉無升斗蓄積[27]。乃躬負畚鍤，率耕夫以為具，[28]由是歲波雖狂，不能跳吾防、溺吾稼也。[29]或譏刺之，先生曰："堯舜黴瘠，大禹胝胼。[30] 彼非聖人耶？吾一布衣耳，不勤劬，何以為妻子之天乎？[31]且與其蠹蝨名器雀鼠倉庾者何如哉？"[32]

先生嗜茶荈，置小園於顧渚山下，[33]歲入茶租十許薄為甌蟻之費。[34]自為《品第書》一篇，繼《茶經》、《茶訣》之後。[35]南陽張又新嘗為《水說》，[36]凡七等，其二曰惠山寺石泉，其三曰虎丘寺石井，[37]其六曰吳松江，是三水距先生遠不百里，高僧逸人時致之，[38]以助其好。

先生始以喜酒得疾，血敗氣索者二年，[39]而後能起。有客至，亦潔樽置觶，但不復引滿向口耳，[40]性不喜與俗人交，雖詣門不得見也。不置車馬，不務慶弔，內外姻黨，伏臘喪祭，未嘗及時往。或寒暑得中、體佳無事時，則乘小舟，設蓬席，齎一束書、茶竈、筆床、釣具、櫂船郎而已。[41]所詣小不會意，[42]徑還不留，雖水禽決起山鹿駭走之不若也。[43]人謂之江湖散人，先生乃著《江湖散人傳》而歌詠之。[44]由是渾毀譽不能入，利口者亦不復致意。⁴⁵先生性猖急，⁴⁶遇事發作，輒不含忍，尋復悔之，屢改不能已。先生無大過，亦無出入人事，⁴⁷不傳姓名，世無有得之者，豈涪翁、漁父、江上丈人之流者乎？⁴⁸

注釋

1. 羈檢：拘束。

2. 六籍：即六經，指《詩》、《書》、《禮》、《樂》、《易》、《春秋》。

3. 《春秋》：魯國的編年史，也是中國最早的編年體史書。相傳為孔子所作。記事上起魯隱公元年（前722年），下止魯哀公十四年（前481）。抉摘（zhé）：挑取。

4. 文中子：即隋朝王通，字仲淹，卒後門人私諡為文中子。長期隱於故鄉絳州龍門（今山西河津），講學著書。著有《中說》。三傳：《春秋》三傳，即《左傳》、《公羊傳》、《穀梁傳》，三書都是《春秋》這部"經"的"傳"，或解釋經義，或補充史實。《公》、《穀》以解釋經義為主，間或補充史實；《左傳》的着重點則正好相反。散：亂，紛亂。王通尊崇《春秋》，而貶抑、否定三傳，認為三傳之作，徒然淆亂人們的思想。陸龜蒙《求志賦》："樂夫夫子之《春秋》，病三家之若讎（指治三傳學者的互相攻訐）。得啖、趙疏鑿之與損益，然後知微旨之可求。乃服膺而誦之，見聖人之遠猷。"啖、趙，唐人啖助、趙匡，他們對三傳都表示不滿，以為未得聖人之大旨，標榜捨棄三傳，直探經旨。《求志賦》的這段話，可與本文相參。

5. 貞元：唐德宗年號（785-803）。韓晉公：韓滉，玄宗時宰相韓休子。貞元二年（786）封晉國公，喜好《易》、《春秋》，著《春秋通例》一卷，已佚。事見兩《唐書》本傳。

6. 漫漶（huàn）：模糊。翳（yì）塞：蔽塞。

7. 疵纇（lèi）：缺點，毛病。

8. 摭（zhí）：摘取。

9. 平居：平時。

10. 幽憂：深重的憂勞。憂，勞。落然：衰敗貌。

11. 點竄：修改字句。

12. 篋（qiè）：箱子一類東西。淨：指寫定謄清。

13. 造物者：創造萬物者，指天。爭柄：爭權柄。

14. 凌轢（lì）：欺壓，勝過。穿穴險固：在險阻堅固之地鑿洞穴。喻
    作詩求險難。

15. 囚鎖怪異：喻作詩求怪異。卒：終。

16. 格：支架。翦然：滌除貌。

17. 方冊：程大昌《演繁露》卷七："方冊云者，書之於版，亦或書之
    於竹簡也。通版為方，聯簡為冊。"置於方冊，指抄錄成書籍收
    藏。《新唐書》本傳："得書熟誦乃錄。"

18. 朱黃二毫：古人校勘書籍時每用朱黃兩色之筆以示區別。

19. 編簡：古代造紙術發明以前，書籍是編聯竹簡而成。此指書籍的冊
    頁。緝：編次，編聯。刊：改定。

20. 糅污：將書籍混雜弄髒。

21. 蹙（cù）然：局促不安貌。

22. 四人：四民，唐人避太宗李世民諱，用"人"代"民"。《漢書·
    食貨志上》："士農工商，四民有業：學以居位曰士，闢土殖
    穀曰農，作巧成器曰工，通財鬻貨曰商。"

23. 仲尼：孔丘，字仲尼。《論語·子罕》："子罕言利。"又《里仁》：
    "子曰：'君子喻於義，小人喻於利。'"孟軻所不許：《孟子·梁
    惠王上》："孟子對曰：'王何必曰利？亦有仁義而已矣。'"又
    《告子下》："君臣、父子、兄弟終去仁義，懷利以相接，然而不
    亡者，未之有也。"

24. 楹：量詞，屋一間為一楹。畸（jī）：零片不整齊的田地。《說

文》：“畸，殘田也。”十萬步：古時或以二百四十步為一畝，十萬步約合四百一十七畝。《新唐書》本傳：“有田數百畝。”

25. 四十蹄：指牛十頭。百餘指：十餘人。

26. 汙（wā）下：地勢低凹。

27. 囷（qūn）：一種圓形的穀倉。

28. 畚（běn）：畚箕。鍤（chā）：鐵鍬。以：而。具：器具，設備。指防水的設施。

29. 防：堤。

30. 黴（méi）瘠：黑瘦。胝胼（zhī pián）：手掌腳底因長期勞動摩擦而生的老繭。

31. 劬（qú）：勤勞。天：舊時稱君、父、夫為天，言其至高無上。《儀禮‧喪服》：“故父者，子之天也；夫者，妻之天也。”

32. 蚤虱名器：在寶器裏當跳蚤虱子。名器，鐘鼎寶器。雀鼠倉庾：在穀倉中當雀鼠。此句意謂，況且比起那些寄生者又怎麼樣呢。與，猶“比”。

33. 荈（chuǎn）：晚採的茶。顧渚山：在今浙江長興縣西北，產名茶，唐時以為貢品，稱顧渚貢焙。

34. 許：表示約略估計之詞。簿（bó）：箔，用竹篾編的簾，晾茶葉用，亦作為茶葉的計量單位。字又作“薄”。甌蟻：甌中茶水的浮沫，此指飲茶。

35. 《茶經》：唐陸羽撰，共三卷，於製茶、烹飲之法及所用器具皆詳述之。《茶訣》：已佚，未詳。

36. 南陽：郡名，治所在今河南南陽。張又新為深州陸澤(今河北深縣西)人，南陽是稱其郡望。兩《唐書》有傳。《水說》：《新唐書‧藝文志三》著錄張又新《煎茶水記》一卷，已佚。

37. 惠山寺：在今江蘇無錫市西惠山，山東麓有惠山泉。虎丘寺：在江蘇蘇州市西北虎丘山。

38. 逸人：隱逸之士。致：給與，贈送。

39. 索：離散。

40. 觶（zhì）：飲酒用的器皿。也指酒。引滿：注酒滿杯。

41. 蓬席：草席，指船帆。齎（jī）：攜帶。筆床：放毛筆的文具。櫂船：划船。

42. 會意：合意。

43. 決（xué）：快疾貌。

44. "人謂"二句：陸龜蒙有《江湖散人歌》並傳（見《全唐詩》卷六二一），傳中說："散人者，散誕之人也。心散，意散，形散，神散，既無覊限，為時之怪民。束於禮樂者外之曰：'此散人也。'散人不知恥，乃從而稱之。"

45. 渾：簡直，幾乎。毀譽：指對先生的誹謗、稱譽。利口者：能言善辯的人。致意：把自己的用意表達與人。

46. 狷（juà）急：急躁。

47. 人事：謂請託之事。

48. 涪（fú）翁：《後漢書·郭玉傳》載，有一個老翁，不知從哪來的，常常在涪水釣魚，所以大家都叫他涪翁。涪翁乞食人間，看到有病的人，就用針石為他們治療，還著《針經》、《診脈法》，傳於世。郭玉是涪翁之再傳弟子。漁父：捕魚的老人。《楚辭·漁父》寫屈原流放沅湘時，遇漁父，漁父勸他適應環境，隨俗從流，屈原不從。漁父實際上是一個隱者。江上丈人：《呂氏春秋·孟冬紀·異寶》載，伍員奔吳，至江上，見一丈人，丈人渡伍員過江。問其名姓，丈人不肯告；解千金之劍相贈，丈人不肯受。伍員至吳後，使人求之江上，亦不能得，於是每食必祭之，祝曰："江上之丈人，天地至大矣，至眾矣，將奚不有為也，而無以為為矣！而無以為之，名不可得而聞，身不可得而見，其惟江上之丈人乎？"江上丈人也是一個隱者。

串講

　　這篇傳記可分為五段。首段，說自己好讀古聖人書，尤喜《春秋》，明言自己宗主王通、啖助、趙匡等的學風，捨棄三傳，以己意說經，這樣做，是旨在衝破傳統的章句之學的束縛，使解經直接為現實的政治鬥爭服務。第二段，談自己對寫詩作文、校書藏書的愛好始終不渝，未稍輟，並說自己的詩風由始求險怪而終趨於平淡。第三段，寫自己"貧而不言利"，不顧他人的譏刺，親自參加農業勞動，並認為聖人也參加勞動，自己的行為高過那些寄生者，話語中帶着思想的光彩！第四段，說自己嗜茶。末段，寫自己性情孤高耿介，不喜與俗人交，不為世俗的禮法所拘，散誕江湖，潔身自好，其中微露出不合流俗的激憤之意。

評析

　　陸龜蒙（？-881？），字魯望，吳郡（今浙江蘇州）人，舉進士不第。曾做過蘇湖二州從事，後隱居松江甫里，自號甫里先生。有《笠澤叢書》、《甫里先生集》。他的散文小品甚多，主要收在《笠澤叢書》中。其文現實針對性強，議論精切。

　　本文實際上是一篇自傳。作者居"松江甫里"（《新唐書·陸龜蒙傳》），故自號"甫里先生"。松江，即吳淞江，又作吳松江，太湖最大支流。自湖東流經江蘇吳江、吳縣、昆山縣，至上海會合黃浦江入海。甫里，松江上村墟名，在今吳縣東南，又名甪直。

　　作者生活於晚唐風雨飄搖的病態社會，知事不可為，只好當隱士，但"並沒有忘記天下"（魯迅《南腔北調集・小品文的危機》）。這篇文章表現了唐末黑暗時代一個正直的知識分子的志趣、愛好和節操，鋒芒不直露，文字樸素、流暢，值得一讀。

皮日休

原謗

　　天之利下民，其仁至矣。未有美於味而民不知者，便於用而民不由者，厚於生而民不求者。[1]然而，暑雨亦怨之，祁寒亦怨之。[2]己不善而禍及，亦怨之，己不儉而貧及，亦怨之。是民事天，[3]其不仁至矣。天尚如此，況於君乎？況於鬼神乎？是其怨訾恨讟，葮倍於天矣。[4]有帝天下、君一國者，[5]可不慎歟？故堯有不慈之毀，舜有不孝之謗。[6]殊不知堯慈被天下，[7]而不在於子；舜孝及萬世，乃不在於父。嗚呼！堯、舜，大聖也，民且謗之；後之王天下，[8]有不為堯、舜之行者，則民扼其吭，捽其首，辱而逐之，折而族之，不為甚矣！[9]

注釋

1. 民不知：不讓民知。下"民不由"、"民不求"意同，即不讓民用、不讓民追求。由：用。厚於生：使人民生活充裕的物品。以上三句皆述天之仁。
2. 之：指天。祁寒：大寒。
3. 是：此，這樣。事：侍奉，對待。
4. 訾（zǐ）：詆毀。讟（dú）：誹謗，怨恨。葮（xǐ）：五倍。二句意謂，人民對君主、鬼神的怨恨誹謗，比對於上天屬害數倍。

5. 帝天下：做天下的帝王。君一國：做一國的君主。
6. "故堯"二句：《莊子‧盜跖》："堯不慈，舜不孝。"相傳堯不把
   天下傳給兒子丹朱，故有人說他不慈愛；舜的父親瞽瞍喜歡後妻生
   的兒子象，不喜歡舜，幾次與象合謀殺害舜，因舜為父母所痛恨，
   所以有人說他不孝。事見《孟子‧萬章上》、《史記‧五帝本紀》。
7. 殊：竟。被：及，遍及。
8. 王（wàng）天下：做天下的帝王。
9. 吭（háng）：喉嚨。捽（zuó）：揪。折：斷，指斬斷其軀體。族：
   殺滅全族。甚：過分。

串講

　　這篇散文先從人民怨上天、毀堯舜說起，接着筆鋒一轉，
矛頭直指封建皇帝，最後幾句點明了全文主旨：人民憎恨殘暴
的君主是完全有道理的；憎恨到極點，以至於搯喉嚨，揪腦
袋，殺死他並誅滅其整個家族，都不算過分。

　　這種強烈的反叛封建帝王的思想情緒，表明晚唐的最高統
治集團的腐朽殘暴激起了作者的極大義憤，這正是唐末階級矛
盾激化的反映，也是作者後來參加黃巢起義的思想基礎。

　　皮日休猛烈抨擊封建暴君的思想，上承孟軻"桀紂可誅"
的議論，下啟明清早期啟蒙思想家對君權的批判，在中國政治
思想史上佔有重要地位。

評析

　　皮日休（834？-883？），字逸少，後字襲美。復州竟陵
（今湖北天門）人，早年隱居襄陽鹿門。咸通八年（867）登進
士第。曾官太常博士、毗陵副使。乾符末年，參加黃巢起義

軍。巢入長安，任日休為翰林學士，後不知所終。他膽識過人，聲稱要"上剝遠非，下補近失"（《皮子文藪序》），為文往往發前人所未發或不敢發，如《讀司馬法》開篇明義："古之取天下也以民心，今之取天下也以民命。"進而指出："由是編之為術，術愈精而殺人愈多，法益切而害物益甚。"《原謗》更激切聲言："後之王天下，有不為堯舜之行者，則民扼其吭，捽其首，辱而逐之，折而族之，不為甚矣。"所表現的對統治者的強烈不滿和叛逆情緒，在明代以前的文人中似乎還找不出第二位。

　　本文見於皮日休《皮子文藪》卷三，是他所作《十原》中的一篇。《文藪》為咸通七年（866）皮日休自編的一部詩文集，其時距黃巢大起義爆發只有九年。作者在《十原系述》中說："夫原者，何也？原其所自始也。"則"原謗"的意思就是：探究誹謗是怎樣開始產生的。文章先說上天仁愛，民尚怨之，接着用"天尚如此，況於君乎"二句承上啟下，由怨天而推及怨君。說怨天是鋪墊、陪襯，寫怨君才是本文的主旨。寫怨君又由堯舜作為聖君，"民且謗之"，進而推出最後的激憤之言：帝王如果不仿效堯舜的行為，那麼人民就是掐他的喉嚨，揪他的腦袋，殺他本人並滅其全族，也不算過分。這一尖銳激烈的言論，雖受到孟子"民貴君輕"和"桀紂可誅"思想的啟發，但更為大膽和徹底，閃耀着民主性精神的光輝。它在一定程度上代表了農民大起義前夕民眾對最高統治集團腐朽殘暴的反抗情緒，也是作者後來參加黃巢起義軍的思想基礎。全篇行文層層遞進，語言簡勁明快，筆鋒犀利潑辣，具有強烈的戰鬥性，像是刺向腐朽統治集團的一把利劍。

宋代

范仲淹

岳陽樓記

慶曆四年春，滕子京謫守巴陵郡。[1] 越明年，[2] 政通人和，百廢具興，[3] 乃重修岳陽樓，[4] 增其舊制，[5] 刻唐賢今人詩賦於其上，[6] 屬予作文以記之。[7]

予觀夫巴陵勝狀，[8] 在洞庭一湖。[9] 銜遠山，吞長江，浩浩湯湯，[10] 橫無際涯；朝暉夕陰，[11] 氣象萬千；此則岳陽樓之大觀也，[12] 前人之述備矣。[13] 然則北通巫峽，[14] 南極瀟湘，[15] 遷客騷人，[16] 多會於此，覽物之情，得無異乎？[17]

若夫霪雨霏霏，[18] 連月不開；[19] 陰風怒號，濁浪排空[20]；日星隱耀，[21] 山嶽潛形；[22] 商旅不行，檣傾楫摧；[23]

岳陽樓

薄暮冥冥，[24] 虎嘯猿啼；登斯樓也，則有去國懷鄉，[25] 憂讒畏譏，滿目蕭然，感極而悲者矣！至若[26] 春和景明，[27] 波瀾不驚，[28] 上下天光，一碧萬頃；[29] 沙鷗翔集，錦鱗游泳，[30] 岸芷汀蘭，[31] 鬱鬱青青。[32] 而或長煙一空，[33] 皓月千里，浮光躍金，[34] 靜影沉璧，[35] 漁歌互答，此樂何極！登斯樓也，則有心曠神怡，寵辱偕忘，[36] 把酒臨風，其喜洋洋者矣！

嗟夫！予嘗求古仁人之心，或異二者之為，[37] 何哉？不以物喜，不以己悲，[38] 居廟堂之高，[39] 則憂其民；處江湖之遠，[40] 則憂其君。是進亦憂，退亦憂；然則何時而樂耶？其必曰：“先天下之憂而憂，後天下之樂而樂矣！”[41] 噫！微斯人，吾誰與歸！[42] 時六年九月十五日。

注釋

1. 滕子京：滕宗諒，字子京，河南（今河南洛陽）人。巴陵郡，即岳州，宋時稱為岳州巴陵郡。

2. 越明年：有兩種解釋：一、“越”作“逾”講，作“渡過”講，“越明年”就是“過了第二年”，也即已進入了第三年（慶曆六年）。二、“越”作“及”講，“越明年”就是“到了第二年”（即慶曆五年）。但是根據《岳州府志》“職方考”，《宗諒求記書》“去秋以得罪守茲郡”和“明年春……增其舊制”等材料來看，滕子京是從慶曆六年開始修岳陽樓的，應當以第一種說法為妥。

3. 百廢具興：歐陽修《與滕待制子京書》稱其政績說：“去宿弊以便人，興無窮之長利。”如築偃虹隄，以利行旅等。百廢，各種廢弛不辦的事情。具，同“俱”。

4. 岳陽樓：在今湖南岳陽西門城牆上，西鄰洞庭湖，北望長江，有“洞庭天下水，岳陽天下樓”之稱。樓高21.5米，三層、飛簷、純木結構。始建於220年前後，前身相傳為三國時東吳大將魯肅的

"閱軍樓"，西晉南北朝時稱"巴陵城樓"，初唐時稱"南樓"，李白賦詩，始稱"岳陽樓"。自唐代建成以來，即負盛名，為歷代才士登臨賦詠之所。

5. 增其舊制：擴大原來的規模。

6. 刻唐賢今人詩賦於其上：謂刻石立於壁間。

7. 屬：同"囑"。

8. 勝狀：美景。

9. 洞庭：中國長江流域著名大湖，在湖南北部，岳陽市西。《清一統志·岳州府》載，洞庭湖"每夏秋水漲，周圍八百餘里"。

10. 浩浩湯湯：水勢盛大貌。《尚書·虞書·堯典》："湯湯洪水方割，蕩蕩懷山襄陵，浩浩滔天。"

11. 暉：同"輝"，陽光。

12. 大觀：盛大壯觀的景象。

13. 備：全備。

14. 然則：順接連詞，有承上連下的作用。巫峽：長江三峽之一，長約四十公里，在湖北巴東縣西，與重慶市巫山縣相接。

15. 南極瀟湘：朝南一直達到瀟水湘水。湘江源出廣西壯族自治區靈川縣境，經過湖南省中部，北流入洞庭湖。瀟水為湘江上游的支流，源出藍山縣南九嶷山。極，至。

16. "遷客騷人"二句：唐、宋時朝廷官吏受到處分，多有遠謫西南者，岳陽為通往西南的孔道，又有樓觀勝景，故成為失意的官吏與詩人會聚之所。唐朝自張說謫守岳州，與賓朋酬唱以後，詩人李白、杜甫、孟浩然、韓愈、劉禹錫、白居易、李商隱等，都曾經至此，留下題詠。遷客：降職調往偏遠地區的官吏。屈原曾作《離騷》，後代因稱詩人為騷人。

17. 得無異乎：能夠沒有不同嗎？

18. 霪雨：久雨不晴。霏霏：雨密貌。

19. 開：開朗，晴朗。

20. 排空：翻騰空際，形容水勢洶湧。

21. 隱耀：光亮隱沒不見。

22. 潛形：形體掩藏。

23. 檣傾楫摧：謂船隻損毀。

24. 薄：迫近。冥冥：昏暗貌。

25. 去國：離開國都。

26. 至若：至於。

27. 景明：天氣晴明。景，日光。

28. 波瀾不驚：猶言波平浪靜。

29. "上下天光"二句：謂天色與湖水相映照，上下都是一片碧綠的顏色，無邊無際。水中也反映天色，故云上下天光。萬頃，極言其廣。百畝為頃。

30. 錦鱗：魚的美稱。

31. 芷：香草。汀：岸邊平地。

32. 鬱鬱：形容香氣濃郁。青青：茂盛貌。《詩經·衛風·淇奧》："綠竹青青。"青，別本或作"菁"，音同。菁菁，盛貌。

33. 長煙一空：天上的雲霧一下子消散。

34. 浮光躍金：月下湖面上閃着金光。躍，一作"耀"。

35. 沉璧：指水中月影。璧，圓形的玉，以喻月。

36. 寵：恩寵，榮譽。偕：一作"皆"。

37. 二者：指上述感物而悲與覽物而喜兩種情況。

38. "不以物喜"二句：謂感情不因為環境的好壞和個人的得失而改變。

39. 廟堂：指朝廷。廟，宗廟；堂，明堂。高：指高位。

40. 處江湖之遠：指貶謫在外做閒官或在野不做官。

41. "先天下之憂而憂"二句：歐陽修《資政殿學士戶部侍郎文正范公神道碑銘》："公少有大節，於富貴貧賤、毀譽歡戚，不一動其心，而慨然有志於天下，常自誦曰：'士當先天下之憂而憂，後天下之樂而樂也。'"

42. "微斯人"二句：微，非。斯人，指古仁人。誰與歸：謂歸心於誰？與，跟從。歸，歸往，宗仰。《禮記·檀弓下》："趙文子與叔譽觀乎九原（晉卿大夫之墓地在九原）。文子曰：'死者如可作（起）也，吾誰與歸？'（此處先世大夫死者很多，假令死而復生，眾大夫之中誰最賢，可以與歸？）"

串講

　　第一段，點明題意，交代寫作背景，敘述重修岳陽樓和作記的緣由。因為是應滕子京之請而作記，所以有必要先敘滕子京重修岳陽樓的事，滕子京修樓乃是他被貶岳州之後的事，作者是把這事同滕子京在岳州的政績放在一起稱述的："政通人和，百廢具興。"言雖簡括，卻極有分量，是對滕子京的讚頌。聯繫開頭兩處交代時間的話，可知滕子京的政績是在短短一年多裏做出的，就更顯得了不起。在作者着力表彰滕子京的後面，含蓄地表明了作者對友人被貶的同情和對當政者的不滿。

　　第二段，寫"岳陽樓之大觀"，雖然概括，卻寫得富於形象，氣魄宏大。作者善於選取形象化的詞語繪聲繪形。如："銜遠山"——洞庭湖中有許多小山，用一"銜"字形象地寫出湖與山的關係。"吞長江"——長江流經洞庭湖，用一"吞"字，不僅形象地寫出湖與江的關係，而且讀來氣勢磅礴。"銜"、"吞"字連用，更使靜景富於動態和活力。"浩浩湯湯"——字音響亮，疊字又加強了氣勢，而且四字都是水旁，形容水大流急，既繪聲，又繪形。"氣象萬千"——連用兩個數詞寫洞庭湖上景象變化之多之快，極有聲勢。此外如"橫無際涯"

《岳陽樓記》（清·張照書）

的"橫"，與"廣"義近，但作者用"橫"而不用"廣"，因
"橫"字顯得境界開闊而有氣魄；"朝暉夕陰"的"暉"可換成
"晴"字，但作者用"暉"而不用"晴"，因為"暉"字具體，
容易使讀者聯想到洞庭湖上"春和景明"的景象。這些例子可
以看出作者煉字的功力。"朝暉夕陰，氣象萬千"，為下兩段
分別寫洞庭湖上"霪雨霏霏"和"春和景明"的景象埋下伏線。
"遷客騷人，多會於此，覽物之情，得無異乎"，既承接上文寫
景的句子，又引出下面兩段文字，其中"情"、"異"是關鍵
字，是全篇抒情、議論的基礎。全文前顧後盼，文理綿密。作
者在這裏沒有對岳陽樓詳加描繪，原因有二：第一，作者明言
"前人之述備矣"，因此不必再去重複；第二，從全文看，作者
寫這篇文章的目的不在於介紹岳陽樓的建造經過和它的構造及
景物，而在於借景抒情。所以，概述以後就用"然則"一轉，

引出“遷客騷人”的“覽物之情”。

　　第三段，描寫了洞庭湖景色陰晴的變化以及遷客騷人登樓時的不同心情。這段內容緊扣上段概述洞庭湖“朝暉夕陰，氣象萬千”和“覽物之情，得無異乎”的意思而加以發揮：

　　先寫風雨天氣中洞庭湖上蕭條淒涼的景象，作者選用了有代表性的景物加以描繪：連綿陰雨的天氣、令人膽寒的風聲、恐怖的濁浪，天色昏暗，交通阻絕，這是寫的白天。夜間經常聽到虎嘯猿啼，等等，淒涼的氣氛就更加濃重了。這樣的景物，很自然地引出了遷客騷人遠離京都，懷念故土的失意憂慮的悲苦情感。這一段寫了物悲則己悲的思想感情，是照應上文“異”字的一個方面。

　　其次，寫洞庭湖晴朗天氣的明媚景象。這一段採用與上一段對照的寫法。“至若”以下寫晝景，“而或”以下寫夜景。寫白天，寫天寫水，和天水相連的晴明；寫沙鷗游魚，增添了自由閒適的氣氛；又寫蘭芷，生機勃勃，有色有香。寫夜間，再次寫天寫水，活躍生動，此時不再有恐怖淒涼的虎嘯猿啼，卻有悠揚動聽的漁歌飄盪在湖面。這樣的景物怎能不令人陶醉其中？寫了這樣的景物，就很自然地引出遷客騷人此時的喜悅之情。這一段寫了物喜己喜的思想感情，是照應上文“異”字的又一方面。

　　第四段，是文章的中心所在。本文前三段交代了重修岳陽樓的概況，記了登樓所見的不同的“景”以及由景而生的不同的“情”。作為一篇“記”，寫了這些也夠了，但作者的本意卻並不在此，而在於由此引出一番振聾發聵的議論來。本段以“嗟夫”提起下文，筆鋒突轉，提出了一個“古仁人之心”來，並且指出“古仁人之心”與遷客騷人的思想感情是不同的。遷客騷人的思想感情往往因個人遭遇或環境的觸發而產生變化；古仁人則“不以物喜，不以己悲”。作者以天下為己任，“常自誦曰：‘士當先天下之憂而憂，後天下之樂而樂也。’”（歐陽修《資政殿學士戶部侍郎文正范公神道碑銘》）可見這種“先憂後樂”的思想，正是作者的理想，從他“力主革除弊政”、“勤政愛民”（《宋史》本傳）的行為看，確實不是徒托空言。他借滕子京囑寫《岳陽樓記》的機會，提出這種理想化的人物來，正是為了“假託古人，自寫懷抱”，表明自己本來就不為個人的進退、榮辱而悲喜，雖遭貶謫，但憂國憂民之心決不改變，同時也包含着對滕子京的慰勉。最後一句自明志向，以問句的形式表達，自勵勵人，委婉含蓄。

評析

　　范仲淹（989-1052），字希文，蘇州吳縣（今江蘇蘇州）人。兩歲喪父，幼年家境貧寒，在母親教育下，發憤讀書，大中祥符八年（1015）考取進士。仁宗景祐三年（1036）將知開封府事時，因不滿宰相呂夷簡，上書抨擊時政，得到尹洙、歐陽修的支持，但被呂夷簡以“薦引朋黨”的罪名貶知饒州（治今江西波陽），此為北宋黨爭之始。康定元年（1040）出任陝西經略安撫副使兼知延州（治今陝西延安）期間，抗擊西夏，使之不敢來犯。慶曆三年（1043年）任參知政事時，推行了北宋第一次大規模的政治革新——慶曆新政，提出明黜陟等十項改革弊政的措施，但遭到阻撓，未能實施。慶曆五年（1045）復以“朋黨”罷參政，被貶到鄧州任太守。之後又輾轉於杭州、青州，皇祐四年（1052），他調往潁州（今安徽阜陽），走到出生地徐州，不幸病逝，終年六十四歲。遺著有《文集》二十卷，《別集》五卷（今本四卷）；《奏議》十七卷，《政府論事》三卷（今本為《奏議》二卷）；《尺牘》五卷（今本三卷）；另有《文集補編》一卷，後人合為《范文正公集》。

本文作於宋仁宗慶曆六年（1046），作者時遭貶知鄧州（治所在今河南鄧縣）。滕子京與范仲淹同年舉進士，兩人的友誼即從這時候開始。滕子京支持范仲淹的政治改革，遭到保守勢力的反對。由於范仲淹的舉薦，滕子京先知涇州，後知慶州（治所在今甘肅慶陽縣）。知慶州時，被人誣告"前在涇州費公錢十六萬貫"，慶曆四年（1044）春天知岳州，滕子京心裏很

蘇州為紀念范仲淹誕辰一千周年而建的牌坊

有些憤慨。（見《宋史》卷三〇三本傳）宋·周輝《清波雜誌》卷四"逐客"條載："放臣逐客，一旦棄置遠外，其憂悲憔悴之歎，發於詩什，特為酸楚，極有不能自遣者。滕子京守巴陵，修岳陽樓，或讚其落成，答以：'落甚成，只待憑欄大慟數場！'"等樓修好後，他要痛哭幾場呢！范仲淹深知這位平素"尚氣，倜儻自任"（《宋史》卷三〇三）的朋友的思想和性格，因此，很擔心他惹出禍來，想找機會勸他，恰好趕上他請范仲淹為重修岳陽樓作記，范仲淹就借題發揮，寫出自己理想的為人處世的態度，勉勵滕子京學習古代有修養的人，不計較個人眼前的得失，要做到"先天下之憂而憂，後天下之樂而樂"。當時范仲淹的處境同滕子京一樣，寫此文是勸友也是自勉（參見范仲淹玄孫范公偁《過庭錄》）。

篇中通過寫景以抒情，又轉而言志，頗具匠心。文體亦駢亦散，用駢語描繪，以散文議論，偶亦用韻，自成一格。

本文寫景的特點是寓情於景，情景交融；寫悲苦之景則愁情畢現，寫歡樂之景則喜氣洋洋。寫景取得這樣的效果，"奧秘"在哪裏呢？主要在於選擇景物和渲染氣氛。作者選擇的景物都帶有濃厚的感情色彩。如第三段前半段：雨是"霪雨"，風是"陰風"，浪是"濁浪"，時間是"薄暮"，所聞是"虎嘯"和"猿啼"，無不帶有愁苦的色彩，再加以"霏霏"、"怒號"、"排空"、"冥冥"等詞語的渲染，一幅天昏地暗、浪黑風高、恐怖淒慘的畫面就呈現在讀者的面前了。有些景物本來沒有特殊的感情色彩，如"日星"、"山嶽"、"商旅"、"檣"、"楫"等，但配以"隱耀"、"潛形"、"不行"、"傾"、"摧"等詞語，就帶上了濃重的愁苦色彩。

除了選擇景物和渲染氣氛都帶有濃重的感情色彩這個相同點外，第三段後半段在結構上與前半段也是完全相同的：都是先寫景，後抒情，為情設景，緣景抒情；甚至連前後兩個抒情句的表達方式也完全相同。這兩個抒情句很重要，它們是文章思路發展的中心環節：前句說遷客騷人登樓而悲，後句寫遷客騷人登樓而喜，聯繫上文看，是為了落實"覽物之情，得無異乎"一句，聯繫下文看，是以遷客騷人隨物而變的心情，襯托古仁人"不以物喜，不以己悲"的思想感情，從而引發出"先憂後樂"一段正論。

歐陽修

五代史伶官傳序

歐陽修

嗚呼！盛衰之理，雖曰天命，豈非人事哉！[1] 原莊宗之所以得天下，[2] 與其所以失之者，可以知之矣。

世言晉王之將終也，[3] 以三矢賜莊宗，而告之曰："梁，吾仇也；[4] 燕王，吾所立；[5] 契丹，與吾約為兄弟，[6] 而皆背晉以歸梁。此三者，吾遺恨也。與爾三矢，爾其無忘乃父之志！"[7] 莊宗受而藏之於廟。其後用兵，則遣從事以一少牢告廟，[8] 請其矢，盛以錦囊，[9] 負而前驅，及凱旋而納之。[10]

方其繫燕父子以組，[11] 函梁君臣之首，入於太廟，[12] 還矢先王，而告以成功，其意氣之盛，可謂壯哉！及仇讎已滅，[13] 天下已定，一夫夜呼，亂者四應，[14] 蒼皇東出，[15] 未及見賊，而士卒離散，[16] 君臣相顧，不知所歸；至於誓天斷髮，泣下沾襟，[17] 何其衰也！豈得之難而失之易歟？抑本其成敗之跡，而皆自於人歟？《書》曰：“滿招損，謙受益。”[18] 憂勞可以興國，逸豫可以亡身，自然之理也。

故方其盛也，舉天下之豪傑莫能與之爭；[19] 及其衰也，數十伶人困之，而身死國滅，[20] 為天下笑。夫禍患常積於忽微，而智勇多困於所溺，[21] 豈獨伶人也哉！作《伶官傳》。

注釋

1. “盛衰之理”三句：古人多認為國家的治亂、盛衰由於天命（參見《墨子·非儒下》及李康《運命論》），作者則認為人事是主因，故云。語本董仲舒《舉賢良對策》：“故治亂、廢興在於己，非天降命，不可得反，其所操持悖謬失其統也。”（見《漢書·董仲舒傳》）

2. 原：推原，追本究源。莊宗：指後唐莊宗李存勗。他於公元九二三年滅掉後梁，統一北中國，建立後唐。

3. 晉王：莊宗的父親李克用，屬沙陀族，本姓朱邪，事唐，賜姓李，唐末割據今山西省一帶地區。因出兵幫助唐王朝鎮壓黃巢起義有功，封隴西郡王，後又封為晉王。

4. 梁：指後梁太祖朱全忠。宋州碭山（今屬安徽）人，本名朱溫，原為黃巢將領，降唐後，改名朱全忠，受封為梁王。後來朱全忠篡奪唐王朝的政權，國號梁，都汴州，又遷都洛陽。他以背叛黃巢起家，與李克用同為鎮壓起義軍的強大軍閥。雙方不斷擴充勢力，互相仇視。中和四年（884）五月，黃巢部將尚讓以驍騎五千，進逼大梁。朱溫遣使向李克用告急，克用親率沙陀精騎，擊敗黃巢的軍隊，回軍大梁，紮營於城外。朱溫請李克用入城，禮貌甚恭，克用乘酒使氣，語頗侵之。朱溫憤憤不平，乘夜發兵圍攻正在醉臥的克用。克用親兵郭景銖滅掉蠟燭，將他藏在床下，這才免於被朱全忠殺害。從此李克用和朱全忠結下深仇大怨。

5. 燕王：指劉仁恭。劉本為幽州將，李克用幫他奪得幽州，並保舉他為盧龍節度使，故曰"吾所立"。不久，晉攻羅弘信，求兵於劉仁恭，劉不與，李克用寫信責備，他反擲書謾罵，扣押晉使者。李克用大怒，自己率兵往攻幽州，中途飲酒，被劉設伏兵殺敗。此後雙方雖有時合力抗梁，但怨終不解。後來朱全忠封他的兒子劉守光為燕王。這裏稱劉仁恭為燕王，是作者的追敘之辭。

6. "契丹"句：契丹，唐末北方少數民族，這裏指契丹族首領耶律億，字阿保機。李克用曾與他結拜為兄弟，約定合力舉兵滅梁。後來阿保機背約，與梁通好。李克用聽說後，氣得一病不起，臨死前，將一支箭留給莊宗，希望他滅掉契丹。

7. 其：語氣副詞，表示期望、命令的語氣。乃：你的。

8. 從事：官名，這裏指負責具體事務的官員。少牢：古代祭品。用一豬一羊稱少牢，牛、豬、羊三牲齊備，稱太牢。牢，祭祀用的牲畜。

9. 錦囊：絲織的袋子。

10. 凱旋：唱着凱歌勝利回軍。凱，即凱歌。納之：指把箭送回宗廟收藏。

11. 繫燕父子以組：《舊五代史‧唐書‧莊宗紀》載，天祐十一年（914）莊宗攻克范陽，擄燕王劉守光及其父劉仁恭，誅守光，拘送仁恭於代州，刺其心血，奠告於武皇陵，然後斬之。組，絲編的繩索。繫，捆綁。《史記‧秦始皇本紀》："子嬰即繫頸以組。"

12. "函梁君臣"二句：923年，李存勖攻破大梁。朱溫的兒子梁末帝朱友貞與大臣皇甫麟相對大哭，梁末帝說："我和晉人為世讎，不能等他們來殺我，卿可先斷我首，無令落仇人之手！"皇甫麟不忍，梁末帝說："你不忍心，難道是想出賣我嗎！"麟舉刀想自刎，梁末帝阻其手道："當與卿俱死！"即握麟手中刃自剄，麟亦自殺。唐莊宗命河南尹張全義收葬，其首藏於太社。函，木匣，這裏意為用木匣封裝。太社，即太廟，帝王祭祀祖先的宗廟。

13. 仇讎：仇敵。

14. "一夫夜呼"二句：《舊五代史·唐紀·莊宗紀》載同光四年（926）"貝州（治所在今河北清河）軍士皇甫暉等因夜聚摴博不勝，遂作亂"。後來趙太、王景戩、李嗣源（李克用養子）等都相繼叛變。一夫，指皇甫暉。

15. 蒼皇：同"倉黃"，忽促、慌張貌。東出：指同光四年（926）三月莊宗避亂至汴州（今河南開封）事。

16. 士卒離散：《舊五代史·唐書·莊宗紀》："初，帝東出關，從駕兵二萬五千。及復至汜水，已失萬餘騎。"

17. "君臣相顧"四句：《舊五代史·唐書·莊宗紀》載：甲戌，次石橋，莊宗在野地裏置酒，悲啼不樂，⋯⋯元行欽等百餘人垂泣而奏："臣本小人，蒙陛下撫養，位極將相，危難之時，不能立功報主，雖死無以塞責，乞申後效，以報國恩。"於是，百餘人皆提刀斷髮，置鬚於地，以斷首自誓，上下無不悲號，識者認為不祥。

18. "滿招損"二句：見《尚書·虞書·大禹謨》。孔穎達疏："自以為滿，人必損之。自謙受物，人必益之。"受，原本誤作"得"。

19. 舉：全，所有的。

20. "數十伶人困之"二句：莊宗滅梁後，寵用伶人，縱情聲色。繼李嗣源兵變後，伶人出身的皇帝近衛軍首領郭從謙乘機作亂，莊宗中流矢而死。國滅，莊宗死後，李嗣源即位，稱為明宗，後唐並未滅亡。不過李嗣源是李克用的養子，並非嫡傳，按照當時的傳統觀念來看，也可以說是"國滅"。《新五代史·伶官傳》載，郭門高，名從謙，門高是他的藝名。儘管郭從謙是以優伶受寵，但因為曾有軍功，所以被任命為從馬直（皇帝的親軍）指揮使。⋯⋯當時，從馬直軍士王溫宿衛禁中，夜裏謀亂，事發後被誅。莊宗對郭從謙開玩笑說："你的同黨存乂、崇韜有負於我，你又教王溫謀反。你還想怎麼樣？”郭從謙聽了非常害怕，於是索性就叛亂了。

21. 所溺：指所沉溺的事物。

串講

　　文章劈頭就擺出中心論點，“起勢橫空而來，神氣甚遠”（高步瀛《唐宋文舉要》甲編卷六，中華書局本六六九頁）。而“嗚呼”與“哉”相呼應，造成極其濃烈的抒情氣氛。“盛衰”二字是全篇眼目，“雖曰天命”一縱，“豈非人事哉”一擒，“天命”是賓，“人事”是主。從感慨萬千的歎息聲中，讀者已不難覺察：有些人忽略“人事”而將國家的“盛衰”委於“天命”，正是作者所痛心的。論點一經提出，接着便擺出事實，而以“原莊宗”三句作為過渡。

　　第二段，寫莊宗之父臨終遺言。“世言”二字，直貫段尾。敘事精練生動，十分傳神。寫李克用臨終之言和“與爾三矢”，更是繪聲繪色！遺言急促而斬截：追述以往的恨事，激勵復仇的決心，如聞切齒之聲，如見怒目之狀。寫李存勗受父命，只一句：“受而藏之於廟。”而“受而藏”的行動，卻既表現了他的堅定意志，也流露出他的沉重心情。而這，又為後面殺敵致勝的描寫和“憂勞可以興國”的論斷埋下了伏筆。

　　第三段，先寫“及其盛”。由幾個既對偶又錯落的短句構成的長句，一氣而下，有如迅雷猛擊，暴雨驟至，烈風巨浪相激搏。其文勢至此，“可謂壯哉”！從“及仇讎已滅”到“何其衰也”寫“失天下”，夾敘夾議，既概括而又不乏形象性。讀之只覺陰風颯颯，冷雨淒淒，與前一段形成鮮明對照，而作者肯定什麼，否定什麼的情緒，也洋溢於字裏行間了。接下去，用“豈得”兩句反問語一宕，承上轉下。前一句照應“天命”，是陪筆；後一句照應“豈非人事”，是主意。“《書》曰”以下，緊承第二個反問語，充實開頭提出的論點，揭示李存勖得天下與失天下的根源。

第四段，回應“盛”、“衰”，先揚後抑，一唱一歎。“及其衰”一句，“雖仍就後唐之盛衰反復詠歎，而神氣已直注於結末三句。”“豈獨”一句，“推開作結，有煙波不盡之勢，所謂篇終接混茫者也。”（李剛己《古文辭約編》序跋類）

評析

歐陽修（1007－1072），字永叔，號醉翁，晚號六一居士，其《六一居士傳》說：“吾家藏書一萬卷，集錄三代以來金石遺文一千卷，有琴一張，有棋一局，而常置酒一壺，以吾一翁，老於此五物之間，是豈不為‘六一’乎？”吉州廬陵（今江西吉安，一云永豐）人。出身於小官吏家庭，四歲喪父，生活貧困。其母鄭氏親自教他讀書，以蘆桿代筆，在沙上寫字，還常對他講述其父生前廉潔仁慈的事蹟。仁宗天聖八年二十四歲舉進士甲科。官至樞密副使、參知政事。被貶滁州（治所在今安徽滁州）時自號醉翁。徙知揚州、潁州，還為翰林學士，奉敕重修唐書。後以太子少師致仕，歸隱於潁州。享年六十六歲。諡文忠。早年支持范仲淹，要求在政治上有所改良。王安石推行新法時，曾對“青苗法”表示不滿。論文主張文章應“明道致用”，對宋初以來追求靡麗形式的文風表示不滿。他是北宋文壇的宗師和領袖，王安石、蘇軾、蘇轍皆出其門下。所作散文說理暢達，抒情委婉。詩風與其散文近似，語言流暢自然。其詞承襲南唐餘風，婉麗清遒。曾與宋祁合修《新唐書》，並獨撰《新五代史》。有《歐陽文忠集》。

本文是《新五代史·伶官傳》的序文。後人為了將宋初薛居正所編《五代史》和歐陽修所編《五代史》區別開來，稱薛著為《舊五代史》，歐著為《新五代史》。五代，指唐朝崩潰後在中原前後更替的後梁、後唐、後晉、後漢、後周五個王朝。伶官，古代負責演戲、歌舞、作樂的樂官，此指供奉內廷、授有官職的伶人。《伶官傳》記載的是為後唐莊宗寵倖的伶官景進、史彥瓊、郭門高等敗政亂國的史實。

這是一篇著名的史論。首先，史料的選用和剪裁十分精當。如“三矢”的故事在當時流傳甚廣，但真實性難以確證，所以沒有置於史傳正文，而寫進了序文。又如寫莊宗之衰，沒有具體敘說他如何“逸豫”，因為有關“逸豫”的史實，可以在《伶官傳》中查到。再如，比歐陽修早生五十多年的王禹偁在《五代史闕文》中寫道：“世傳武皇（李克用）臨薨，以三矢付莊宗曰：‘一矢討劉仁恭，汝不先下幽州，河南未可圖也。一矢擊契丹……阿保機與吾把臂而盟，約為兄弟，誓復唐家社稷，今背約附梁，汝必伐之。一矢滅朱溫。汝能成吾志，死無憾矣！’莊宗藏三矢於武皇廟庭。及討劉仁恭，命幕吏以少牢告廟，請一矢，盛以錦囊，使親將負之以為前驅；及凱旋之日，隨俘馘納矢於太廟。伐契丹、滅朱氏亦如之。”而本文所述，加強了故事的抒情氣氛和晉王遺囑的懇切語氣，更加精練生動，富有感染力。其次，在史實的敘述上生動形象。如敘述莊宗接受三矢，謹遵遺命報仇雪恨，一個長句，七個分句，一氣呵成，用受、藏、用、遣、告、請、盛、負、驅、旋、納等一連串的動詞，使人物形象活靈活現。

　　這篇史論不僅思想深邃，而且藝術精湛。本文闡明中心論點“盛衰之理，雖曰天命，豈非人事哉”的主要論據，是後唐莊宗盛衰成敗的歷史事實。在寫法上，欲抑先揚，層層遞進。先極讚莊宗成功時意氣之“壯”，再歎其失敗時形勢之“衰”，通過天命與人事、盛與衰、興與亡、得與失、成與敗的強烈對比，突出莊宗歷史悲劇的根由所在，使“抑本其成敗之跡，而皆自於人”的結論，顯得令人信服，發人深省。文章筆力雄健而有氣勢，行文跌宕頓挫，表達情見乎辭，篇幅雖然短小，卻是搏兔而用全力之作。

　　學習此文，可以用後唐莊宗李存勗的故事作一面鏡子來對照、衡量自己的行為。當李存勗得天下之後，正盛之時，他忘記了盛衰之理，雖曰天命，亦由人事；忘記了滿招損，謙受益；忘記了得之難，失之易；忘記了憂勞可以興國，逸豫可以亡身；忘記了禍患常積於忽微，智勇多困於所溺，從中我們不難引出歷史的教訓。

醉翁亭記

　　環滁皆山也。[1]其西南諸峰，林壑尤美。[2]望之蔚然而深秀者，[3]琅琊也。[4]山行六七里，漸聞水聲潺潺，而瀉出於兩峰之間者，釀泉也。[5]峰迴路轉，有亭翼然臨於泉上者，[6]醉翁亭也。作亭者誰？山之僧曰智僊也。[7]名之者誰？太守自謂也。[8]太守與客來飲於此，飲少輒醉，而年又最高，故自號曰醉翁也。[9]醉翁之意不在酒，在乎山水之間也。山水之樂，得之心而寓之酒也。

若夫日出而林霏開，[10]雲歸而巖穴暝，[11]晦明變化者，[12]山間之朝暮也。野芳發而幽香，佳木秀而繁陰，[13]風霜高潔，[14]水落而石出者，山間之四時也。朝而往，暮而歸，四時之景不同，而樂亦無窮也。

至於負者歌於塗，行者休於樹，前者呼，後者應，傴僂提攜，[15]往來而不絕者，滁人遊也。臨溪而漁，溪深而魚肥；釀泉為酒，泉香而酒洌；[16]山餚野蔌，[17]雜然而前陳者，太守宴也。宴酣之樂，非絲非竹，[18]射者中，[19]弈者勝，觥籌交錯，[20]起坐而喧嘩者，眾賓歡也。蒼顏白髮，頹然乎其間者，太守醉也。

已而夕陽在山，人影散亂，太守歸而賓客從也。樹林

醉翁亭

陰翳[21]，鳴聲上下，遊人去而禽鳥樂也。然而禽鳥知山林之樂，而不知人之樂；人知從太守遊而樂，而不知太守之樂其樂也[22]。醉能同其樂，醒能述以文者，太守也。太守謂誰？廬陵歐陽修也。[23]

注釋

1. 滁：滁州，治所在今安徽滁州市。

2. 壑：山溝。

3. 蔚然：草木茂盛貌。

4. 瑯琊：山名，在滁州市西南十里。

5. 釀泉：水清可以釀酒，故名。釀，原本作"讓"，據別本改。

6. 翼然：如鳥展翅貌。

7. 智僊：瑯琊山瑯琊寺（一名開化寺）的僧人。僊，"仙"的異體字。

8. 太守：漢時太守為一郡最高行政長官。宋時一州的長官稱知軍州事，相當於漢時的太守。

9. 自號曰醉翁：作者《贈沈遵》詩："我時四十猶彊力，自號醉翁聊戲客。"《題滁州醉翁亭》："四十未為老，醉翁偶題篇。醉中遺萬物，豈復記吾年？"

10. 林霏開：樹林間的霧氣消散了。

11. 雲歸：古人以為雲是出自山中的，如陶淵明《歸去來兮辭》："雲無心以出岫。"歸，謂回到山裏。

12. 晦明變化：指天氣陰晴明暗的變化。

13. 秀：茂盛。繁陰：一片濃密的樹蔭。

14. 風霜高潔：天高氣爽，霜色潔白。

15. 傴僂：彎腰曲背，指老年人。提攜：指被牽扶着走的小孩子。《禮記·曲禮上》："長者與之提攜，則兩手奉長者之手。"

16. “泉香”句：一作“泉洌而酒香”。洌，清。

17. 山餚：野味。蔌（sù）：菜蔬。

18. 絲：弦樂器，琴、瑟之類。竹：管樂器，簫、管之類。

19. 射者中（讀去聲）：古代飲宴時一種投壺的娛樂；以矢投壺中，投中者勝，酌酒給負者飲。見《禮記・投壺》。歐陽修《九射格》文：“九射之格，其物九，為一大侯，而寓以八侯：熊當中，虎居上，鹿居下，雕、雉、猿居右，雁、兔、魚居左。而物各有籌。射中其物，則視籌所在而飲之。”

20. 觥籌交錯：杯子和籌碼相錯雜，形容喝酒盡歡之狀。觥，酒器。古代酒器用兕角製，稱兕觥。籌，投壺時計算勝負的籌碼。一說，籌指酒令籌。

21. 陰翳：樹木遮蔽成蔭。

22. 樂其樂：以眾人之樂為樂。其，指眾人。

23. 廬陵：今江西吉安。按歐陽修為永豐人，其先世“為廬陵大族”，譜籍亦著廬陵（見《歐陽氏圖譜序》），故稱。

串講

　　第一段，總寫醉翁亭的自然環境和它的得名，寫山、寫林、寫水，進而寫亭、寫山之僧、寫醉翁，總寫“醉翁之意不在酒，在乎山水之間也”、“得之心而寓之酒”的“山水之樂”。篇首用“環滁皆山也”開端，乃大景、全景、遠景。接着鏡頭拉近到“西南諸峰”，於是望見那“蔚然深秀”之色；再拉近到“釀泉”，便聽到了流水潺潺之聲；再拉近到醉翁亭，終於看清了亭子像鳥翼一般的具體形象。這樣迤邐寫來，切合步行入山遠近視聽之理，又顯得層次分明，勝境疊現，使讀者隨着作者的腳步，神遊於山水之間，有一種“引人入勝”的藝術效果。

　　第二段，以若干典型性的景象，配以顯示特徵的動詞和形

容詞，勾畫出山中朝暮的景色以及四季秀麗風光，從而突出
"朝而往，暮而歸，四時之景不同，而樂亦無窮也"的出遊之
樂。

　　第三段，寫山林中的"滁人遊"，歌聲人聲絡繹不斷，負
者行者來來往往，盡顯民風民俗之樂；接着寫"太守宴"，肥
魚洌酒，山餚野蔌，體現物阜年豐之樂；然後寫"眾賓歡"，
觥籌交錯的盡興，宴間遊戲的歡暢，凸現了"宴酣之樂"；最
後鏡頭拉近，頭像擴大，聚焦在核心人物——"頹然乎其間"的
太守，推出其"蒼顏白髮"的特寫鏡頭，活畫出"飲少輒醉"的
醉翁之樂。處處表現與民同樂之狀，處處洋溢與民同樂之情。

　　第四段，交代宴會散、眾人歸的情景，把禽鳥之樂、遊人
之樂和太守之樂融於百十字之間，以禽鳥之樂襯托遊人之樂，
又以遊人之樂襯托太守之樂，移步換形，層層遞進，最後才聚
焦一點：人去鳥樂→鳥樂不知人樂→人樂不知太守之樂其樂→
太守之樂醒能述以文→太守為廬陵歐陽修。"然而禽鳥"四句
中，兩用"知"與"不知"，文勢逆勁，一轉一深，構成螺旋
式層層推進，顯示出作者煉句煉意的藝術功力。至此，"醉翁
之意不在酒，在乎山水之間也"的核心命意就有了有力依託。

　　全文以共出現十次的"樂"字貫穿全篇，文意輻湊，凝而
不散。

評析

本文作於慶曆六年（1046），歐陽修降職知滁州的第二年。文中通過對優美的自然環境、和樂的社會風氣的描寫，從側面展現了自己治滁的政績，表達出“與民同樂”的政治理想，也抒發了被貶謫後的坦蕩胸懷，既表現了士大夫寄情山水、悠閒自適的情調，也包含着對國事民情的關切。全篇將寫景、敘事、抒情熔於一爐，展示出作者高超的寫作技巧和優美凝練的文筆。

首先，層次清楚，脈絡分明。先寫醉翁亭的自然環境，次寫山間朝暮和四時之景，再寫太守宴客、滁人遊瑯琊山的情景，最後點明文章的主旨。以“樂”為線索，貫穿全文。而“醉”和“樂”是統一的，“醉”是表象，“樂”是實質，寫“醉”正是為了寫“樂”。用“太守醉”結束歡樂的場面，頗有深意，說明“醉翁之意”何止“在乎山水之間”，同時也在於一州之人。文章無論寫景、寫人都能與“樂”字緊密相連，這樣，既反映了作者寄情山水的寧靜心情，也表達出他貶謫後的閒適安樂、淡泊曠達的胸懷。

其次，語言精煉，平易自然。《朱子語類》卷一百三十九“論文”上：“歐公文亦多是修改到妙處。頃有人買（見）得他《醉翁亭記》稿，初說滁州四面有山，凡數十字，末後改定，只曰：‘環滁皆山也’五字而已。饒錄云：‘有數十字序滁州之山。忽大圈了，一邊注“環滁皆山也”一句。’”又如，用“翼然”把凌空而起的亭子比喻成展翅欲飛的鳥兒，“以一‘翼’字，將亭之情，亭之景，亭之形象具寫出，如在目前，可謂妙絕矣。”（李騰芳《李文莊公全集》卷九）全篇鮮見難字僻詞，無一用典，駢散相間，錯落有致，文氣有緩有急，整齊中富於變化，讀起來音韻鏗鏘，易於成誦。

最後，紆徐悠緩，一唱三歎。全文403字，用了24個"而"字，讀起來使人覺得在迴環往復之中有勒有放，紆徐有致，還略帶點詠歎的意味。又從頭至尾用了21個"也"字，或表陳述，如"環滁皆山也。"或表判斷，如"望之蔚然而深秀者，瑯琊也。"或表感歎，如"在乎山水之間也。""得之心而寓之酒也。"或表解釋，如"作亭者誰？山之僧曰智僊也。名之者誰，太守自謂也。""也"字的大量運用，讀來使人感到不疾不徐，自然合拍，琅琅上口，娓娓動聽，不僅構成曼聲詠歎的韻致，而且形成與內容一致的語調上的節奏感。同時具有排比韻味，增強了文章的抒情氣氛。王禹偁《黃州新建小竹樓記》也大量運用"也"字，王應麟《困學紀聞·雜識》說這種體例本於《易》之《雜卦》，但像歐陽修這樣通篇運用，而且又恰到好處，則絕無僅有。

千百年後的今天，《醉翁亭記》那清新明朗、悠然自適的心境，風流蘊藉、紆徐悠揚的情致，千迴百轉、適口悅耳的節奏，讀來依然令人一唱三歎，感慨良多。

秋聲賦

歐陽子方夜讀書，聞有聲自西南來者，悚然而聽之，[1]曰：異哉！初淅瀝以蕭颯，[2]忽奔騰而砰湃，[3]如波濤夜驚，風雨驟至。其觸於物也，鏦鏦錚錚，[4]金鐵皆鳴。又如赴敵之兵，銜枚疾走，[5]不聞號令，但聞人馬之行聲。

《秋聲賦意圖》（清．華喦繪）

予謂童子："此何聲也？汝出視之。"童子曰："星月皎潔，明河在天，[6]四無人聲，聲在樹間。"

予曰："噫嘻悲哉！此秋聲也，胡為而來哉？蓋夫秋之為狀也：其色慘澹，[7]煙霏雲斂；[8]其容清明，天高日晶；其氣慄冽，[9]砭人肌骨；[10]其意蕭條，山川寂寥。故其為聲也，淒淒切切，呼號憤發。豐草綠縟而爭茂，[11]佳木蔥蘢而可悅；[12]草拂之而色變，木遭之而葉脫。其所以摧敗零落者，乃其一氣之餘烈。[13]夫秋，刑官也，[14]於時為陰；[15]又兵象也，[16]於行用金；[17]是謂天地之義氣，常以肅殺而為心。[18]天之於物，春生秋實，故其在樂也，商聲主西方之音，[19]夷則為七月之律。[20]商，傷也，物既老而悲傷；夷，戮也，物過盛而當殺。

"嗟乎！草木無情，有時飄零。人為動物，惟物之靈；[21]百憂感其心，萬事勞其形；有動於中，必搖其精。[22]而況思其力之所不及，憂其智之所不能；宜其渥然丹者為槁木，[23]黟然黑者為星星。[24]奈何以非金石之質，欲與草木而爭榮？念誰為之戕賊，亦何恨乎秋聲！"

童子莫對，垂頭而睡。但聞四壁蟲聲唧唧，如助予之歎息。

注釋

1. 悚然：驚懼貌。

2. 淅瀝以蕭颯：指雨聲夾雜着風聲。以，而。

3. 砰湃：波浪洶湧聲。

4. 鏦鏦錚錚：金屬相擊聲。

5. 銜枚：古代進軍時，常令軍士口中銜枚（形狀像筷子），以防喧譁。

6. 明河：天河。

7. 慘澹：陰暗無色。

8. 煙霏雲斂：煙雲密聚（陰晦的天氣）。霏，紛飛貌。斂，聚。

9. 慄冽：猶栗烈，寒冷貌。

10. 砭：古代用以治病的石針，此處為針刺的意思。

11. 縟：繁茂。

12. 蔥蘢：草樹蕃盛貌。

13. 一氣：指秋氣。餘烈：餘威。

14. 夫秋，刑官也：周朝以天地四時之名命官（謂之六卿），司寇為秋官，掌管刑法、獄訟（見《周禮·秋官·司寇》）。審決死罪人犯也在秋天（見《禮記·月令》）。

15. 於時為陰：古以陰陽配合四時，春夏屬陽，秋冬屬陰。《漢書·律志上》："春為陽中，萬物以生；秋為陰中，萬物以成。"又《春秋繁露·陰陽義》："陰者，天之刑也。"

16. 又兵象也：古代征伐，多在秋天，故云。《禮記·月令》載"孟秋月"，"天子乃命將帥，選士厲兵，簡練桀俊，專任有功，以征不義。"《漢書·刑法志》："秋治兵以獮。"顏師古注："獮，應殺氣也。"

17. 於行用金：舊以五行（金、木、水、火、土）配四時，秋天屬金。《禮記・月令》：「某日立秋，盛德在金。」《漢書・五行志上》：「金方，萬物既成，殺氣之始也。」

18. "是謂"二句：《禮記・鄉飲酒義》：「天地嚴凝之氣，始於西南，而盛於西北，此天地之尊嚴氣也，此天地之義氣也。」孔穎達疏：「西南，象秋始。」義氣，節烈、剛正之氣。

19. 商聲主西方之音：舊以五聲（宮、商、角、徵、羽）配四時，秋天為商聲。《禮記・月令》載孟秋、仲秋、季秋之月，「其音商」。西方，是秋天的方位。

20. 夷則為七月之律：以十二律（黃鐘、大呂、太簇、夾鐘、姑洗、中呂、蕤賓、林鐘、夷則、南呂、無射、應鐘）分配十二月，七月為夷則（見《禮記・月令》）。《史記・律書》：「七月也，律中夷則。夷則，言陰氣之賊萬物也。」張守節《史記正義》引《白虎通》：「夷，傷也；則，法也。言物始傷被刑法也。」

21. "人為動物"二句：謂人在萬物中特別具有靈性，不同於草木之無情。《尚書・周書・泰誓上》：「惟人萬物之靈。」

22. "百憂"四句：《莊子・在宥》：「必靜必清，無勞女形，無搖女精，乃可以長生。」此用其意而從反面說。搖其精，損害其精氣。

23. 渥然丹者為槁木：紅潤的容顏變為枯槁。《詩經・秦風・終南》：「顏如渥丹。」渥丹，形容臉色紅潤。《莊子・齊物論》：「形固可使槁木，而心固可使如死灰乎？」

24. 黟然黑者為星星：烏黑的鬢髮變成白色。黟（yī），黑貌。星星，形容白髮。謝靈運《遊南亭》詩：「戚戚感物歎，星星白髮垂。」

串講

　　第一段，寫正要夜讀，一片寂靜中，忽聞有聲自西南而來。"聲"字點題，振起全篇；西南方，《太平御覽》卷九引

《易緯》："立秋，涼風至。"又注："西南方風。"這西南方來的聲音暗指秋夜涼風。接着連設四喻，摹寫"聲"由小而大、由遠漸近、喧而復靜、來之又去，既運用象聲詞勾畫聽覺形象，又連用人所習聞的聲音——風雨聲、波濤聲、金鐵皆鳴聲、人馬行軍疾走聲，來比喻渲染，以喚起人們的聯想。文章將不可捉摸的無形秋聲寫得宛然若在、呼之欲出，其手法是化虛為實。接下來作者讓童子"汝出視之"，答曰"星月皎潔，明河在天，四無人聲，聲在樹間"，天真而單純，襯出歐陽子思緒的繁雜。全段由幽靜到宕開筆鋒奔騰喧響，再到收攏而歸於悄然，已經是一波三折。

　　第二段，承童子語道出秋聲，感慨一發而不可收。第一層，先寫"秋之為狀"，取漢賦寫作"上下左右、東南西北"鋪敘敷演的傳統手法，從秋色、秋容、秋氣、秋意四方面寫"秋之為狀"，其中色、容為實，氣、意為虛，其手法是由實入虛。那秋色是慘澹的，那秋容顯得淒清，那秋氣寒到刺人肌骨，至於秋意，則蕭條寂寞，彷彿萬物生意已盡，山川也神態黯然。這一層寫秋狀，好像游離於題面"秋聲"，其實，只是換了一個角度，改用烘托手法，以秋狀寫足秋聲。因為，秋聲來自秋風，風因空氣流動的速度不同而有疾徐大小之別，又因流動的方向不同而有東西南北之分；如果風速風向相同，便很難說秋風與別的風有多大區別。用了"秋之為狀"一加烘托，才顯出秋風的獨特性格、秋聲的特殊情調。所謂"山之精神寫不出，以煙霞寫之；春之精神寫不出，以草樹寫之。"（劉熙載《藝概·詩概》）正是此意。第二層，直寫"秋之為聲"，"淒淒切切，呼號憤發"，"草拂之而色變，木遭之而葉脫"，綠草豐茸、佳木蔥蘢，儼於秋氣的威嚴而摧敗凋零，把秋的肅殺之氣使草木凋零之狀，描繪得栩栩如生，與宋玉"悲哉，秋之為氣也，蕭瑟兮草木搖落而變衰"，有異曲同工之妙。第三層，改用刑官、兵象、音樂寫秋之為心，藉秋心進一步渲染秋聲：秋為刑官、主兵象、於樂律為商（傷）聲。作者於是發出了憤激之言："是謂天地之義氣，常以肅殺而為心"；"物既老而悲傷……物過盛而當殺"。單從文字審視，調子未免低沉。實際上，此情此景，融鑄着作者真實的心理感受。以上三層從秋狀、秋聲、秋心三個角度，調動了化虛為實、烘托象徵等多種藝術手段，寫秋之質，攝秋之魂，狀難寫之景如在目前，形成了一種幽悄悽愴的意境。

第三段，宕開一筆，由草木轉觀人世：草木無情，尚且逢秋飄零，人為萬物之靈，但卻不能如草木一樣，春風吹又生，何況百憂感心，萬事勞形，則更何以堪；人之衰之頹，實由自身的憂思、萬事的勞累造成，與秋聲無關。所以，要從根本上解脫悲秋，只有清心寡慾，知足保和，以達觀自適的態度，看待萬物有生必有死的不可扭轉的客觀規律。當然，這層意思，與瀰漫全篇的悲涼的秋意相比，不僅隱晦，而且翻轉得比較匆忙倉促，顯得沒有力量。

第四段，寫盡管歐陽子滔滔宏論，陷入思考人生的歎息之中，童子此時卻漠然不動，"垂頭而睡"，二者形成鮮明的對比和映襯，這與李清照《如夢令》中主人擔心"綠肥紅瘦"，而侍兒"卻道海棠依舊"，有異曲同工之妙。這裏以童子的單純無憂，再次襯出主人秋懷的紛繁複雜，與篇首遙相呼應。結尾二句，語意雋永，境界深遠，餘音嫋嫋，不絕如縷。

評析

　　本賦作於宋仁宗嘉祐四年（1059），作者時年五十三歲。同年初秋，他還寫過一首題作《夜聞風聲有感奉呈原父舍人聖俞直講》的五古，詩中所披露的作者的心態，可與《秋聲賦》互為參照。

　　自從戰國末年宋玉因秋悲思而作《九辯》以來，悲秋就成為封建時代文學作品中十分常見的題材之一。歷代文人看到秋天萬物凋零，一片蕭殺景象，常常聯想到自身的懷才不遇、仕途坎坷而生悲感。這篇抒情小賦沿承劉禹錫《秋聲賦》之題，以秋聲發端，描繪暮秋山川寂寥、草木零落的蕭條景象，聯繫作者當時的境遇，可以體會到其言外憂國傷己的情懷。

　　其時作者雖然已經官居要職，但內心卻常常十分迷惘、憂慮、惆悵、矛盾甚至痛苦，這些情緒，既非“貧士失職兮志不平”（宋玉《九辯》），也不是“少壯幾時兮奈老何”（漢武帝《秋風辭》），而是飽經宦海風波，深感世路崎嶇，看到自己一生致力於改變宋王朝貧弱積弊所作的百般努力已付諸東流而表現出的無可奈何的惋惜和憂國憂民的情懷；又看到年輕時踔厲風發，共同倡導詩文革新的摯友尹洙、蘇舜欽、石延年、孫復等皆已凋亡，“慶曆新政”的主持者范仲淹、杜衍也都物化，不禁淒然神傷，甚至產生了“世路迫窄多阱機，鬢毛零落風霜摧”（《送陸子履學士通判宿州》）的感慨。儘管作者力求通過理性的反思，來超然物外，消解悲涼，但在讀者的心中，卻始終縈繞着一種揮之不去的無邊秋意。不過，最易打動我們心弦的往往是那些令人傷感的情思，所謂“愁苦之音易好”（陳兆侖《紫竹山房集》卷四《消寒八詠·序》）。此賦也不例外。

本賦文字優美警策，描寫如詩如畫，渲染出寂寥空遠的意境，把我們引向天高氣爽的秋空，使人浮想聯翩，遐思無窮。在體式上，它大膽嘗試以散文作賦，以散句始，以散句終，文中以散文為主，雜以駢偶、韻語的變體，形成散文化流暢自然之美；用韻不像駢賦、律賦那樣嚴格規整，而以尾韻為主，穿插句首、句中之韻，既達到協韻目的，又體現句式散文化的靈活自由，成就了一種兼有韻文與散文之佳勝的新的賦體——文賦，為魏晉至唐五代以來賦體的發展開闢了新的途徑，宋陳善《捫虱新話》云：「以文體為詩，自退之始；以文體為四六，自歐陽公始。」清儲欣《六一居士全集錄》卷一稱《秋聲賦》乃「賦之變調，別有文情。賦至宋代幾亡矣，此文殊有深致」，鈴木虎雄《賦史大要》謂歐陽修「自律賦除去排偶、限韻兩拘束」，「成文賦開山之功」，信非溢美之辭。

這篇文賦在遣詞造句上，精心錘煉，頗見斟酌之功。南宋周必大在校勘《歐陽文忠公文集》後記中述及：「前輩嘗言，公作文揭之壁間，朝夕改定。今觀手定《秋聲賦》凡數本……而用字往往不同。」可見《秋聲賦》在藝術上的成功決非偶然。

蘇　洵

六國論

六國破滅，[1]非兵不利，戰不善，弊在賂秦。[2]賂秦而力虧，[3]破滅之道也。或曰：“六國互喪，率賂秦邪？”[4]曰：“不賂者以賂者喪。蓋失強援，不能獨完，[5]故曰弊在賂秦也。”

秦以攻取之外，小則獲邑，大則得城，較秦之所得，

蘇洵

與戰勝而得者，其實百倍；[6]諸侯之所亡，與戰敗而亡者，其實亦百倍。則秦之所大慾，諸侯之所大患，固不在戰矣。思厥先祖父，[7]暴霜露，[8]斬荊棘，以有尺寸之地。子孫視之不甚惜，舉以與人，如棄草芥。[9]今日割五城，明日割十城，然後得一夕安寢。起視四境，而秦兵又至矣！然則諸侯之地有限，暴秦之慾無厭，奉之彌繁，侵之愈急，故不戰而強弱勝負已判矣。至於顛覆，理固宜然。古人云：“以地事秦，猶抱薪救火，薪不盡，火不滅。”[10]此言得之。

齊人未嘗賂秦，終繼五國遷滅，[11]何哉？與嬴而不助五國也。[12]五國既喪，齊亦不免矣。燕趙之君，始有遠略，能守其土，義不賂秦。是故燕雖小國而後亡，斯用兵之效也。至丹以荊卿為計，始速禍焉。[13]趙嘗五戰於秦，二敗而三勝。[14]後秦擊趙者再，李牧連卻之。[15]洎牧以讒誅，邯鄲為郡，[16]惜其用武而不終也。且燕趙處秦革滅殆盡之際，[17]可謂智力孤危，戰敗而亡，誠不得已。向使三國各愛其地，[18]齊人勿附於秦，刺客不行，[19]良將猶

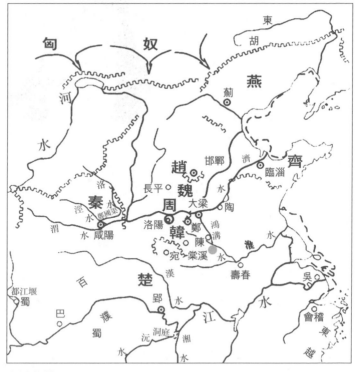

六國形勢地圖

在，[20]則勝負之數，存亡之理，與秦相較，或未易量。[21]

　　嗚呼！以賂秦之地，封天下之謀臣；以事秦之心，禮天下之奇才；并力西嚮，[22]則吾恐秦人食之不得下咽也。[23]悲夫！有如此之勢，而為秦人積威之所劫，[24]日削月割，以趨於亡，為國者無使為積威之所劫哉！[25]

　　夫六國與秦皆諸侯，其勢弱於秦，而猶有可以不賂而勝之之勢；苟以天下之大，而從六國滅亡之故事，[26]是又在六國下矣！

注釋

1. 六國：指戰國時的燕、趙、齊、楚、韓、魏六個國家。
2. 弊在賂秦：謂六國破滅，弊病在於賄賂秦國。這裏指用割地的辦法來討好秦國。
3. 賂秦而力虧：語意本於《戰國策·魏策》："蘇子（秦）為趙合縱說魏王曰：'……夫事秦必割地傚質，故兵未用而國已虧矣。'"虧，缺，損。
4. 率：通常，大率。引申為一概，都。
5. 獨完：獨自保全。
6. 實：果實。指受賂得來的城邑數量。
7. 厥先祖父：他們的先人、祖父和父親。厥，其，他們。
8. 暴：暴露。
9. 如棄草芥：謂輕棄不愛惜。《方言》："芥，草也。"
10. "古人云"五句：《戰國策·魏策》："孫臣謂魏（安釐）王曰：'……以地事秦，譬猶抱薪而救火也，薪不盡，則火不止。今王之地有盡，而秦之求無窮，是薪火之說也。'"又《史記·魏世家》：

"蘇代謂魏（安釐）王曰：'且夫以地事秦，譬猶抱薪救火，薪不盡，火不滅。'"皆為引語所本。

11. 遷滅：滅亡。古代滅人國家，皆遷去其傳國重器，故曰遷滅。《孟子·梁惠王下》："遷其重器。"

12. 與嬴：猶言親秦。《管子·霸言》尹知章注："與，親也。"嬴，秦王之姓，此作為秦的代稱。

13. "至丹以荊卿為計"二句：謂至太子丹命荊軻施行刺之計，乃招亡國之禍。丹，燕太子丹。荊卿，即荊軻。司馬貞《史記索隱》："卿者，時人尊重之號。"秦已滅韓、趙，禍將至燕。始皇二十年（前227），燕太子丹遣荊軻以樊於期首級和燕督亢地圖獻於秦，因襲刺秦王，不中，軻被殺。秦王大怒，益發兵伐燕，翌年拔燕都。燕王喜奔遼東，殺丹以獻於秦。後五年（前222），卒滅燕。（見《史記·燕世家》及《刺客列傳》）速禍，招禍。《左傳·隱公三年》："去順效逆，所以速禍也。"

14. "趙嘗五戰於秦"二句：《戰國策·燕策》："蘇秦將為從（縱），北說燕文侯曰：'……秦趙五戰，秦再勝而趙三勝。'"為此二句所本。按，蘇秦所言非實事。鮑彪注："設辭也。"

15. "後秦擊趙者再"二句：李牧，趙國良將。趙幽繆王遷二年（前234），秦破趙，殺趙將，斬首十萬。翌年，李牧為大將軍，擊秦軍於宜安（在今河北藁城縣西南），大破之。四年（前232），秦攻番吾（今河北平山縣南），牧又擊破之。（見《史記·趙世家》及《廉頗藺相如列傳》）卻，退，擊退。

16. "洎牧以讒誅"二句：謂等到李牧受讒被殺，趙亦遂亡。趙王遷七年（前229），秦使王翦攻趙，趙使李牧、司馬尚禦之。秦行賄於趙王寵臣郭開，使進讒言，謂李牧等將反。翌年，趙王使人捕斬李牧，廢司馬尚。後三月，王翦急攻趙，大破之，虜趙王遷，遂滅趙。（見《史記·趙世家》及《廉頗藺相如列傳》）洎，及，等到。邯鄲，趙都，故城在今河北邯鄲市西南。邯鄲為郡，謂趙亡後，秦以其地置邯鄲郡。

17. 燕趙處秦革滅殆盡之際：秦虜趙王遷、陷邯鄲後，趙公子嘉立為王，王於代（今山西東北部及河北蔚縣一帶），始皇二十五年（前222），始與燕同被滅。時韓、魏、楚皆已亡，故云。革滅，猶言除滅。《易·雜卦傳》：“革，去故也。”

18. 向使：假使，如果。三國：指韓、魏、楚。

19. 刺客不行：指燕不遣荊軻行刺。

20. 良將猶在：謂李牧不被誅殺。《史記·廉頗藺相如列傳》：“李牧者，趙之北邊良將也。”

21. 或未易量：或許未可輕易估量（即下結論），意謂六國不一定會敗亡。

22. 並力西嚮：謂合六國之力而西向抗秦。

23. 食之不得下咽：猶言寢食不安，內心惶恐。

24. 為秦人積威之所劫：謂六國被秦國積漸之威所脅制。劫，威逼，控制。

25. 為國者：治理國家的人。

26. “苟以”二句：謂如果以天下之大，而蹈六國賂秦而亡的覆轍。故事，舊事，前例。

串講

　　第一段，斬釘截鐵地提出全文的中心論點，然後以兩個分論點來展開論證：（1）賂秦者，因力虧而破滅；（2）不賂秦者，因賂者而破滅。

　　第二段，闡述第一個分論點，針對韓、魏、楚三國，從正面論述賂秦必亡。先擺出秦“戰勝而得”與諸侯“戰敗而亡”的事實，從正反兩方面對比論證，突出強調“秦之所大慾”與“諸侯之所大患，固不在戰”的論斷，既照應了開頭，又為下文進一步論證作好準備。接下來，從"思厥先祖父"到"而秦兵又至矣"數句，雖是想像之辭，但形象地說明了諸侯之地得來不易，然而他們為苟安一時，卻輕易地拱手與人。這樣，非但不能保全自己，反而加深了敵人的侵吞慾壑，遺患無窮。接着，運用推理得出結論："諸侯之地有限，暴秦之慾無厭，奉之彌繁，侵之愈急，故不戰而強弱勝負已判矣。"接着下一肯定判斷：導致國家最終破滅，是必然的。最後又引用古人的話"以地事秦，猶抱薪救火，薪不盡，火不滅"，作比喻論證，既補充了上文的論證，又含有收束之意，而且使論證深入淺出，具有更強的說服力。

第三段，闡述第二個分論點，針對齊、燕、趙三國，論述不賂秦則國未必亡。第一層論齊國，雖"未嘗賂秦"，但它親近秦國而不聯合五國，所以，五國一旦破滅，它就必然要被無厭的暴秦所滅。第二層分別論證"燕趙之君"的"義不賂秦"。這兩國都能用兵守土抗秦，保全國家，但由於燕丹"以荊卿為計"，因而導致滅亡；同樣，由於趙國李牧被殺，自壞長城，結果也是國家滅亡。況且燕趙兩國"處秦革滅殆盡之際"，"智力孤危"沒有援助，確實是在不得已的情況下"戰敗而亡"的。最後，"向使三國"幾句，以假設之因得出假設之果，歸納二、三段對分論點的論證。

第四段，提出假設之後，又針對六國破滅的教訓，為之設圖存之計：（1）重用謀臣，"以賂秦之地封天下之謀臣"；（2）禮賢下士，"以事秦之心禮天下之奇才"；（3）六國聯合，"並力西嚮"。陶望齡認為："封謀臣，禮賢才，以並力西嚮……可謂至論。"（《三蘇文範》卷二引）

第五段，抒發感慨，借古諷今，透露寫這篇史論的本意。把宋王朝同六國作比較：六國皆諸侯，勢弱於秦，猶可"不賂而勝"；宋王朝據有天下，如果重蹈六國覆轍，可謂連六國也不如。袁宏道說："末影宋事，尤妙。"（《三蘇文範》卷二引）妙就妙在引而不發，點到為止，給讀者留下思考的餘地。

評析

蘇洵（1009-1066），字明允，號老泉，眉州眉山（今屬四川）人。二十七歲始發憤讀書，攻讀六經及百家之說，考證古今治亂之跡，宋仁宗慶曆七年（1047），舉進士及茂才異等，皆不中，歸而盡焚前所為文，閉戶苦學，遂通六經、百家之說。嘉祐元年（1056），帶領蘇軾、蘇轍兄弟入京考試，拜謁文壇盟主歐陽修，修代其上所著《幾策》、《權書》、《衡論》二十二篇於仁宗，從此名噪文壇，聲聞海內。因歐陽修的薦舉，除秘書省校書郎，後為霸州文安縣（今河北文安縣）主簿，預纂《太常因革禮》，書成而卒，享年五十八歲。洵深通《孟子》、《戰國策》，為文縱屬，策論尤長。與其子軾、轍合稱"三蘇"，俱被列入"唐宋八大家"。曾鞏稱其文："煩能不亂，既能不流。其雄壯俊偉，若決江河而下也；其輝光明白，若引星辰而上也。"（見《蘇明允哀詞》）有《嘉祐集》。

本文作於嘉祐元年（1056），是歐陽修代蘇洵所上《權書》的第八篇。三蘇父子均有同題之作。文中論述六國破滅，弊在賂秦，意在借古喻今，對於宋代統治者自真宗景德元年（1004）"澶淵之盟"以來對遼國、西夏歲輸銀絹，屈辱妥協的政策，進行諷諭，具有強烈的現實意義。為六國劃策，也正是對當局進諫。正如明代"前七子"領袖之一何景明所說："老泉論六國賂秦，其實借論宋賂契丹之事，而卒以此亡，可謂深謀先見之識矣。"（高步瀛《唐宋文舉要》甲編卷八，中華書局本九六五頁引）

　　文章不僅立論高卓，而且論證精審透徹，行文幹練老辣，措詞斬釘截鐵，具有不可辯駁的說服力。其論辯氣勢，如江河決口，滔滔汨汨，奔騰上下，頗有戰國策士之風。排比句的運用，更使文章氣勢縱橫，舒捲自如。作為一篇史論文章，其謀篇佈局也極具匠心。先開門見山，點明主旨。"弊在賂秦"四字，片言居要，而"賂"字更為一篇之警策。然後，針對六國不同情形，分別從"賂秦而力虧"、"不賂者以賂者喪"兩層加以論證，繼而為六國謀劃，提出封謀臣、禮奇才、並力西嚮的強國之策。最後，向宋朝廷發出語重心長的告誡，與開頭呼應。全文結構嚴整，文脈清晰。

　　本文的成功還得益於多種修辭手段的運用：（1）運用設問，使立論周密。如"六國互喪，率賂秦邪?"（2）善用誇張，增強感染力。如"今日割五城，明日割十城，然後得一夕安寢。"（3）巧用比喻，使說理透徹。如"以地事秦，猶抱薪救火，薪不盡，火不滅。"（4）對比鮮明，使論證有力。如"秦之所得，與戰勝而得者，其實百倍；諸侯之所亡，與戰敗而亡者，其實亦百倍。"

周敦頤

愛蓮說

水陸草木之花，可愛者甚蕃。[1]晉陶淵明獨愛菊；自李唐來，世人盛愛牡丹；予獨愛蓮之出淤泥而不染，濯清漣而不妖，中通外直，不蔓不枝，香遠益清，亭亭淨植，可遠觀而不可褻玩焉。[2]予謂菊，花之隱逸者也；牡丹，花之富貴者也；蓮，花之君子者也。噫！菊之

周敦頤像（錄自南薰殿舊藏《歷代聖賢名人像》）

愛，陶後鮮有聞；蓮之愛，同予者何人；牡丹之愛，宜乎眾矣。

注釋

1. 蕃：多。
2. 褻：親近而不莊重。

串講

本文的結構可以概括為一條線索，兩個陪襯，三種類型。一條線索就是"愛"這個主觀感情，全文八句，"愛"字出現

了七次。兩個陪襯就是菊、牡丹，一正襯，一反襯。三種類型就是三種花象徵人世中的三種人，三種愛象徵三種生活態度：菊迎風鬥霜，在花草凋零的秋天獨放幽香，象徵孤高自傲、避居山林的"隱逸者"。文中用陳述句（菊之愛，陶後鮮有聞），表達對菊及愛菊者並不反感，只是慨歎真正隱逸之士極少。牡丹色彩絢麗，嫵媚嬌豔，象徵富貴榮華、位高祿厚的"富貴者"。文中用感歎句（牡丹之愛，宜乎眾矣），表達對牡丹及愛牡丹者的厭惡鄙棄，諷刺貪圖富貴、追求名利的世態。蓮清勁堅貞，卓然獨立，象徵舉止端莊、人格高尚的"君子者"。文中用疑問句（蓮之愛，同予者何人），借反問語氣感慨君子太少。最後三句，將次序調整為菊、蓮、牡丹，使褒貶愛憎更鮮明。

"淤泥"和"清漣"是蓮花的生長環境；"中通外直，不蔓不枝"指蓮花的體態；"香遠益清"指蓮花的香味；"亭亭淨植"指蓮花的整個形體姿態；"可遠觀而不可褻玩"是從觀賞者的角度，寫她的清高風度。正因為蓮花具有不染、不妖、不蔓不枝等等高貴的氣質，才會讓人肅然起敬。前六個短語是從蓮花自身而言，最後一個短語則是從觀者的感受來說的。

評析

周敦頤（1017-1073），"先名敦實，因英廟舊名改，後名惇頤，又以光宗御名（趙惇）改。"（《貴耳集》卷上）字茂叔，道州營道（今湖南道縣）人。世居道州濂溪，後居廬山蓮花峰，峰下有溪，故又名其居為濂溪，世因稱之為濂溪先生。以蔭補官，官至知南康軍。他素來被看作是理學的開山祖師，他的貢獻之一是吸收道教思想資源，提出了關於簡明扼要的宇宙生成模式的學說，認為宇宙的本源是太極，太極的動和靜產生出陰陽，陰陽二氣交互作用生成金木水火土五種物質元素，它們的互相推移轉變，造就了氣象萬千的物質世界。他的另一貢獻是吸收佛教思想，提出了宋明理學的“心性義理”主題。

本文作於嘉祐八年（1063）周敦頤任虔州（今江西贛州）通判時，宋代度正的《周元公年譜》云：“嘉祐八年癸卯，先生時年四十七……仍通判虔州……五月作《愛蓮說》。”據朱熹《跋〈愛蓮說〉》，可知周敦頤的故宅不僅以“愛蓮”命其所寓之室，還築有愛蓮亭、愛蓮池，且將此說刻於壁間。贛州市內舊有愛蓮池和愛蓮書院，均為紀念周敦頤而建。

本文語言平淺曉暢，古樸自然，句式靈活，排比、對偶的整句與散句錯落有致。當略者，寥寥數語，簡練明快；當詳者，細心勾畫，繪形繪色。歎古人，句式平實穩妥，有“俱往矣”的意味；歎自身，用反問句，有知音難覓的感傷；歎世人，則用感歎句，把鄙夷不屑之情，通過一個“宜”字宣洩了出來。

全文雖只有短短119字，但意境高遠，主旨鮮明，且文采斐然，寫盡了君

蓮花

子之風。文中之蓮，實為周敦頤一生人格的寫照。為使文章含蓄而不隱晦，言簡而意自明，作者充分調動了排比、對比、烘托、設問、比喻、擬人等修辭手段。如結尾時，作者以“噫”這個感歎詞起領，引出三個排比句，一陳述，一設問，一感歎，句式同中見異，變化有致，文章至此戛然而止，言盡而意未盡，表現出在篇章語言上的鮮明特點：簡潔洗練中寄寓着豐富的感情，平穩恬靜中蘊藏着深厚的功力。

曾　鞏

戰國策目錄序

劉向所定《戰國策》三十三篇，[1]《崇文總目》稱第十一篇者闕。[2]臣訪之士大夫家，始盡得其書，正其誤謬，而疑其不可考者，然後《戰國策》三十三篇復完。

曾鞏

敘曰：向敘此書，言“周之先，明教化，修法度，所以大治；及其後，謀詐用，而仁義之路塞，所以大亂”，[3]其說既美矣。卒以謂“此書戰國之謀士度時君之所能行，不得不然”，[4]則可謂惑於流俗，而不篤於自信者也。

夫孔、孟之時，去周之初已數百歲，其舊法已亡，舊俗已熄久矣。[5]二子乃獨明先王之道，[6]以謂不可改者，豈將強天下之主以後世之所不可為哉？亦將因其所遇之時、所遭之變而為當世之法，使不失乎先王之意而已？二帝三王之治，[7]其變固殊，其法固異，而其為國家天下之意，本末先後，未嘗不同也。二子之道，如是而已。蓋法者，所以適變也，不必盡同；道者，所以立本也，不可不一。此理之不易者也。故二子者守此，豈好為異論哉？能勿苟而已矣。可謂不惑乎流俗而篤於自信者也。

戰國之游士則不然。[8]不知道之可信，而樂於說之易合。其設心注意，[9]偷為一切之計而已。[10]故論詐之便而諱其敗，言戰之善而蔽其患。其相率而為之者，莫不有利焉，而不勝其害也；有得焉，而不勝其失也。卒至蘇秦、商鞅、孫臏、吳起、李斯之徒，以亡其身；[11]而諸侯及秦用之者，亦滅其國。其為世之大禍明矣，而俗猶莫之寤也。[12]惟先王之道，因時適變，為法不同，而考之無疵，用之無弊。故古之聖賢，未有以此而易彼也。

或曰：“邪說之害正也，[13]宜放而絕之。[14]則此書之不泯，其可乎？”對曰：“君子之禁邪說也，固將明其說於天下，使當世之人皆知其說之不可從，然後以禁，則齊；[15]使後世之人皆知其說之不可為，然後以戒，則明，豈必滅其籍哉？放而絕之，莫善於是。是以孟子之書，有為神農之言者，有為墨子之言者，皆著而非之。[16]至於此書之作，則上繼春秋，下至楚漢之起，二百四十五年之間，載其行事，固不可得而廢也。”

此書有高誘注者二十一篇，[17]或曰三十二篇，《崇文總目》存者八篇，今存者十篇云。

注釋

1. 劉向：字子政，西漢元帝時官中壘校尉，善文辭。曾領校秘閣所藏五經祕書，集先秦人所記戰國時事，得三十三篇，併成一編，名曰《戰國策》，並為作《書錄》。

2. 《崇文總目》稱第十一篇者闕：《崇文總目》，宋仁宗時詔翰林學士王堯臣等撰成，於慶曆元年（1041）呈進，總為六十六卷（見《文獻通考》卷二百十二）。後全書不行，清錢東垣等蒐輯成《輯釋》五卷，《補遺》一卷。卷二釋《戰國策》（八卷）云："今篇卷亡闕，第二至三十一至三闕。又有後漢高誘注本二十卷，今闕第一、第五、十一至二十，止存八卷。"

3. "向敘此書"八句：向敘此書，指劉向所作《戰國策書錄》。以下七句，係隱括《書錄》前半篇文意而成。

4. "卒以謂"三句：《戰國策書錄》云："戰國之時，君德淺薄，為之謀策者，不得不因勢而為資，據時而為畫。故其謀扶急持傾為一切之權，雖不可以臨教化，兵革救急之勢也；皆高才秀士，度時君之所能行，出奇策異智，轉危為安，運亡為存，亦可喜。皆可觀。"以謂，猶以為。度，忖度。

5. 舊俗已熄：謂舊時習俗已告消亡。熄，止、滅之意。

6. 二子：指孔、孟。先王之道：指堯、舜、禹、湯、文、武的治道。

7. 二帝三王：古儒者以唐堯、虞舜為二帝，夏禹、商湯、周文、武三代之王為三王。

8. 游士：游說之士。

9. 設心注意：猶言用心措意。

10. 偷為一切之計：苟且為權宜之計，不作長久打算。偷，苟且。《漢書·平帝紀》顏師古注："一切者，權時之事，非經常也。猶以刀切物，苟取整齊，不顧長短縱橫，故言一切。"

11. 蘇秦：東周洛陽（今河南洛陽）人，學於鬼谷子，習縱橫術。說燕、趙諸國使合縱以抗秦，得六國相印，為縱約長。後至齊，齊宣王以為客卿。齊大夫參與秦爭寵，使人刺殺之。事見《史記·蘇秦列傳》。商鞅：戰國衛人，姓公孫氏。少好刑名之學，以霸道說秦孝公，居五年，而秦國富強。後封之於商十五邑，號為商君。相秦十年，宗室貴戚多怨恨鞅。孝公卒，太子立。公子虔之徒，告鞅將反，發吏捕之。鞅亡走魏，魏人勿納。復入秦，走商邑。終為秦攻殺於鄭黽池（故址在今河南澠池縣西）。事見《史記·商君列傳》。孫臏：戰國齊人，孫武的後裔。與龐涓俱學兵法。龐涓後為魏惠王將軍，自以為能不及臏，嫉之。使人召臏至魏，以法斷其兩足。事見《史記·孫子吳起列傳》。臏雖未亡身，而殘其軀體，故亦併及。吳起：戰國衛人，善用兵。魏文侯以為將，使守西河，以拒秦、韓。文侯卒，子武侯立，疑起，起遂去而之楚。楚悼王以為相。悼王死，宗室大臣作亂，攻吳起，射殺之。事見《史記·孫子吳起列傳》。李斯：楚上蔡（今屬河南）人。秦王政用其計謀，竟併天下，為始皇帝；以李斯為丞相。始皇崩於沙丘，斯與趙高謀，共立胡亥為太子。太子立為二世皇帝，斯受趙高譖，於秦二世二年七月，被腰斬於咸陽市。（見《史記·李斯列傳》）

12. 寤：通“悟”，覺、曉之意。

13. 邪說：古代儒家以楊朱、墨翟等非儒家之言為邪說。《孟子·滕文公下》：“楊、墨之道不息，孔子之道不著，是邪說誣民，充塞仁義也。”此指戰國游士之說。

14. 放而絕之：謂予以棄絕。

15. 齊：全，全面。

16. “是以孟子之書”四句：《孟子》記楚人許行，為神農之言（古代傳說神農始教民為耒耜，播百穀，為農業創始者），主張君民並耕而食，無貴賤上下之分。孟子闢其說，認為治天下，不可耕且為；並斥許子之道為“相率而為偽”。《孟子》又記墨者夷之，求見孟子。孟子對墨家兼愛、薄葬之說，深加駁斥。並見《孟子·滕文公上》。

17. 高誘：東漢人。

串講

　　除首段簡敘訪書校書，末段考錄注本存佚外，中間四段都是駁議，駁斥劉向在《戰國策書錄》中肯定戰國謀士救急作用的觀點。

　　第二段，可分為兩層，"其說既美矣"之前為第一層，欲抑先揚。"卒以謂"以下是第二層，先用十幾個字概括劉向文章最後一段的大意，然後加以判斷："可謂惑於流俗而不篤於自信。"這一層是文章的主旨。

　　第三段，作正面論述。以孔孟之道及二帝三王之治為例，反復闡明"法以適變，不必盡同；道以立本，不可不一"這一"不易"之理，為全文的議論奠定了基礎。劉向自認為是信奉孔子之道的，所以用孔、孟和劉向作對比。這一段分三層，層層深入。段首至"使不失乎先王之意而已"為第一層，從孔、孟所處的時代說到他們的堅持"獨明先王之道"的理由。第二層，闡明二帝三王的治國之道有變有不變的道理。"蓋"字以下為第三層，從"法"與"道"的關係，進一步闡明第二層的精神。這一段議論精湛，結構緊密，環環相生，而又能開合自如，是本文最精彩的部分，從中可看出曾鞏"長於經術"的特點。

　　第四段，是反面論證。列敘戰國游士苟且欺詐的作風，用歷史事實說明他們是"世之大禍"，從而進一步證明，只有先王之道才是完善無弊的，因而也是不可改易的。第一句引起全段，然後分析他們的基本出發點："設心注意，偷為一切之計"。"偷"就是苟且，和上段的"勿苟"正好相反。接着用"故論詐之便而諱其敗，言戰之善而蔽其患"兩句對他們的表現做出高度概括。"其相率"以下數句，說明"得不償失"、亡國滅身的嚴重後果，結以"其為世之大禍明矣"，並慨歎"而俗猶莫之寤也"。以上為第一層，從理論到實踐批判戰國游士的危害，表明其說不可從。自"惟"字起為第二層，和上一層對比，以申述第三段的論點，說明孔、孟等古之聖賢從來沒有用游士之說來代替先王之道的，這樣劉向的"惑於流俗而不篤於自信"之誤便不言自明。

第五段，先以"或曰"提出問題，再用"對曰"闡明正確的"禁邪說"之法，應是分析批判它的危害，使人們明白它的不可從，而不是"滅其籍"。然後又舉《孟子》為證，這是一層。下面再從史料價值說明《戰國策》"固不可得而廢也"，也見出首段所述的訪書校書之必要。

評析

曾鞏（1019-1083），字子固，建昌軍南豐（今屬江西）人，出身於一個世代書香的官宦家庭，自幼聰慧，又用功甚勤，發奮上進。嘉祐二年（1057年），歐陽修奉詔主持禮部貢舉，改革考試文體文風，曾鞏與蘇軾兄弟一道得中進士，時年三十九歲。曾奉召編校史館書籍，多次在朝廷和地方任職，頗有政聲。元豐三年，留三班院供事。元豐五年，擢拜中書舍人，次年卒於江寧（今南京）。他自稱"迂闊"，儒學正統氣味較重。所為古文"本原六經，斟酌於司馬遷、韓愈"（《宋史》本傳）。實際上他既沒有司馬遷對歷史人物的批判態度，也很少有韓愈那種針對現實不平則鳴的精神，因此他的作品以“古雅”、“平正”見稱，而缺乏新鮮感或現實感。曾鞏的文名在當時僅次於歐陽修，風格也和歐陽修相近。為文平易暢達，敍事議論，委曲周詳，詞不迫切，而思致明晰。曾鞏還致力於整理古籍，校勘了《戰國策》、《說苑》、《列女傳》、《李太白集》和《陳書》等。有《元豐類稿》。

本文是曾鞏編校館閣書籍時所作。主旨是駁斥劉向《戰國策書錄》所稱“戰國之謀士度時君之所能行，不得不然”的說法，進而提出“法以適變，不必盡同；道以立本，不可不一”的論點，並闡明儒家所尊先王之道的因時適變，遠勝於游士之說。這在一定程度上，反映了作者對當時在位者的因循苟且的不滿，主張在“合乎先王之意”的前提下進行改革的願望。

這篇序文議論正大，觀點精湛，筆鋒犀利，結構謹嚴，對戰國策士的禍害，分析得透徹而又切實。其論述，既有原則立場，又有辯證態度；破得充分，立得牢靠。而語氣從容不迫，以理服人。在論述中，善用對比手法，如說孔孟“不惑乎流俗，而篤於自信”，劉向卻“惑於流俗，而不篤於自信”；孔孟“明先王之道不可改”，因而“能勿苟”，戰國游士卻“不知道之可信，而樂於說之易合”等。通過這些對比，使得劉向之謬、游士之失昭然若揭。

此文“英爽軼宕”（王遵嚴評語），受到桐城派的開山祖方苞的高度評價：“此篇及《列女傳》、《新序》目錄序尤勝，淳古明潔，所以能與歐（陽修）、王（安石）並驅，而爭先於蘇氏（軾）。”（高步瀛《唐宋文舉要》甲編卷七，中華書局本八二二頁引）

墨池記

　　臨川之城東，有地隱然而高，[1]以臨於溪，曰新城。新城之上，有池窪然而方以長，[2]曰王羲之之墨池者，[3]荀伯子《臨川記》云也。[4]羲之嘗慕張芝，臨池學書，池水盡黑，[5]此為其故跡，豈信然邪？方羲之之不可強以仕，而嘗極東方，出滄海，以娛其意於山水之間；[6]豈其徜徉肆恣，[7]而又嘗自休於此邪？羲之之書，晚乃善，[8]則其所能，蓋亦以精力自致者，[9]非天成也。然後世未有能及者，豈其學不如彼邪？則學固豈可以少哉！況欲深造道德者邪？[10]

　　墨池之上，今為州學舍，教授王君盛恐其不章也，[11]書“晉王右軍墨池”之六字於楹間以揭之。[12]又告於鞏曰：“願有記。”推王君之心，豈愛人之善，雖一能不以廢，而因以及乎其跡邪？其亦欲推其事以勉其學者邪？[13]夫人之有一能，而使後人尚之如此，[14]況仁人莊士之遺風餘思，[15]被於來世者如何哉！[16]

　　慶曆八年九月十二日，曾鞏記。

注釋

1. 臨川：宋時江南西路撫州治所，今江西撫州。隱然而高：稍微隆起。
2. 窪然：低下之狀。方以長：謂作長方形。以，而。
3. 王羲之：字逸少，晉琅邪臨沂（今屬山東）人。善隸草，筆勢飄若遊雲，矯若驚龍。官至右軍將軍、會稽內史，世稱王右軍。

4. 荀伯子《臨川記》：荀伯子，南朝宋潁川潁陰（今河南許昌）人。好學，博覽經傳。為尚書左丞，出補臨川內史（見《宋書》本傳）。著《臨川記》六卷。樂史《太平寰宇記》卷一一〇載：「荀伯子《臨川記》云：『王羲之嘗為臨川內史，置宅於郡城東高坡，名曰新城。旁臨迴溪，特據層阜，其地爽塏，山川如畫。今舊井及墨池猶存。』」

5. "羲之"三句：張芝，字伯英，東漢弘農（今河南靈寶）人。他練習書法，用家裏的衣帛作材料，書寫後，煮練使之潔白柔軟。臨池學書，池水盡黑。人稱草聖。（見《三國志·魏志·劉劭傳》注引《文章敘錄》）王羲之深慕張芝草書，曾說：張芝臨池學書，池水盡黑，如果人都能像他這樣癡迷，未必有遜於他（見《晉書》本傳）。

6. "方羲之"四句：驃騎將軍王述，少有名譽，與王羲之齊名，而為羲之所輕。羲之任會稽內史時，述為揚州刺史，檢察會稽郡刑政，羲之深以為恥，即稱病去職，並在父母墓前自誓不再出仕。從此隱居會稽山陰（今浙江紹興），與東土人士縱情山水，以弋釣為娛，並遍遊附近諸郡，窮名山，泛滄海，自謂"我卒當以樂死"（《晉書》本傳）。強以仕，勉強做官。極，窮盡。

7. 徜徉肆恣：謂縱情遊覽。徜徉，遊逛。《廣雅·釋訓》："徜徉，戲蕩也。" 肆恣，放縱，不受拘束。

8. "羲之"二句：羲之早年書法，並不勝過同時的庾翼等。到晚年才精妙絕倫，庾翼見其所作章草，歎為"煥若神明，頓還（張芝）舊觀"（見《晉書》本傳）。

9. 以精力自致：用自己的精力去努力達到。

10. 深造道德：謂在道德修養上有很高的造詣。造，成就。

11. 州學舍：指撫州州學學舍。教授：宋代路學、州學中主管生員教學的官員。此指州學教授。（見《宋史·職官志七》）

12. 楹：房屋前面的柱子。揭，標識。

13. 推其事：推廣王羲之勤學苦練的事跡。

14. 尚：推重。

15. 仁人莊士：舊時指修德行仁、端莊有道的人。遺風餘思：指留存於後人心目中的典範德行。

16. 被：及，影響到。

串講

　　第一段，從臨川城東傳說中的大書法家王羲之的墨池談起，在略記墨池的地點、形狀、來歷之後，把筆鋒轉向探討王羲之書法取得卓越成就的原因，引出王羲之的書法成就並非"天成"，乃是"精力自致"的結果。接着，作者由此生發開來，進一步引申推論：學習書法如此，要想提高個人的道德修養也需這樣，勉勵後學為"深造道德"，而勤奮學習。

　　第二段，在述作記緣由中提出了兩個"猜測"：一個是"豈愛人之善，雖一能不以廢，而因以及乎其跡邪"，一個是"其亦欲推其事以勉其學者邪"。接着指出，"人之有一能"，尚且為後人追思不已，何況"仁人莊士的遺風餘思"，當更會永遠沾漑後世，提示讀者要刻苦學習的是仁人君子們留下的風尚和美德，即"道"。作者的着眼點顯然在"深造道德"，而不在於勸人具有"一能"上。曾鞏從歐陽修為文，主張先道德而後文學和"文以明道"，把歐陽修的"事信"、"言文"觀點推廣到了史傳文學等廣泛的創作領域，其散文重道而不輕文，但比起歐陽修更注重道。從《墨池記》中亦可見一斑。

評析

　　本文是宋仁宗慶曆八年（1048）作者應臨川州學教授王盛的請求而作。它是曾鞏流傳最廣的作品，文章借王羲之臨池學書之事，來揭示“勉學”的主旨。其結構採用了雙線交錯遞進的方式。一條線是敘事的轉換，從王羲之墨池故跡到當今墨池邊上的州學學舍；另一條線是論點的層層推進。這兩條線緊密結合。文章邊敘邊議，層層生發，縱橫開闔，曲折盡意，使結構既嚴謹又流暢，章法既簡潔又細密。第一段連用四個問句“豈信然邪”、“豈其徜徉肆恣，而又嘗自休於此邪”、“豈其學不如彼邪”、“況欲深造道德者邪”；第二段則用兩個問句“豈愛人之善，雖一能不以廢，而因以及乎其跡邪”、“其亦欲推其事以勉其學者邪”：這幾個問句，在嚴謹的行文思路中層層而進，由具體的書法才藝，一直推進到“深造道德”、“以勉學者”、“被於來世”的道德修養。文章一面記事，一面議論，即事生情，寫得委婉含蓄，一唱三歎，“數十字有無數曲折，極似臨川，而曾無其拗折之態，從容不迫是曾獨擅。”（《纂評八家文讀本》卷八山陽評語）

　　本文雖以“記”為名，但借事立論，實際上是一篇內容精警的議論文，其篇幅短小，而中心明確，層次清晰，詞旨高遠，見識精妙，即小見大，開拓深宏。句式多作詰問唱歎，似論辯，實勸勉，使文章筆調顯得紆徐往復，委婉有致，充分體現了曾鞏散文的風格。曾鞏說過：“夫道之大歸非他，欲其得諸心，充諸身，擴而被之國家天下而已，非汲汲乎辭也。”基於這種主張，曾鞏為文淳樸自然，議論委曲周詳，文字簡練平正，結構完整嚴謹，節奏舒緩從容，而不甚講究文采。他的文

章中絕少寫景和抒情，故文風溫醇古雅，平正沖和，卓然自成
一家。

王安石

讀孟嘗君傳

世皆稱孟嘗君能得士，[1]士以故歸之，而卒賴其力，以脫於虎豹之秦。[2]

王安石

嗟乎！孟嘗君特雞鳴狗盜之雄耳，豈足以言得士？

不然，擅齊之強，得一士焉，宜可以南面而制秦，[3]尚何取雞鳴狗盜之力哉？

夫雞鳴狗盜之出其門，此士之所以不至也。

注釋

1. 孟嘗君：即戰國時齊國貴族田文，襲其父田嬰的封爵，封於薛（今山東滕縣南），稱薛公，門下有食客數千。卒，謚為孟嘗君。

2. 以脫於虎豹之秦：據《史記·孟嘗君列傳》：孟嘗君出使秦國，被秦昭王囚禁。他託人向昭王寵姬求情。寵姬提出要他的狐白裘，但孟嘗君只有一件價值千金的狐白裘，入秦時已獻給昭王。他就派一個曾經是慣偷的門客，半夜裝成狗，偷回狐白裘，獻給寵姬。於是寵姬勸說昭王釋放孟嘗君。他怕昭王反悔，連夜逃到函谷關，天還未亮，而按照關法，雞叫時才開關門。有一個門客學雞叫，引得附近的雞都叫起來，騙得關吏開了關門，孟嘗君終於逃回齊國。本文所謂"雞鳴狗盜"，即指此事。

3. 南面：古代以面向南而坐為尊位。帝王朝南而坐，此指稱王。

串講

全文只有四句話，九十個字，可是轉折跌宕，氣勢充沛。

第一句，立。先擺出"孟嘗君能得士"的傳統看法，不加褒貶，以引出下文：孟嘗君能夠禮賢下士，搜羅人才，士所以歸附他，最後依靠他們的力量逃離了秦國，這就乾脆利索，開門見山地豎起了下文要批駁的靶子。

第二句，駁。用"嗟乎"感歎，然後以反問掀起巨瀾，駁斥"能得士"的說法：孟嘗君不過是雞鳴狗盜之徒的頭頭罷了，怎麼能說他"能得士"呢？斬釘截鐵，一下子就把士和雞鳴狗盜之徒區別開，出語警策，反駁有力。

第三句，轉。轉折騰挪，用史實力破所謂"得士"之論：掌握齊國強大的國力，得到一個士，應該就可以使齊國成為霸主，制服秦國，何至於還要靠雞鳴狗盜的力量來脫險呢！着重辨證"賴其力，以脫於虎豹之秦"的人不足以稱"士"。新意獨出，直追根本，發人深省。在表明對士的看法中，融入了他自己達則兼濟天下的豪情壯志。

第四句，斷。總結孟嘗君不能得士的原因，指出雞鳴狗盜之徒入其門，所以真正的士人就不來投奔他了。結語警健精闢，補足了對孟嘗君"能得士"的批駁。

文章至此，戛然而止。全篇寥寥數言，無一句閒語。以立、駁、轉、斷四層，把"孟嘗君能得士"的傳統看法一筆掃倒。

評析

　　王安石（1021-1086），字介甫，號半山。撫州臨川（今江西撫州市）人，出身於中下層官僚家庭，十七八歲即以天下為己任。慶曆三年（1043）二十二歲中進士，歷任淮南判官、鄞縣知縣等，留心民生疾苦，並多次上書上級官吏建議興利除弊，以舒民困。仁宗嘉祐三年（1058）從常州知州調為提點江東刑獄，有《上仁宗皇帝言事書》，即後人常說的萬言書，主張效法“先王之政”的精神，對現行政治“改易更革”，建立宋王朝的法度。神宗熙寧二年（1069），神宗特拜為參知政事（副宰相），次年任宰相，從此積極推行新法，提出“天變不足畏，祖宗不足法，人言不足恤”。由於舊黨的不斷反對，屢次罷相，屢次起用，熙寧九年，退居江寧鍾山（今江蘇南京紫金山），封荊國公，世稱王荊公。元豐八年，舊黨司馬光為宰相，全部廢除新法，王安石憂憤成疾，次年病卒，享年六十六。卒諡文。所著《字說》、《鍾山日錄》等，今已散佚。今存《王臨川集》、《臨川集拾遺》、《三經新義》中的《周官新義》殘卷、《老子注》若干條。

　　本篇是王安石讀《史記·孟嘗君列傳》後的感想，它一反常見，對“孟嘗君能得士”的傳統觀點加以批駁，認為“士”必須具有雄才大略，而雞鳴狗盜之徒，根本不配稱“士”；重用雞鳴狗盜之徒，有志之士就不肯歸附，孟嘗君就不能得到真正的人才，因此無法戰勝秦國。其觀點翻新出奇，可謂“酷”論。儘管也有論者認為其觀點不免片面，論證不免牽強，但均不否認此文是一篇高超的翻案之作。

　　除了立意卓絕、耐人深思，筆力峭拔、辭氣凌厲之外，字數稀少、篇幅極短，是此文給人的最突出印象。劉師培《論文雜記》謂：“介甫之文最為峻削，而短作尤悍厲絕倫，且立論極嚴，如其為人。”短，往往不易深刻；少，往往不易透徹。但此文卻絕對是一個例外。它文短而氣長，筆簡而勢健，一波三折，尺幅千里，充溢着一種政治家的豪邁氣魄和自負心態。

如此短章，能如此文筆曲折，文思嚴密，文氣凌厲，確實少見，故堪稱典範。李塗《文章精義》稱之為：“短而轉折多氣長者。” 金聖歎《天下才子必讀書》卷十五譽之云：“鑿鑿只有四筆，筆筆如一寸之鐵，不可得而屈也。” 劉大櫆評之說：“寥寥數言，而文勢如懸崖斷塹，於此見介甫筆力。”沈德潛《唐宋八家文讀本》卷三十讚之曰：“語語轉，筆筆緊，千秋絕調。”信非虛言。

答司馬諫議書

某啟：[1] 昨日蒙教，[2] 竊以為與君實遊處相好之日久，[3] 而議事每不合，所操之術多異故也。[4] 雖欲強聒，[5] 終必不蒙見察，故略上報，[6] 不復一一自辯。[7] 重念蒙君實視遇厚，[8] 於反復不宜鹵莽，[9] 故今具道所以，[10] 冀君實或見恕也。[11]

蓋儒者所重，尤在於名實；[12] 名實已明，而天下之理得矣。今君實所以見教者，[13] 以為侵官、[14] 生事、[15] 徵利、[16] 拒諫，[17] 以致天下怨謗也。[18] 某則以謂：受命於人主，[19] 議法度而修之於朝廷，[20] 以授之於有司，[21] 不為侵官；舉先王之政，[22]以興利除弊，不為生事；為天下理財，不為徵利；辟邪說，[23]難壬人，[24]不為拒諫。

至於怨誹之多，[25]則固前知其如此也。人習於苟且非一日，[26]士大夫多以不恤國事、[27]同俗自媚於眾為善。[28]上乃欲變此，[29]而某不量敵之眾寡，欲出力助上以抗之，則眾何為而不洶洶然？[30]盤庚之遷，[31]胥怨者民也，非特朝廷士大夫而已。[32]盤庚不為怨者故改其度，度義而後動，是而不見可悔故也。[33]

如君實責我以在位久，未能助上大有為，以膏澤斯民，[34]則某知罪矣，如曰今日當一切不事事，[35]守前所為而已，[36]則非某之所敢知。[37]無由會晤，[38]不任區區嚮往之至！[39]

注釋

1. 某：作者自稱。在文集中，作者自己稱名處多以某字代替。啟，陳述。
2. 蒙教：承蒙指教（指接到來信）。
3. 竊：我私下，謙詞。與君實遊處相好之日久：司馬光《與王介甫書》：「自接侍以來十有餘年，屢嘗同僚。」邵伯溫《邵氏聞見錄》卷十載司馬光早年曾與王安石同為群牧司判官。遊處，交遊相處。君實：司馬光的字。
4. 所操之術：所執持的政治主張。術，指治國之術。
5. 強聒：強作解釋，絮絮叨叨。聒，喧擾，聲音嘈雜。
6. 略上報：指簡單地寫回信。
7. 辯：辯白，分辯。

8. 重念：又考慮。視遇：看待。

9. 反復：此指書信來往。鹵莽：魯莽，簡慢草率。

10. 具道所以：詳細說明所以如此的理由。具，詳細。

11. 冀：希望。見恕：寬恕我。

12. "蓋儒者"二句：謂儒者特別重視名稱與實際，即強調名稱（概念）與實際一致。《論語・子路》："子曰：'必也正名乎。'"《孟子・告子下》："先名實者，為人也。"趙岐注："名者，有道德之名；實者，治國惠民之實也。"《荀子・正名篇》亦有"制名以指實"語。蓋，發語詞，表示議論開始。

13. 見教：指教我。

14. 侵官：謂添設新機構，侵奪原來機構的職權。司馬光《與王介甫書》責難王安石"財利不以委三司而自治之，更立制置三司條例司"，"又置提舉常平廣惠倉使者"，都是侵官亂政。

15. 生事：司馬光認為變法是生事擾民。《與王介甫書》："（老子）又曰：'我無為而民自化，我好靜而民自正，我無事而民自富，我無慾而民自樸。'又曰：'治大國若烹小鮮。'今介甫為政，盡變更祖宗舊法，先者後之，上者下之，右者左之，成者毀之，棄者取之，矻矻焉窮日力，繼之以夜而不得息。使上自朝廷，下及田野，內起京師，外周四海，士吏兵農，工商僧道，無一人得襲故而守常者，紛紛擾擾，莫安其居。此豈老氏之志乎！"（王安石愛好《老子》書，故司馬光引老子的話詰責他。）

16. 徵利：取利。謂設法生財，與民爭利。《孟子・梁惠王上》："上下交徵利，而國危矣。"《與王介甫書》："今介甫為政，首建制置條例司，大講財利之事，又命薛向行均輸法於江、淮，欲盡奪商賈之利，又分遣使者散青苗錢於天下而收其息，使人愁痛，父子不相見，兄弟妻子離散。"

17. 拒諫：拒絕接受反對意見。《與王介甫書》："或所見小異，微言新令之不便者，介甫輒怫然加怒，或詬罵以辱之，或言於上而逐之，不待其辭之畢也。明主寬容如此，而介甫拒諫乃爾，無乃不足於恕乎！"

18. 以致：因而招致。

19. 人主：君主。

20. "議法"句：審議國家的法令制度而在朝廷上加以討論、修正。

21. 有司：各部門負專責的官吏。

22. 舉：興辦，實施。先王：指古代的賢王。

23. 辟邪說：抨擊不正確的言論。辟，排斥，抨擊。

24. 難壬人：駁責佞人。《尚書·虞書·舜典》："而難任人。""任"通"壬"。

25. 怨誹之多：《與王介甫書》："今介甫從政始期年，而士大夫在朝廷及自四方來者，莫不非議介甫，如出一口。下至閭閻棚民、小夜走卒，亦竊竊怨嘆，人人歸咎於介甫。不知介甫亦嘗聞其言而知其故乎？"

26. 苟且：苟且偷安，得過且過。

27. 不恤：不顧及，不關心。

28. 同俗自媚於眾：附和世俗，向眾人獻媚討好。

29. 上：皇上，指宋神宗趙頊。

30. 洶洶：同"匈匈"，喧擾，吵鬧。《荀子·天論》："君子不為小人之匈匈也輟行。"楊涼注："匈匈，喧譁之聲。"。

31. "盤庚之遷"二句：商朝最初建都於亳（今河南商丘北），後幾經遷移。盤庚執政時，都於耿（今山西吉縣），因水患，決定遷都於殷（今河南安陽），遭到臣民的反對。《尚書·商書·盤庚上》："盤庚五遷，將治亳殷，民咨胥怨。作《盤庚》三篇。"孔安國傳："胥，相也。"

32. 非特：不僅。特，僅，只。

33. "盤庚"三句：謂盤庚不為人民怨恨之故而改變遷都計劃，那是由於他考慮到這樣做正確合理然後行動，所以沒有感到有什麼要改悔的地方。上度字，名詞，制度，法度，這裏指法令、計劃。下"度"字，動詞，估量，考慮。

34. 膏澤斯民：施恩澤給老百姓。《孟子·離婁下》："膏澤下於民。"
35. 一切：一例，一律。事事：做事。前一個"事"用為動詞。
36. 守前所為：遵守祖宗的陳規舊法，不予改革。
37. 非某之所敢知：不是我所敢領教的。知，這裏有"領教"之意。
38. 無由：沒有機會。
39. 不任區區嚮往之至：表示內心極度仰慕，為舊時書信中的客套語。不任，不勝。區區，思念，愛慕。

串講

　　第一段，酬答之詞，交代寫作緣由。無一句虛矯浮泛之言。"所操之術多異故也"是全文總綱，種種申辯，皆由此生發。

　　第二段，先辨名實，再對侵官、生事、徵利、拒諫等四項責難一一反駁。

　　第三段，追根溯源，針對怨誹之多，指出士大夫習於苟且、不恤國事、同俗自媚於眾是致怨的根本原因。並舉盤庚遷都的歷史事例，說明反對者之多並不表明措施有錯誤，只要"度義而後動"，確認自己做得是對的，就沒有任何退縮後悔的必要。

　　第四段，欲擒故縱，以屈求伸，說如果對方是責備自己在位日久，沒有能幫助皇帝幹出一番大事，施惠於民，那麼自己是知罪的。這雖非本篇正意，卻是由衷之言。緊接着又反轉過去，正面表明態度，委婉的口吻中蘊含銳利的鋒芒。

評析

本文作於宋神宗熙寧三年（1070）三月。在前一年的熙寧二年二月，王安石出任參知政事，積極推行新法以富國強兵，遭到朝中保守勢力的反對。保守派代表人物、右諫議大夫司馬光兩次致書王安石，要求罷黜新法，恢復舊制，最長的一封信長達三千三百餘言（見《溫國文正司馬公集》卷六〇《與王介甫書》第一書）。本篇就是王安石對這封信的回覆。信中駁斥了保守勢力對新法的種種指責，表示了堅持改革、決不為流言俗議所動的決心。作為一篇駁論，其反駁簡勁有力。作者先把名實必須相符確立為辨別是非的原則，而後據理力辯，針對司馬光來信中強加於新法的"侵官、生事、徵利、拒諫、致怨"等所謂罪名，以新法的實績逐條進行批駁，並對士大夫不恤國事、苟且偷安、墨守成規的保守思想加以揭露。

這篇書信體的政論文，語言精煉，結構緊湊。雖然措辭委婉、語氣平和，但觀點鮮明，維護新法的態度斬釘截鐵，具有言簡意賅、辭婉理直、綿中藏鋒、寓剛於柔的特色。清吳汝綸評本篇說："固由兀傲性成，究亦理足氣盛，故勁悍廉厲無枝葉如此。"吳闓生也說："此書傲岸倔強，荊公天性；而其生平志量、政略，亦具於此。"（《古文範》卷四）

蔡上翔《王荊公年譜考略》卷首之三引李穆堂之言曰："荊公生平為文，最為簡古。其簡至於篇無餘語，語無餘字。往往束千百言十數轉於數行中。其古至於不可攀躋蹤跡，引而高如緣千仞之崖，俯而深如槌千尋之溪。愈曠而愈奧，如平楚蒼然而萬象無際。"本文就是這一特色的最佳範例。

遊褒禪山記

褒禪山，[1] 亦謂之華山，唐浮圖慧褒，[2] 始舍於其址，[3] 而卒葬之，以故其後名之曰褒禪。今所謂慧空禪院者，褒之廬冢也。[4] 距其院東五里，所謂華山洞者，以其在華山之陽名之也。距洞百餘步，有碑仆道，[5] 其文漫滅，[6] 獨其為文猶可識，曰"花山"，今言華如華實之華者，蓋音謬也。[7]

其下平曠，有泉側出，[8] 而記遊者甚眾，[9] 所謂前洞也。由山以上五六里，有穴窈然，[10] 入之甚寒，問其深，則雖好遊者不能窮也，謂之後洞。余與四人擁火以入，[11] 入之愈深，其進愈難，而其見愈奇。有怠而欲出者，曰："不出，火且盡。"遂與之俱出。蓋予所至，比好遊者尚不能什一，然視其左右，來而記之者已少；蓋其又深，則其至又加少矣。方是時，予之力尚足以入，火尚足以明也。既其出，則或咎其欲出者，[12] 而予亦悔其隨之，而不得極夫遊之樂也。

於是予有歎焉：古人

王安石像（錄自《晚笑堂畫傳》）

之觀於天地、山川、草木、蟲魚、鳥獸，往往有得，以其求思之深，而無不在也。夫夷以近，[13]則遊者眾；險以遠，則至者少；而世之奇偉瑰怪非常之觀，[14]常在於險遠而人之所罕至焉，故非有志者不能至也。有志矣，不隨以止也，[15]然力不足者亦不能至也。有志與力，而又不隨以怠，至於幽暗昏惑，而無物以相之，[16]亦不能至也。然力足以至焉而不至，[17]於人為可譏，而在己為有悔；盡吾志也，而不能至者，可以無悔矣，其孰能譏之乎？此予之所得也！

余於仆碑，又以悲夫古書之不存，後世之謬其傳而莫能名者，[18]何可勝道也哉！[19]此所以學者不可以不深思而慎取之也。[20]

四人者：廬陵蕭君圭君玉，長樂王回深父，余弟安國平父、安上純父。至和元年七月某日，臨川王某記。[21]

注釋

1. 褒禪山：在安徽含山縣北。
2. 浮圖：梵文的音譯，也作浮屠、佛圖。有佛教、佛經、寺廟、佛塔、和尚等多種意義，此指和尚。
3. 舍：用為動詞，建廬定居的意思。
4. 廬冢：墳墓和守墓的廬舍。
5. 仆道：倒在路旁。
6. 漫滅：磨滅，模糊不清。
7. 音謬：把音讀錯了。

8. 側出：從旁邊湧出。

9. 記遊者：指在石壁上題字以記遊的人。

10. 窈然：深遠幽暗的樣子。

11. 擁火：拿着火把。

12. 咎：責怪。

13. 夫夷以近：（道路）平坦而又不遠。夫，發語詞。

14. 瑰怪：壯麗奇異。非常之觀：不同尋常的壯觀景象。

15. 不隨以止：不跟着別人一起停止不前。

16. 物：外物，外力。相：幫助。

17. "然力"句：意指力量足以到達，而結果卻沒有達到。

18. "謬其"句：後世的以訛傳訛，使人不明白真實名稱的情況。

19. 何可勝道：哪裏能說得完。

20. 慎取：謹慎地選擇。

21. 廬陵：今江西吉安。長樂：今屬福建。臨川：今江西撫州市。

串講

　　除去結尾，全文整齊地分為兩部分，前半記遊，後半議論。

　　第一段，寫遊山。首先概括介紹褒禪山和華山洞命名的由來，然後由仆碑殘跡考證山名讀音訛謬。但就記遊而言，只是勾勒出路線：入山→慧空禪院→華山洞，至於一般遊記必不可少的內容，如山的形勢風光如何，卻毫不提及。

　　第二段，寫遊洞。前洞只有三句惜墨如金的概述性介紹，還談不上 "遊"；後洞似乎是此遊的重點，但也沒有着力繪景，只有 "深"、"難"、"奇" 三個抽象性的總結，從感覺上狀其主要經歷。

第三段，寫遊山的心得體會，緊接上文，發表感慨。先充分肯定古人的"求思"精神，再拿世人的避難就易對比，然後層層析理，精闢地闡述了宏偉的目標、險遠的道路與必不可少的主客觀條件三方面的內在聯繫，強調了志、力、物三個條件對治世治學取得成功的作用。

　　第四段，論治學應取的態度，照應前面仆碑證訛一事，用精練的語言進一步抒發自己的感慨，闡明治事治學除立志進取外，還必須有深思而慎取的態度。

　　第五段，交代同遊者和寫作時間，使遊記的體式完備。

評析

　　本文作於宋仁宗至和元年（1054）七月。當時王安石任舒州（治所在今安徽潛山）通判期滿，在離任赴京的途中，路過褒禪山，寫下了這篇遊記。這並不是一篇重在描繪山川風物的記遊之作，所以雖以遊記為題，而寫作的目的卻是要通過具體的記遊來闡發哲理：記遊是生發哲理的前提，議論是具體敘事的深化。全篇因事說理，敘議結合，詳略得宜，前後呼應，環環相扣，使完美的表現形式與深刻的思想內容得到和諧統一，充分體現了王安石遊記散文見識高遠，議論透闢，筆力雄健的個性。

　　全文主要圍繞着兩個問題來寫。一是用登山探洞的親身經歷，具體生動地闡述志、力、物三者之間的關係和作用。作者反對淺嘗輒止、半途而廢，提倡深入探索、百折不回。他指出必須有理想、有能力、有客觀物質條件的配合，才能做到這一點。二是由所見殘碑，聯想到由於古代文獻資料的不足，致使後人以訛傳訛，弄不清事情的真相，因而提倡學者必須“深思而慎取”。這兩點儘管是從治學的角度來論述的，但完全可以推廣到其他領域。

文章敘事簡明生動，說理逐步深入，既讓抽象的道理形象化，又使具體的敘事有了思想深度。在結構上，上述兩層意思並不平列敘述，而是以說理為主，敘事為輔，理事互見，虛實相生，整個佈局顯得靈活而有變化。另外，此文語言簡潔精妙，尤其善於發揮虛詞的作用，如連用二十個“其”字，卻顯得自然，而無雜沓繁複之嫌。

蘇　軾

留侯論

　　古之所謂豪傑之士者，必有過人之節，人情有所不能忍者。匹夫見辱，[1] 拔劍而起，挺身而鬥，此不足為勇也。天下有大勇者，卒然臨之而不驚，無故加之而不怒。此其所挾持者甚大，[2] 而其志甚遠也。

　　夫子房受書於圯上之老人也，[3] 其事甚怪；[4] 然亦安知其非秦之世，有隱君子者出而試之？[5] 觀其所以微見其意者，皆聖賢相與警戒之義；而世不察，以為鬼物，[6] 亦已過矣。且其意不在書。[7] 當韓之亡，[8] 秦之方盛也，以刀鋸鼎鑊待天下之士，其平居無罪夷滅者，不可勝數。[9] 雖有賁、育，[10] 無所復施。夫持法太急者，其鋒不可犯，而其勢未可乘。[11] 子房不忍忿忿之心，以匹夫之力而逞於一擊之間；[12]

蘇軾（葉衍蘭繪）

當此之時，子房之不死者，其間不能容髮，[13] 蓋亦已危矣。千金之子，[14]不死於盜賊，何者？其身之可愛，而盜賊之不足以死也。[15]子房以蓋世之材，不為伊尹、太公之謀，[16]而特出於荊軻、聶政之計，[17]以僥倖於不死，此圯上老人之所為深惜者也。是故倨傲鮮腆而深折之。[18]彼其能有所忍也，然後可以就大事，故曰："孺子可教也。"

楚莊王伐鄭，鄭伯肉袒牽羊以逆。莊王曰："其君能下人，必能信用其民矣。"遂捨之。[19]勾踐之困於會稽，而歸臣妾於吳者，三年而不倦。[20]且夫有報人之志，而不能下人者，是匹夫之剛也。夫老人者，以為子房才有餘，而憂其度量之不足，故深折其少年剛銳之氣，使之忍小忿而就大謀。何則？非有生平之素，[21]卒然相遇於草野之間，而命以僕妾之役，[22]油然而不怪者，[23]此固秦皇之所不能驚，而項籍之所不能怒也。[24]

觀夫高祖之所以勝，而項籍之所以敗者，在能忍與不能忍之間而已矣。項籍惟不能忍，是以百戰百勝，而輕用其鋒；[25]高祖忍之，養其全鋒而待其弊，此子房教之也。[26]當淮陰破齊而欲自王，高祖發怒，見於詞色。[27]由此觀之，猶有剛強不能忍之氣，非子房其誰全之？

太史公疑子房以為魁梧奇偉，而其狀貌乃如婦人女子，[28]不稱其志氣。[29]嗚呼！此其所以為子房歟！[30]

注釋

1. 匹夫見辱：一個普通的人受到侮辱。

2. 所挾持者甚大：謂胸懷廣闊，志向高遠。所挾持者，指抱負。

3. 受書於圯上之老人：《史記・留侯世家》載，有一天，張良（字子房）在下邳（今江蘇省睢寧北）的一座橋上從容閒遊，遇到一個穿着粗布衣的老父，走到張良面前，突然將自己的鞋子徑直拋下橋去，對張良說："小子，下去把鞋子給我撿上來！"張良十分驚訝，心想彼此素不相識，為何如此唐突無禮？意欲伸手教訓教訓這個莫名其妙的老傢伙。可是眼睛一瞟，是位年邁老者。只得彊忍怒火，把鞋子撿了上來，遞給老人。不料已在橋邊坐下的老人，竟伸出一隻腳，對張良說："穿上。"張良心裏又氣又笑，暗想我已替他取履，索性好人做到底，便耐着性子從命了。老人欣然而受，微笑而去。張良見老人既不稱謝，也未道歉，實在離譜，不免更覺驚異。正當他目隨着老人的去影時，老人又轉身回來，對張良說："孺子可教！五日以後，天色平明，你可仍到此地，與我相會！"張良好奇地答應了下來。五天後，張良早早起來，去會老人。老人先已到達，憤然作色道："與老人約會，應該早至，為何到此時才來？"於是分手，約定再過五日相會。五天後，張良一聞雞鳴，便即前往，哪知老人又已先至，仍責他遲到，再約五日後相會。五天後，張良夜尚未半就去了。不一會兒，老人來，喜曰："這還差不多。"於是，交給張良一編書，說："讀此，則可為王者師！"說畢遂去。張良天明一看，乃《太公兵法》。圯，橋。

4. 其事甚怪：《史記・留侯世家》："太史公曰：學者多言無鬼神，然言有物。至如留侯所見老父予書，亦可怪矣。"

5. 隱君子：隱居的高士。指圯上老人。

6. 以為鬼物：王充《論衡・自然》："張良遊泗水之上，遇黃石公，授太公書。蓋天佐漢誅秦，故命令神石為鬼書授人，……黃石授書，亦漢且興之象也。妖氣為鬼，鬼像人形，自然之道，非或為之也。"

7. 其意不在書：謂圯上老人主要的意思不在授張良以書。

8. 韓之亡：韓國亡於公元前230年。秦亡六國，首先滅韓。

9. "以刀鋸鼎鑊待天下之士"三句：謂秦王殘殺成性，以刀鋸殺人，以鼎鑊烹人。賈誼《過秦論》："秦俗多忌諱之禁，忠言未卒於口，而身為戮沒矣。"

10. 賁育：孟賁、夏育，古代著名的勇士。

11. 其勢未可乘：謂形勢有利於秦，還沒有可乘之機。《孟子·公孫丑上》："齊人有言曰：'雖有智慧，不如乘勢；雖有鎡基（鋤頭），不如待時。'"

12. 一擊：《史記·留侯世家》載，秦滅韓國，張良傾其全部家財，訪求刺客刺殺秦王，為韓報仇。得一力士，造了重一百二十斤的大鐵椎。秦皇帝東遊，路過博浪沙，張良與刺客在此狙擊，誤中副車。秦皇帝大怒，全國通緝，搜捕刺客。

13. 其間不能容髮：生死之間無一根毛髮之間隙，比喻情勢危急。枚乘《上書諫吳王》："繫絕於天，不可復結，墜入深淵，難以復出，其出不出，間不容髮。"

14. 千金之子：舊時用以稱富貴人家的子弟。《史記·越王勾踐世家》："吾聞千金之子，不死於市。"

15. 不足以死：不值得因與盜賊相鬥而死。

16. 伊尹、太公之謀：謂安邦定國之謀。伊尹輔佐湯建立商朝。呂尚（即太公望）輔佐周武王滅商。

17. 荊軻、聶政之計：謂行刺之下策。荊軻刺秦王與聶政刺殺韓相俠累兩事，均見於《史記·刺客列傳》。

18. 鮮腆：沒有禮貌。鮮，缺少，缺乏。腆，美好，指美好的言辭。

19. "莊王伐鄭"六句：《左傳》宣公十二年載，楚莊王攻破鄭國，鄭伯去衣露體，迎接楚王，說："我不能承奉天意，不能奉事君王，以至君王懷怒來到這裏，這是我的罪過，敢不惟命是從。……"楚王說：“鄭國國君能自下於人，必能信用其民，應該還有希望的。”於是退三十里，答應講和。肉袒，去衣露體。杜預注：“肉袒牽羊，示服為臣僕。”

20. “勾踐之困於會稽”三句：《左傳》哀公元年：“吳王夫差敗越於夫椒，報檇李（越軍奮擊敗吳軍於此）也。遂入越。越子（勾踐）以甲楯五千，保於會稽（山），使大夫種因吳大宰嚭以行成。……越及吳平。”《國語·越語下》載勾踐“令大夫種守於國，與范蠡入宦於吳。三年，而吳人遣之”。歸臣妾於吳，謂歸附吳國為其臣妾。

21. 非有生平之素：猶言素昧平生（向來不熟悉）。

22. 僕妾之役：指“取履”事。

23. 油然：自然而然。

24. “此固秦皇之所不能驚”二句：和前文“天下有大勇者，卒然臨之而不驚，無故加之而不怒”的意思相呼應。秦皇，即秦始皇帝嬴政。項籍，字羽，滅秦後為西楚霸王。

25. “項籍惟不能忍”三句：謂項籍只因不能忍耐，所以四處進擊，求百戰百勝，而輕易使用其精銳，卒致敗亡。

26. “高祖忍之”三句：漢高祖劉邦在強大的楚軍面前，經常採取守勢，以保持軍隊實力，等待時機。詳見《史記·高祖本紀》。

27. “當淮陰破齊而欲自王”三句：《史記·淮陰侯列傳》載，韓信既平齊地，便想做齊王，遂寫了一封文書，使人至漢王前告捷，又說，齊人多偽，反覆無常，且南境近楚，難免復叛，只有暫許封為假王，方能鎮住局面。當時，楚兵正急圍漢王於滎陽，韓信差來的信使將書信呈上。漢王展閱未終，大怒，罵道：“我被困於此，日夜望他來助，他不來助我，反還要自立為王？”張良、陳平在側，慌忙走近漢王，輕躡其足，附耳語漢王道：“漢方不利，怎能禁止韓信為王？今不若使他王齊，為我守着，可作聲援？”漢王醒悟過來，因復罵道：“大丈夫平定諸侯，不妨就做真王，為何還要稱假呢！"隨即遣張良赴齊，立韓信為齊王，征其兵擊楚。韓信後降封為淮陰侯，故稱為淮陰。

28. "太史公疑子房以為魁梧奇偉"二句：《史記·留侯世家》："太史公曰：'余以為其人，計魁梧奇偉，至見其圖，狀貌如婦人好女。'"魁梧，體格高大。

29. 不稱：不相稱，不相當。

30. 此其所以為子房：意謂張良志氣宏偉而內涵不露，貌似柔弱，正是他獨特過人之處。

串講

　　第一段，開篇立論，在泛言豪傑之士必有過人之節後，便扣入本題，將"過人之節"具體化："忍"。說"忍"，又與"勇"對提，對提後，又加以統一，指出能忍才是大勇。全文主腦在一開篇便以居高臨下的氣勢揭示出來。以下將張良貌似無關的三件事：狙擊秦王、進履受書、勸說劉邦封韓信為齊王，以"忍"為線索，聯繫起來，具體論證。

　　第二段，先從黃石公授書一節說入，以推論法獨抒己見，一掃舊說。納履一事，只隨文勢帶出，並不直寫。至"且其意不在書"以下，方深入一層議論。"且其意不在書"句，既呼應前文，使授書句有了着落，又引發下文黃石公深折張良之用意，可謂"空際掀翻，如海上潮來，銀山蹴起"（沈德潛《唐宋八家文讀本》卷二十一）。以下先說當時形勢宜於忍耐待時，而張良卻以匹夫之勇逞於一擊，貶抑一筆，再說"千金之子"尚不死於盜賊，而蓋世之才的張良反出荊軻、聶政之計，又抑一筆，至此自然逼出黃石公深折張良以砥礪其能忍之節的題意，對"其意不在書"作了透闢的申論。

第三段，正面寫張良能“忍小忿而就大謀”。先舉兩件史實作陪襯，來加強說服力：（1）鄭襄公肉袒迎楚君，能忍而保全社稷；（2）勾踐入吳為奴僕，能忍而終滅吳國。再轉到老人“深折”張良的情景，證明他的舉動確實是對張良的考察試驗，其結果使張良達到了“秦皇之所不能驚，而項籍之所不能怒”的境界。

第四段，緊承上文寫張良“忍”功在劉、項鬥爭中的重要作用。先把劉邦之所以勝和項籍之所以敗，歸結為能忍和不能忍；進而講韓信求封為齊假王，劉邦能忍，全賴張良之教，不僅說明了能忍對於劉邦事業的重大意義，也側面證明了圯上老人的啟導之功，增強了通篇議論的說服力。

第五段，筆鋒一轉，忽然引用司馬遷揣度張良狀貌之語，看似閒文，實則以張良非凡氣宇也涵有能忍之相，隱隱和首段相呼應，同時使文章顯得思致新穎，風調翩翩，餘味不盡。

評析

蘇軾（1037-1101），字子瞻，號東坡居士，四川眉山人。仁宗嘉祐二年（1057），應試禮部，進士及第，當時主試的歐陽修說：“老夫當避此人放出一頭地！”元豐二年（1079），因反對王安石新法，以作詩“謗訕朝廷”罪，被貶到黃州。元豐七年（1084），遷汝州團練副使。哲宗元祐元年（1086），任翰林學士，後出知杭州、潁州，官至端明殿學士、左朝奉郎、禮部尚書。紹聖元年（1094），以諷斥先朝罪，被貶知英州。未至貶所，再貶寧遠軍節度副使惠州安置。紹聖四年（1097）再次遠謫，責授瓊州別駕昌化軍（在今海南）

安置。直到元符三年（1100）宋徽宗即位，大赦元祐舊黨，才得以北歸，次年到達常州。由於長期流放的折磨，加上長途跋涉的辛勞，在此病卒。享年六十六歲。卒後追諡文忠。有《東坡七集》，收錄二千七百多首詩，三百多首詞和許多優美的散文。他歷仕五朝，但仕途坎坷，屢遭貶謫，一生始終處於黨爭的夾縫中，被新黨視為舊黨，被舊黨視為異己，但苦難成就了這位中國歷史上少見的曠世奇才和文藝全才，他詩為宋冠、詞稱蘇辛、文追韓柳、書首四家（蘇、黃、米、蔡）、畫擅三絕（詩、書、畫），人格正直，性格幽默，隨緣自適，曠達樂觀，有着一顆天真爛漫的赤子之心，這些，使得他成為中國文人心目中的至愛，享有極高的聲譽。

蘇軾像（元·趙孟頫繪）

本文是蘇軾在宋仁宗嘉祐六年（1061）應制科考試時所呈的《進論》之一。

這是一篇見解新穎的著名史論。舊時多謂張良輔漢的機謀來自神授，蘇軾獨具慧眼，盡翻舊案，推論是秦代有卓見的隱者有意對張良進行教育指授，這就掃除了黃石公授書的神異色彩，對之作了較為現實合理的解釋。文章着重論述“忍小忿而就大謀”是張良輔佐劉邦滅秦、亡楚以興漢室的關鍵策略。通篇即以“能忍”為骨幹，靈活地運用史料，反復申論。

縱觀全文，其勝處全在用舊案翻出

新意，無論立意佈局和文勢操縱，均能擺脫舊套，翻新出奇，寫來文勢渾浩，議論不窮。文中論留侯主要闡揚其“過人之節”，而其“過人之節”，重點又在能忍小忿而就大謀。人皆以授書為奇事，本文卻用“其意不在書”撇開，而扣定“忍”字，盡情地發揮開去。由不能忍之可惜，說到能忍之成就大謀；說到漢高之能忍，出於子房所教，有正有反，忽主忽賓，既有歷史引證，又有當代人物以為陪襯，末尾還借司馬遷文加以點染，使文章妙趣橫生。通篇主意本來是論張良能忍，但大半篇幅又全是講他不能忍，可以說，通篇結構是用他的先不能忍證出他的其後能忍，可稱一奇。正如呂祖謙《古文關鍵》卷二所云：“格制好。先說忍與不忍之規模，方說子房受書之事。其意在不忍，此老人所以深惜，命以僕妾之役，使之忍小恥而就大謀，故其後輔佐高祖，亦使忍之有成。一篇綱目在‘忍’字。”

明人楊慎評論說：“東坡文如長江大河，一瀉千里，至其渾浩流轉，曲折變化之妙，則無復可以名狀，而尤長於陳述敘事。留侯一論，其立論超卓如此。”（《三蘇文範》卷七引）王慎中稱“此文若斷若續，變幻不羈，曲盡文家操縱之妙。”（茅坤《宋大家蘇文忠公文鈔》卷十四引）這些都頗能道出此文特色。

日喻

生而眇者不識日，問之有目者。或告之曰：“日之狀如銅槃。”[1]扣槃而得其聲。他日聞鐘，以為日也。[2]或

蘇軾像（後人摹李公麟畫作）

告之曰："日之光如燭。"捫燭而得其形。他日揣籥，以為日也。[3] 日之與鐘、籥亦遠矣，而眇者不知其異，以其未嘗見而求之人也。

道之難見也甚於日，而人之未達也，無以異於眇。達者告之，雖有巧譬善導，亦無以過於槃與燭也。自槃而之鐘，自燭而之籥，[4] 轉而相之，豈有既乎![5] 故世之言道者，或即其所見而名之，[6] 或莫之見而意之：[7] 皆求道之過也。

然則道卒不可求歟？蘇子曰："道可致而不可求。"[8] 何謂致？孫武曰："善戰者致人，不致於人。"[9] 子夏曰："百工居肆，以成其事，君子學，以致其道。"[10] 莫之求而自至，斯以為致也歟？

南方多沒人，[11]日與水居也，七歲而能涉，十歲而能浮，十五而能沒矣。夫沒者，豈苟然哉，必將有得於水之道者。[12] 日與水居，則十五而得其道。生不識水，則雖壯，見舟而畏之。故北方之勇者，問於沒人，而求其所以沒，以其言試之河，未有不溺者也。故凡不學而務求道，皆北方之學沒者也。

昔者以聲律取士，士雜學而不志於道。¹³ 今者以經術取士，士求道而不務學。¹⁴ 渤海吳君彥律，¹⁵ 有志於學者也，方求舉於禮部，¹⁶ 作《日喻》以告之。

注釋

1. 槃：通"盤"。
2. "他日聞鐘"二句：謂眇者（盲人）以耳代目致誤。
3. "他日揣籥"二句：謂眇者以手代目致誤。揣籥，摸着一支狀如笛子的樂器。籥（yuè），本作"龠"，古代的一種管樂器，形狀如笛。有三孔、六孔、七孔之別。
4. "自槃而之鐘"二句：從把日當作銅盤，到把日當作鐘，再到把日當作籥。之，動詞，到。
5. "轉而相之"二句：謂輾轉牽扯下去，將沒個完。既，盡。
6. 即其所見而名之：就自己所見到的來解說它。
7. 意之：猜測它。
8. 致：招致，含有循序漸進以獲致，使其自至的意思。求：指不學而強求。
9. "孫武曰"三句：語見《孫子·虛實篇》。《集注》引杜牧曰："致令敵來就我，我當蓄力待之，不就敵人，恐我勞也。"孫武，春秋時齊國人，著《孫子》兵法十三篇。
10. "子夏曰"五句：語見《論語·子張》。邢昺《正義》曰："肆，謂官府造作之處也。致，至也。言百工處其肆，則能成其事：猶君子勤於學，則能至於道也。"按照蘇軾的意思是說：君子勤學，則道自至。子夏，孔子的學生。
11. 沒人：能潛水的人。
12. 水之道：這裏指水性。
13. "昔者以聲律取士"二句：謂以聲律取士的流弊是使士人學各種雜

學，而不致力於追求道。北宋前期承襲唐、五代科舉之制，以詩賦取士。詩賦重聲律，故云。

14. "今者以經術取士"二句：謂現今以經術取士的流弊是使士人只求空談義理，而不注重實學。《東都事略·神宗本紀》載熙寧四年（1071）："罷貢舉詞賦科，以經術取士。"又《續資治通鑑長編》卷二二〇載同年"定貢舉新制：進士罷詩賦、帖經、墨義，各專治《詩》、《書》、《易》、《周禮》、《禮記》一經，兼以《論語》、《孟子》。每試四場：初本經，次兼經並大義十道，務通義理，不須盡用注疏。"參見《宋史·選舉志》、《續資治通鑑》卷六十八。

15. 渤海：舊郡名。《舊唐書·地理志》："滄州上，漢渤海郡，隋因之，武德元年改為滄州。"今屬河北。唐宋人有稱郡望的習慣。據《宋史·地理志》，河北路濱州，徽宗大觀二年賜渤海郡名，時間已在蘇軾身後，本篇"渤海"不指此地。

16. 求舉於禮部：謂應進士科考試。唐自開元二十四年（736）以後，進士考試由禮部主管，宋亦然。禮部：尚書省所轄六部之一，掌管典章法度、學校、科舉、祭祀和接待等事務。

串講

第一段，先講了一個盲人識日的故事，故事說明了一個道理：自己未親眼目睹，只靠道聽途說，就難免會產生謬誤。這是僅就盲人識日鬧笑話的故事引出的一般性結論。

第二段，由淺入深，辨析"道"比"日"更難於認識。"道"者，道理，法則，規律，儒家之道……總之是無形的。如果讓達者講給"未達"者聽，即使"巧譬善導"，怎麼也不比用槃來比喻太陽之形狀和用燭來比喻它能發光來得貼切。如果"言道"也像教人識日那樣從槃扯到鐘，從燭扯到籥，輾轉比附，沒完沒了，豈不是枉費精力而終無所得！所以說：“世之言道者，或即其所見而名之，或莫之見而意之：皆求道之過也。”這就指出了今人求道之弊。

第三段，提出文章的主旨。“道”既不可“求”，那何以能“達”呢？先引述孫武和子夏的話，說明道可致而不可求，孫武語不僅解釋了“致”字，而且還說明了掌握主動的必要；子夏語，又說明了“學”是致道的法門，強調了刻苦學習的必要性。再自己回答什麼是“致”：“莫之求而自至，斯以為致也歟？”不去求它而它自己就來了，這就是“致”。

第四段，抓住一個“學”字，深入一層說開去。蘇軾所謂“學”，指的是實際的經驗，古人稱之為閱歷，今人謂之實踐。這裏，用南方人和北方人學“沒”作比，先寫南方“沒人”識水性，是“日與水居”的結果，接着以北人學沒為例，說明不注重學習而強行求道的害處，突出長期實踐的重要，並進一步指出，單憑求教而不下苦功的危害：“凡不學而務求道，皆北方之學沒者也。”盲人識日和北人學沒兩個比喻從不同角度來喻道，有內在的聯繫。前者意在說明不能自以為是，想當然地運用別人經驗，後者旨在闡述只有在長期實踐中，通過不斷學習，才能自然而然地領悟客觀規律。

第五段，由“昔者”帶出“今者”，在過去聲律取士與當世經術取士的對比中，闡說應該有志於學，並以此策勵吳彥律，這不僅表明本文是對現實有感而發，有較強的針對性，而且表現出對後學的殷切期望和循循善誘。

評析

本篇是宋神宗元豐元年（1078）蘇軾任徐州知州時所作，傅藻《東坡紀年錄》謂作於十月十二日，《烏台詩案》作"十三日"。其寫作緣由，末尾交代得很清楚："渤海吳君彥律，有志於學者也，方求舉於禮部，作《日喻》以告之。"寫作背景及用意，篇末也有說明："昔者以聲律取士，士雜學而不志於道；今者以經術取士，士求道而不務學。"經術取士，指神宗熙寧四年（1071）二月，根據王安石的建議，下詔罷詩賦及明經諸科，改用經義、策論試進士。於是，一般士子專在經傳注疏中討生活。熙寧八年六月，王安石《三經新義》（三經指《詩》、《尚書》、《周禮》）頒行以後，"士趨時好，專以王氏《三經義》為捷經，非徒不觀史，而於所習經外，他經及諸子無復讀者。故於古今人物及世治亂興衰之跡，亦漫不省。"（朱弁《曲洧舊聞》卷三）在蘇軾看來，舊制"以聲律（詩賦）取士"，士子旁搜遠紹，所學繁雜，固然"雜學而不志於道"，沒有專心致志去探索儒家經世之道，如今"以經術取士"，則士子又急於求成，取徑狹窄，只傳王氏一家之說，"士求道而不務學"，走的又何嘗是正路！因此，他才以日為喻，提出自己的見解。這層意思，《烏台詩案》中蘇軾的供詞也有說明："元豐元年，既知徐州。十月十三日，在本州監酒正字吳琯鎖廳得解，赴省試。軾作文一篇，名為《日喻》，以譏諷近日科場之士，但務求進，不務積學，故皆空言而無所得；以譏諷朝廷更改科場新法不便也。"《詩案》供詞有逼供成分，力求"上綱"，但也有可供參證之處。

這是一篇說理文，主要闡明"道可致而不可求"、"學以致其道”的論點，強調認真學習、循序漸進的重要性。論說方法主要是“即物明理”，用兩個寓言故事“盲人識日”、“北人學沒”，從正反兩方面深入淺出地說明抽象的哲理。前者是先引寓言然後進入議論；後者是先議論然後引寓言，手法的變換，使文章顯得活潑多姿。

此文取譬為文，說理生動，清張伯行《唐宋八大家文鈔·蘇文忠公文》卷八評論說：“兩喻俱有理趣，思之令人警目。”清沈德潛《唐宋八大家文讀本》卷二十四則總結說：“未嘗見而求之人，是一意；不學而強求其得，是一意。前後兩意，俱用設喻成文，妙悟全得《莊子》。”

文與可畫篔簹谷偃竹記

竹之始生，一寸之萌耳，[1]而節葉具焉。自蜩腹蛇蚹以至於劍拔十尋者，[2]生而有之也。[3]今畫者乃節節而為之，葉葉而纍之，[4]豈復有竹乎！[5]故畫竹必先得成竹於胸中，[6]執筆熟視，乃見其所欲畫者，急起從之，振筆直遂，[7]以追其所見，如兔起鶻落，[8]少縱則逝矣。[9]與可之教予如此。[10]予不能然也，而心識其所以然。[11]夫既心識其所以然而不能然者，內外不一，[12]心手不相應，不學之過也。故凡有見於中而操之不熟者，[13]平居自視了然，[14]而臨事忽焉喪之，[15]豈獨竹乎！子由為《墨竹賦》以遺與可曰[16]：“庖丁，解牛者也，而養生者取之。[17]輪扁，斫輪者也，而讀書者與之。[18]今夫夫子之託於斯竹

文與可墨竹圖軸

也，而予以為有道者，則非耶？"[19]子由未嘗畫也，故得其意而已。若予者，豈獨得其意，並得其法。[20]

與可畫竹，初不自貴重，四方之人持縑素而請者，[21]足相躡於其門。[22]與可厭之，投諸地而罵曰：[23]"吾將以為韈。"[24]士大夫傳之以為口實。[25]及與可自洋州還，而余為徐州。[26]與可以書遺余曰："近語士大夫，吾墨竹一派，近在彭城，[27]可往求之。韈材當萃於子矣。"[28]書尾復寫一詩，其略曰："擬將一段鵝溪絹，掃取寒梢萬尺長。"[29]予謂與可，竹長萬尺，當用絹二百五十匹，知公倦於筆硯，願得此絹而已。與可無以答，則曰："吾言妄矣，世豈有萬尺竹也哉。"余因而實之，[30]答其詩曰："世間亦有千尋竹，月落庭空影許長。"[31]與可笑曰："蘇子辯則辯矣。[32]然二百五十匹，吾將買田而歸老焉。"[33]因以所畫篔簹谷偃竹遺予，[34]曰："此竹數尺耳，而有萬尺之勢。"篔簹谷在洋州，與可嘗令予作《洋州三十詠》，篔簹谷其一也。予詩云："漢川修竹賤如蓬，[35]斤斧何曾赦籜龍。[36]料得清貧饞太守，渭濱千畝在胸中。"³⁷ 與可是日與其妻遊谷中，燒筍晚食，發函得詩，失笑噴飯滿案。

元豐二年正月二十日，與可沒於陳州。³⁸ 是歲七月七日，予在湖州曝書畫，³⁹見此竹，廢卷而哭失聲。⁴⁰昔曹孟德《祭橋公文》，⁴¹有"車過"、"腹痛"之語，而予亦載與可疇昔戲笑之言者，⁴²以見與可於予親厚無間如此也。

注釋

1. 萌：萌芽，這裏指初生的竹筍。

2. 蜩（tiáo）腹（fù）蛇蚹（fù）：皆是比喻剛剛拔節脫殼的竹筍。蜩腹，蟬退下的殼。蛇蚹：蛇腹下的橫鱗。劍拔：劍從鞘中拔出。這裏用來形容修長的竹子，如劍出鞘，挺拔有力。尋：古代八尺為一尋。

3. 生而有之：指竹子生來就是節葉俱全的。

4. 纍：加，積。

5. 竹：指完整而有生氣的竹子。

6. 畫竹必先得成竹於胸中：畫竹之前，必須在心中先形成完整而有神韻的竹子形象。成，完整的。

7. 振筆直遂：動筆作畫，一氣呵成。直，徑直。

8. 兔起鶻（hú）落：兔子躍起，鶻鳥降落。此處用以形容畫竹時對形象敏捷而迅速的捕捉。鶻，鷹類，一種猛禽。

9. 少縱則逝：稍一放鬆，形象就消失了。少，稍微。

10. 與可（1018-1079）：文同，字與可，自號笑笑先生，梓州永泰（今四川鹽亭東）人。北宋著名畫家，擅長畫竹，創深墨為面，淡墨為背的竹葉畫法，開後世"湖州竹派"之先。他與蘇軾是中表兄弟，曾任洋州（今陝西洋縣）知州。有《丹淵集》。

11. "予不能"二句：我不能做到這樣，但心裏明白這樣做的道理。識，明白。然，這樣。

12. 內外不一：心裏想的與實際能力不相符。

13. 有見於中：即"心識其所以然"。

14. 平居：平常。

15. 喪之：忘掉。

16. 子由：即蘇轍，字子由，作者的弟弟。

17. "庖丁"三句，謂庖丁解牛的經驗，養生者可以吸取。《莊子·養生主》中寫庖丁（廚師）自稱熟悉牛的骨胳肌理，運刀遊刃有餘，十九年解牛數千，而刀刃像剛磨過一樣，"彼節者有間而刀刃者無厚，以無厚入有間，恢恢乎其於遊刃必有餘地矣。"文惠君聽了他這一席話後，悟出了養生之道。取，取法。

18. "輪扁"三句：謂輪扁斫輪的經驗，讀書人深表贊同。《莊子·天道》裏講，春秋時期五霸之首的齊桓公，好戰兼好學，閒時堂上讀書。一日，御用輪匠名扁，是斫車輪的老手，應召到堂下修車輪。見齊桓公讀書十分專心，便放下錘鑿，問桓公道："敢問大王，俺老粗聽不懂，那書上說些啥？"桓公說："聖人講的話呀。"輪扁說："聖人還在世嗎？"桓公說："逝世啦。"輪扁說："這麼看來，大王讀的不過是古人的糟粕罷了！"桓公說："寡人讀書，輪匠跑來批評，這還像話嗎！你說得出道理還行，否則，我要你命！"輪扁說："俺自幼只曉得斫車輪，就講講斫車輪的道理，供大王參考吧。輪輞要打卯眼，插輻條。卯眼大了一絲，輻條敲插入內，暫時牢固，日久鬆動，便會脫落。卯眼小了一毫，輻條敲插不入，強迫打入，輪輞裂縫，日久會破。必須絲毫不差，大小正好。要做到這點，不但憑手藝，還得用心思。最關鍵的技巧，心頭明白，口頭說不清楚。俺沒法傳授給兒子，兒子也沒法學到手。所以俺七十歲啦還在這裏斫車輪，找不到接班人。古人死了，沒法傳授的東西也跟着他進了棺材。留給後人的書，所以大王正在讀的這一捆竹簡，依俺的經驗看，不過是古人的糟粕罷了！”與，稱譽。

19. “今夫夫子”三句：現從您寄寓於所畫的竹子來看，我認為您是深知物理的人，難道不是嗎？夫子，指文與可。託，寄託。

20. 法：指畫竹的技法。

21. 縑（jiān）素：供書畫用的白色細絹。

22. 足相躡：腳踩着腳相隨而來，形容人多。

23. 投諸地：投之於地，扔在地上。諸，“之於”二字的合音。

24. 將以為襪：用送來畫竹的絹布做襪子。

25. 口實：話柄。

26. 余為徐州：我做徐州知州。蘇軾於熙寧十年（1077）至元豐二年（1079）任徐州知州。

27. “吾墨竹”二句：我們畫墨竹這一流派的人，最近在徐州。彭城，即今江蘇徐州。文與可是湖州墨竹派的宗師。

28. “襪材”句：做襪子的材料（指畫竹用的絹）將要聚集到你那裏去了。萃，聚集。

29. 鵝溪：地名，在今四川鹽亭西北，以產絹著名。唐時用它做貢品，宋人繪畫以它為上品。掃取：畫出。寒梢：指竹。竹為“歲寒三友”之一，耐寒，故名。

30. 實：坐實。

31. 月落庭空影許長：月下空庭中的竹影該有如此長吧。許，這樣。

32. 辯：巧言，善辯。

33. 歸老：歸鄉養老。

34. 篔簹（yúndāng）谷：在陝西洋州西北，谷中多產竿粗節長的竹子，叫篔簹竹，故名。偃竹：斜生的竹子。

35. 漢川：漢水。修竹：長竹。蓬：蓬草。

36. 斤：斧頭。籜（tuò）龍：竹筍。

37. “渭濱千畝”句：這句話字面的意思是蘇軾戲稱文與可吃了渭水岸

邊的千畝竹子，實指他胸中裝着豐富的竹子形象。渭濱千畝，指渭水流域的千畝之竹。渭河邊以產竹聞名，《史記·貨殖列傳》有"渭川千畝竹"語。

38. 沒：通"歿"，死亡。陳州：今河南睢陽。文與可於元豐元年十月調任湖州知州，從開封赴任，走到陳州的宛丘驛病逝，年六十一歲。

39. 曝：曬。

40. 廢卷：擱下書卷或畫卷。

41. "昔曹孟德"二句：據《三國志·魏書·武帝紀》裴松之注文記載，曹操幼年時，橋玄很賞識他。建安七年（202），橋玄死後，曹操路過故鄉譙郡，至浚儀（今河南開封），用太牢（牛、羊、豕三牲具備）的隆重儀式祭祀橋玄，祭文中說："士死知己，懷此無忘。又承從容約誓之言：'殂逝之後，路有經由，不以斗酒隻雞過相沃酹，車過三步，腹痛勿怪。'雖臨時戲笑之言，非至親之篤好，胡肯為此辭乎？"本篇引此典故，通過寫曹操與橋玄之間親密的關係，來表明自己和文與可之間親密的關係。

42. 疇昔：往昔。疇，語助詞，無義。

串講

　　全文以文與可論畫竹始，中間寫兩人有關於畫竹的交往，末以曝曬文與可所畫之竹結，"畫竹"一線貫串始終，敘事、議論、抒情熔於一爐，文筆如行雲流水，舒捲自如。

　　第一段，記述與可的畫竹經驗和理論，突兀不凡，立意和章法十分別致。開篇先議論竹子不管大小，都是節葉兼具、天生如此，旨在說明天然之竹是創作的原形，畫家必須深入觀察研究，在胸中形成整體的意象，做到融會於心，醞釀成熟，然後奮筆直書，一氣呵成。這實際是主張"神似"為主，意在筆先。"豈獨竹乎"句,把畫竹的道理推廣開去,以放為收。蘇轍曾徵引《莊子》庖丁解牛、輪扁斫輪的典故,說明"萬物一理"(《墨竹賦》),作者借蘇轍的論述,來突出與可深厚的藝術造詣,從而把與可的畫竹理論昇華到規律性的高度。這段通過敘述文與可的畫論,不僅寫出了文與可畫技的高妙和見解的卓絕,而且也道出了自己對文與可的敬仰之情和知己之感。其中有議論,有描寫,或述人之言,或直抒己見,縱橫錯落,靈動多變。

第二段,記述與可的生前瑣事,及與自己交往中的趣事,仍扣住畫竹事,表現與可脫略萬物的性情。所寫與可的投縑而罵,遺書諧謔,詩篇唱和,以及與可贈送所畫篔簹谷偃竹,與可接到自己《篔簹谷》詩後情景,均歷歷如在目前。其中"曰"字出現七次,或引書信,或引詩章,或記巧辯之言,或述詼諧之語,層層翻新,妙趣橫生。其"發函得詩,失笑噴飯"的細節描寫,更把與可的音容笑貌再現於讀者眼前。這段文字,寫得幽默風趣,親切自然,而就在這些瑣事和趣事中,在這些戲言笑語裏,兩個人真率高雅的胸襟,親厚無間的情誼,都得到了淋漓盡致、活潑生動的表現。

第三段,補敘撰寫此文的時間和原委,說明因睹畫思人、憶舊傷懷而作,"廢卷而哭失聲",寫出了無限悲痛。再引曹操祭橋玄語,強調"載與可疇昔戲笑之言",正為表現二人"親厚無間"的友誼,平淡語中現出悼念亡友的摯情一片。

全篇第一段重議論,以莊重為基調;第二段重敘述,以幽默見長;而第三段雖簡短,卻更富有綿長的抒情意味。

評析

　　本文作於元豐二年（1079）七月七日。是為好友文與可《篔簹谷偃竹》畫卷所寫的一篇題記。此記不僅是一篇很有見地的文藝隨筆，同時又可視為悼念性的記人散文。

　　作為文藝隨筆，本文闡發了文與可"胸有成竹"和"心手相應"的藝術創作思想。前者是說，藝術創作必須意在筆先，對客觀事物反復觀察，凝思結想，一旦靈感突發，就應不失時機地加以捕捉，一氣呵成地創造出完整而有生氣的藝術形象。後者是說，從藝術構思的完成，到藝術形象的誕生，必須掌握熟練的藝術技巧，這樣才能將心中意象化為筆底造型，而技巧的掌握只有通過不斷的學習、實踐，捨此別無他法。把兩者結合起來，則展示了從觀察到構思、再到表達這一藝術創作的主要環節和基本過程。

　　作為記人散文，作者敘述了文與可的軼事和兩人之間的交往。如將求畫者的縑素視為襪材，關於"萬尺竹"的辯論，以詩畫互贈引起的笑談，這些都表現了文與可豁達爽朗的個性，以及兩人之間深厚的情誼。作為悼念性的文字，本文卻頗多詼諧之語，看似悖情，但不僅更見出作者和文與可的"親厚無間"，而且以喜襯悲，益見其悲，與可一旦亡故，作者的悲痛之深可想而知，另外，莊諧相映襯，文筆也顯得搖曳多姿。

　　全文語言天然本色，樸素清新，好似從作者胸中自然流出，正如明代王舜俞所說："文至東坡真是不須作文，只隨便記錄便是文。"（《蘇長公小品》）全篇論畫則精闢深邃，敘事則灑脫生動，行文則信筆揮灑，不拘成法。文中有正論，有戲語，或引詩賦，或摘書信，時而講瑣事，時而舉典故，機變靈活，姿態橫生，但並不雜亂無章，而是始終緊扣“畫竹”這一中心線索展開，故形散神不散。清浦起龍《古文眉詮》卷六十八評論此文說：“文如行雲無定質，細按不出畫法授受，畫事往復兩意，統括在親厚無間中。蓋文為哭友作，不專記簹籝畫竹也。識此大致了當。一路機鋒凡七轉，非深於禪宗者不能。論作意，則語語從畫竹生姿；合交情，則脈脈呈親厚神理也。”

赤壁賦

壬戌之秋，[1] 七月既望，[2] 蘇子與客，泛舟遊於赤壁之下。[3] 清風徐來，水波不興。舉酒屬客，[4] 誦明月之詩，[5] 歌窈窕之章。[6] 少焉，月出於東山之上，徘徊於斗牛之間。[7] 白露橫江，水光接天。縱一葦之所如，凌萬頃之茫然。[8] 浩浩乎如馮虛御風，[9] 而不知其所止；飄飄乎如遺世獨立，[10] 羽化而登仙[11]。

於是飲酒樂甚，扣舷而歌之。歌曰：“桂櫂兮蘭槳，[12] 擊空明兮泝流光。[13] 渺渺兮予懷，[14] 望美人兮天一方。”[15] 客有吹洞簫者，[16] 倚歌而和之，其聲嗚嗚然：如怨如慕，如泣如訴；餘音嫋嫋，[17] 不絕如縷；舞幽壑之潛蛟，[18] 泣孤舟之嫠婦。[19]

蘇子愀然，正襟危坐，[20] 而問客曰：“何為其然也？”客曰：“月明星稀，烏鵲南飛，此非曹孟德之詩乎？[21] 西望夏口，[22] 東望武昌，[23] 山川相繆，[24] 鬱乎蒼

《前赤壁賦》圖扇頁（明・文伯仁繪）

蒼，[25] 此非孟德之困於周郎者乎？[26] 方其破荊州，下江陵，[27] 順流而東也，舳艫千里，[28] 旌旗蔽空，釃酒臨江，[29] 橫槊賦詩，[30] 固一世之雄也，而今安在哉？況吾與子漁樵於江渚之上，[31] 侶魚蝦而友麋鹿，[32] 駕一葉之扁舟，舉匏樽以相屬；[33] 寄蜉蝣於天地，[34] 渺滄海之一粟，[35] 哀吾生之須臾，羨長江之無窮；挾飛仙以遨遊，抱明月而長終，[36] 知不可乎驟得，托遺響於悲風。」[37]

蘇子曰：「客亦知夫水與月乎？逝者如斯，[38] 而未嘗往也；[39] 盈虛者如彼，[40] 而卒莫消長也。[41] 蓋將自其變者而觀之，而天地曾不能一瞬；[42] 自其不變者而觀之，則物與我皆無盡也。[43] 而又何羨乎？且夫天地之間，物各有主。苟非吾之所有，雖一毫而莫取。惟江上之清風，與山間之明月，耳得之而為聲，目遇之而成色。[44] 取之無禁，用之不竭。是造物者之無盡藏也，[45] 而吾與子之所共適。」

客喜而笑，洗盞更酌，餚核既盡，[46] 杯盤狼藉。[47] 相與枕藉乎舟中，[48] 不知東方之既白。

注釋

1. 壬戌：宋神宗元豐五年（1082），歲次壬戌，時蘇軾四十七歲。

2. 七月既望：劉熙載《釋名·釋天》：“望，月滿之名也。月大十六日，小十五日，日在東，月在西，遙相望也。”“壬戌”年（宋神宗元豐五年，1082）七月是大月，故“七月既望”指七月十七日。參見陳香白《“既望”》，《讀書》1983年第4期。

3. 赤壁：此指黃州赤鼻磯。

4. 屬：傾注，引申為勸酒。

5. 明月之詩：指曹操的《短歌行》，詩中有“明明如月，何時可掇”和“月明星稀，烏鵲南飛”之句。

6. 窈窕之章：指《詩經·周南·關雎》“窈窕淑女，君子好逑”句。一說此與上句是指《詩經·陳風·月出》“舒窈糾兮”句，窈糾和窈窕音義接近，故云。

7. 徘徊：停留不前貌。斗牛，斗宿（南斗）、牛宿，均為二十八宿之一。

8. “縱一葦”二句：謂聽憑小船在茫無邊際的江上飄蕩。《詩經·衛風·河廣》：“誰謂河廣，一葦杭（渡）之。”一葦，像一片葦葉似的小船。如，往。凌，越過。

9. 馮虛御風：在天空中乘風而遊。馮，同憑，乘。

10. 遺世：遺棄人世。

11. 羽化：古人稱成仙為羽化。

12. 桂櫂蘭槳：都是划船用具的美稱。

13. 擊空明兮泝流光：船槳拍打着澄明的江水，船兒在月光閃動的水面上逆流而進。空明，指月光映照下的澄明江水，以其明澈如空，故稱。蘇軾《記承天寺夜遊》：“庭下如積水空明。”泝，同“溯”。流光，謂月下之水閃着光。

14. 渺渺：悠遠貌。

15. 美人：指內心所思慕的人。《楚辭·九章》有《思美人》篇，王逸《章句》：“言己思念其君。”

16. 客有吹洞簫者：指楊世昌，綿竹道士，字子京。吳匏菴詩：“西飛一鶴去何祥？有客吹簫楊世昌。當日賦成誰與注？數行石刻舊曾藏。”蘇軾《次孔毅父韻》：“不如西州楊道士，萬里隨身只兩膝。”又，“楊生自言識音律，洞簫入手清且哀。”（據趙翼《陔餘叢考》卷二十四）洞簫，本指排簫無底的，後世用以稱單管直吹的簫。

17. 餘音：尾聲。《列子·湯問》：“既去而餘音繞梁欐，三日不絕。”嫋嫋：形容聲音婉轉悠長。

18. 舞幽壑之潛蛟：使藏在深淵裏的蛟龍聞之而起舞。

19. 嫠（lí）婦：寡婦。《說文》：“嫠，無夫也。”

20. 正襟危坐：整理衣襟，嚴肅地端坐着。《史記·日者列傳》：“獵（攬）纓正襟危坐。”

21. 孟德：曹操的字。

22. 夏口：故城在今湖北武漢市黃鵠山上，建於三國吳黃武二年（223）。

23. 武昌：今湖北鄂城。作者謫居黃州（今湖北黃岡）時寫的《秦太虛書》：“所居對岸武昌，山水佳絕。”指的也是鄂城。

24. 繆：通“繚”，環繞。

25. 鬱乎蒼蒼：樹木茂密，一片蒼翠的顏色。鬱，茂盛貌。

26. 孟德之困於周郎：指漢獻帝建安十三年（208）吳將周瑜擊潰曹操號稱八十萬之大軍一事，見《通鑑》卷六五。

27. “方其破荊州”二句：建安十三年，劉琮率眾投降曹操，操軍不戰而佔領荊州、江陵。見《通鑑》卷六五。荊州，今湖北襄陽一帶。

江陵，今湖北荊州市。

28. 舳艫千里：語出《漢書·武帝紀》："五年冬，行南巡狩，……自尋陽浮江，親射蛟江中，獲之。舳艫千里，薄樅陽而出，作《盛唐樅陽之歌》。" 舳艫，指戰船。

29. 釃酒：斟酒。

30. 橫槊賦詩：元稹《唐故工部員外郎杜子美墓系銘並序》："曹氏父子鞍馬間為文，往往橫槊賦詩。" 槊，長矛，便於橫持，故曰橫槊。

31. 渚：水中的小塊陸地。

32. "況吾與子" 二句：表示貶官、放逐在江湖間的生活。麋，鹿的一種。

33. 匏樽：酒器。匏，葫蘆的一種。

34. 寄蜉蝣於天地：比喻人生存於世間的短暫。蜉蝣，朝生暮死的小蟲（實際上只能活幾小時）。

35. 渺滄海之一粟：比喻人極其渺小。

36. 長終：至於永遠。

37. 遺響：餘音，指簫聲。悲風：秋風。

38. 逝者如斯：《論語·子罕》："子在川上，曰：'逝者如斯夫！不舍晝夜。'" 斯，指水。

39. 未嘗往：沒有消失，謂始終還是一江的水。《管子·權修》："無以畜之，則往而不可停止也。" 房玄齡注："往，謂亡去也。"

40. 盈虛者如彼：像月亮那樣有圓（盈）有缺（虛）。

41. 卒莫消長：謂始終沒有消失或增長。

42. 一瞬：一眨眼。此句謂天地不到一眨眼的工夫，就發生了變化。

43. 客人所追求的，是永遠和宇宙同在；而蘇子則指出，若就變的角度來看，永恒的天地也是短促的；反之，若從不變的角度看，則短促的人生也是永恒的。《莊子·內篇·德充符第五》："仲尼曰：自其異者視之，肝膽楚越也；自其同者視之，萬物皆一也。"

44. 李白《襄陽歌》："清風朗月不用一錢買。"蘇軾《次韻送徐大正》："多情明月邀君共，無價青山為我賒。"

45. 無盡藏：佛家語，意即無盡的寶藏。

46. 餚核：葷菜、果品。

47. 杯盤狼藉：《史記．滑稽列傳》載淳于髡曰："男女同席，履舄交錯，杯盤狼藉。"狼藉，雜亂貌。

48. 相與枕藉：謂彼此枕靠着睡覺。

串講

　　文章以泛舟夜遊赤壁為線索，圍繞着思想感情的起伏變化而漸次展開。

　　第一段，寫秋夜赤壁泛舟，有羽化登仙之感。開篇先交待時間、人物、地點和遊覽方式，分別為下文描寫秋景、人物對話、赤壁懷古和舟中情事做好準備。接下來寫景，用白描手法，勾畫出一幅清新優美、生動真切的赤壁秋江夜景圖。"清風徐來"五句寫月出之前，"少焉"以下寫月出之後。由清風轉寫明月，景色越來越美，遊興也越來越濃，於是產生了飄然欲仙的感受。這裏把眼前的景色與主客的意興巧妙地交織在一起，既寫出恬靜幽雅的美景和它隨着時間的推移而發生的變化，更寫出了主客陶醉在秋江美景中的超然之樂。

　　第二段，由輕鬆轉為沉重，由愉快過渡到抑鬱。扣舷而歌，引出纏綿悲涼的洞簫之聲，於是剎那間情緒便使人產生了莫名的變化，從而誘發出主客的問答。"於是飲酒樂甚"緊承上段，由樂而歌，由歌而吹簫以"和"，十分自然。歌詞寄寓着求索和思慕，稍含悵惘失意的感慨，文情逐漸由樂轉悲。接下連用六個比喻，借聯想與通感，化無形為有形。其中舞潛蛟、泣嫠婦兩句，從音響效果上，極力渲染簫聲的幽怨悲涼，把上文寓含的悲情發揮到極致，自然地引出主客關於人生意義問題的思辯。

第三段，借客人之口，即景懷古，抒發功業不遂、人生短促的感慨。簫聲使蘇子愀然，由愀然而發問，生出客人的一段議論。客人的話，作了三個對比，說明了愀然而悲的三個原因。其一由歷史人物與現實人物的對比而悲：曹操雄才大略，文武兼備，稱雄一世，但"浪淘盡，千古風流人物"，轉眼之間，又在何處？更何況你我漁樵等閒之輩；其二從宇宙無窮與人生須臾的對比而生悲：乾坤茫茫無際，個人滄海一粟，長江滾滾無窮，而人生匆匆過客；其三由理想與現實的對比而悲：正因為古人已長逝，宇宙又無窮，客人就不得不從幻想中去尋求寄託，但欲挾飛仙而不能，欲抱明月而不得，只好"托遺響於悲風"。客人的話實際上也是作者的自白，是他貶官黃州時的境況和思想的真實寫照，這是借客寫主。

第四段，主對客的勸解，闡發對人生終極意義的卓識，是全文的主旨。"客亦知夫水與月乎"十句，就當下景物指點，以水月為喻，為客作解。"逝者"就水說，"盈虛者"就月說。由水、月的各別，昇華到天地萬物的一般，當分作兩面觀：變與不變，由不變說到無盡，而落腳到"又何羨乎"，應上文"羨"字。以下再由"且夫"起頭，向前推進一步，仍就眼前風月生發。天地盈虛消長，既無窮終，而當下境界，正有風月可樂，無需強求而取用不盡，何為而不自適其樂？這段哲理性的議論，不僅由情引發，由情統攝，而且是通過水的流逝、月的盈虛以及風聲月色等大自然的具體形象來體現的，寓理於景，帶有強烈抒情性，感情也由悲轉喜。

　　三、四兩段主客的對話，深刻揭示出作者的思想矛盾，以及不甘陷於苦悶而力求解脫的過程，還反映出他達觀的人生態度，這正是他在艱難逆境中獨立自處的精神支柱。

　　第五段，寫轉悲為樂，事事與前文相呼應。"洗盞更酌"應"舉酒屬客"，"相與枕藉乎舟中"應"泛舟"，"不知東方之既白"應夜遊。全文至此，戛然而止，而又有無窮餘味。

評析

　　本賦作於神宗元豐五年（1082）夏曆七月十七日夜，真實地反映了蘇軾謫居黃州（今湖北黃岡）期間因政治上失意而引起的思想矛盾、精神苦悶，並力求自我解脫，最終臻於曠達樂觀之境的心路歷程。因為本以文字獲罪，不便直抒胸臆，所以採用漢賦主客對話、申主抑客的曲折方式來自我排解。他在《書〈前赤壁賦〉後》中說："軾去歲作此賦，未嘗輕出以示人，見者蓋一二人而已。欽之有使至，求近文，遂親書以寄。多難畏事，欽之愛我，必深藏之不出也。"這段話對瞭解作者當時的心境頗有幫助。

　　這是一篇文賦，既保留了傳統賦體的形制，又融入了散文的筆法，所以兼有辭賦詞采華茂、鋪張揚厲和古文平易流暢、自由豪放之長。文中多用對偶句和四字短句，讀來節奏鮮明，琅琅上口，富於音韻美，也極大地增強了文章的詩意。其語言如行雲流水，簡練而優美，精警而生動，語句有長有短，駢散結合，情韻瀟灑絕俗。

　　在藝術構思上，本賦精湛而巧妙。全篇寓情於景，寓理於象，借景抒情，借象明理，融詩情、畫意和哲理於一爐；既形象生動地描繪了江、山、風、月的奇麗風光，又抒發了對歷史上風流人物興亡的感慨，同時通過主客對話，水月的比喻，探討了宇宙與人生的哲理。他運用人們最常見的水與月的變與不變、有窮與無盡的辯證統一關係來闡明人生哲理，詩的語言與深刻的智慧結合得極其高明和美妙。

在篇章結構上，作者以自己的主觀感受為線索，抒情脈絡十分清晰。由月夜泛舟的歡暢，到懷古傷今的悲慨，再到超脫塵俗的豁達，情緒的轉換，由樂而悲，又轉悲為喜。文章從樂始，至喜終，並非是結構上簡單的首尾呼應。最終之喜，是領悟了人生哲理後的曠達解脫之喜，是對人生哲學的大徹大悟，與開端的樂是完全不同的境界。

（赤壁遊賞之）樂→（人生不永之）悲→（曠達解脫之）喜

人情的變化帶動了文情的起伏，文情的起伏又帶動了文章內容的轉換和境界的提升：

（逼真傳神的）寫景→（意深韻足的）抒情→（形象活潑的）議論

隨着這條線索的波瀾起伏，文章顯得搖曳多姿，具有了更加強烈的藝術感染力。

這篇文章堪稱天地間之奇文至文，非超群之才、絕倫之識，遇曠世之機、得天地之助而不能成，誠如唐庚所言："一洗萬古，欲彷彿其一語，畢世不可得也！"（《唐子西語錄》）

後赤壁賦

《後赤壁賦》圖扇頁（明·文伯仁繪）

　　是歲十月之望，[1]步自雪堂，[2]將歸於臨皋。[3]二客從予過黃泥之阪。[4]霜露既降，木葉盡脫，人影在地，仰見明月，顧而樂之，行歌相答。[5]已而歎曰：“有客無酒，有酒無餚，月白風清，如此良夜何！”客曰：“今者薄暮，舉網得魚，巨口細鱗，狀如松江之鱸，[6]顧安所得酒乎？”[7]歸而謀諸婦。婦曰：“我有斗酒，藏之久矣，以待子不時之需。”

　　於是攜酒與魚，復遊於赤壁之下。江流有聲，斷岸千尺；[8]山高月小，水落石出。[9]曾日月之幾何，[10]而江山不可復識矣。予乃攝衣而上，[11]履巉巖，[12]披蒙茸，[13]踞虎豹，[14]登虯龍，[15]攀棲鶻之危巢，[16]俯馮夷之幽宮。[17]蓋二客不能從焉。劃然長嘯，[18]草木震動，山鳴谷應，風起水湧。予亦悄然而悲，肅然而恐，凜乎其不可留也。反而登舟，放乎中流，¹⁹聽其所止而休焉。

　　時夜將半，四顧寂寥。適有孤鶴，橫江東來，翅如車輪，玄裳縞衣，²⁰戛然長鳴，掠予舟而西也。²¹須臾客去，予亦就睡。夢一道士，羽衣蹁躚，²²過臨皋之下，揖予而言曰：「赤壁之遊樂乎？」問其姓名，俛而不答。「嗚呼！噫嘻！我知之矣。疇昔之夜，²³飛鳴而過我者，非子也邪？」道士顧笑，²⁴予亦驚寤。²⁵開戶視之，不見其處。

注釋

1. 是歲：承前篇而言，指宋神宗元豐五年（1082）。
2. 雪堂：蘇軾謫居黃州後，在州治黃岡（今屬湖北）東坡建築的住所。堂於大雪中為之，四壁都畫雪景，故名。
3. 臨皋：在黃岡南長江邊。蘇軾在黃州，初寓定惠院，不久遷居臨皋。後東坡雪堂建成，家屬仍居臨皋。
4. 黃泥之阪：在黃岡東，是從雪堂到臨皋的必經之路。
5. 行歌相答：邊走邊吟詩相唱和。
6. 松江之鱸：松江縣（今屬上海市）以產四鰓鱸著名。
7. 安所：什麼地方。
8. 斷岸千尺：指赤壁江岸，峭壁陡立，高達千尺。
9. 水落石出：語出歐陽修《醉翁亭記》。
10. 幾何：沒有多久，指距上次七月十六日之遊未久。
11. 攝衣：撩起衣襟。
12. 履巉巖：踏上險峻的山巖。
13. 披蒙茸：撥開叢生的野草。
14. 踞虎豹：蹲坐在狀如虎豹的山石上。

15. 登虯龍：爬上狀如虯龍的古木。虯龍，傳說中有角的小龍。盤曲的樹幹似之，故以代稱。

16. 攀棲鶻之危巢：攀登鶻鳥巢居的崖壁。鶻，一稱隼，猛禽類。危，高。巢在懸崖上，故云。《東坡志林・赤壁洞穴》："斷崖壁立，江水深碧，二鶻巢其上。"

17. 馮夷：神話傳說中的水神，即河伯。《竹書紀年・帝芬十六年》："洛伯用與河伯馮夷鬥。"《文選》張衡《思玄賦》引《青令傳》："河伯，華陰潼鄉人也。姓馮氏，名夷。浴於河中而溺死，是為河伯。"幽宮：深宮，此指水府。句意是說往下俯視大江。

18. 劃然：忽然。長嘯：撮口發出清越而悠長的聲音。

19. 中流：江心。

20. 玄裳縞衣：黑裙白衣。丹頂鶴（俗稱仙鶴）身上純白，羽尾呈黑色，故云。

21. 蘇軾《為楊道士書帖》："十月十五日，與楊道士泛舟赤壁，飲醉，夜半有一鶴自江南來，掠舟而西，不知其為何祥也？"

22. 羽衣：《漢書・郊祀志上》："天子又刻玉印'天道將軍'。使使衣羽衣，夜立白茅上；五利將軍亦衣羽衣，立白茅上受印，以視（示）不臣也。"顏師古注："羽衣，以羽為衣，取其神仙飛翔之意也。"按五利將軍欒大為漢時方士，故後世稱道士為羽士。蹁躚：形容道士步履飄忽之狀。又用以形容鶴的舞姿，如杜甫《西閣曝日》詩："翩躚山顛鶴。"這裏雙關道士與鶴的步態。

23. 疇昔之夜：昨夜。語見《禮記・檀弓上》。

24. 顧：回首看。

25. 寤：一本作"悟"，意同，均作"覺醒"解。

串講

　　第一段，寫重遊赤壁前的景況。第一層，敘述緣起，用簡練之筆交代遊覽的時間、行程和隨從人員。起筆不徑寫赤壁之遊，而是宕開，先寫黃泥阪夜遊：作者和兩個朋友從雪堂走回臨皋，途經黃泥阪，偶然發現月色極美，遂頓興再遊赤壁之念。“霜露既降，木葉盡脫，人影在地，仰見明月。”寥寥十六個字，逼真地寫出初冬月夜寧靜的氣象，烘托出主客濃厚的遊興，並為下文寫登山和見鶴作了很好的鋪墊。第二層，從“已而歎曰”到“顧安所得酒乎”，以主客的對話，真實地襯托出初冬月夜之美，並展現出美景所給予主客的愉快心情。第三層，從“歸而謀諸婦”到“不時之需”，寫本無酒餚而終於得到酒餚的過程，“歸而謀諸婦”這一細節的插入，既加濃了文章的生活氣息，又使內容顯得更豐富多采。通過主、客、婦三方的對話，寫出良宵、美酒、貴賓、佳餚四美俱備，因此，夜遊赤壁的興致將更高。全段敘事扣緊偶然性，與寫景、抒情融為一體。

第二段，水到渠成地轉入寫赤壁之遊。第一層，先寫總的印象。“江流有聲”四句，狀流急、崖陡、月輪之遠、水位之低，精於體物，筆筆如畫；上述景象與上次遊覽時所見秋景迥異，自然導出“江山不可復識”的感慨；通過景物的瞬息萬變，蘊含人世的滄桑之感，於寫實中寓理趣。第二層，既然不可復識，可見江山景致已呈現新貌，這更激起探奇尋勝之興致，於是產生了捨舟登山，獨遊崖壁的一段描繪。“履巉巖”六句，寫月夜登山歷險，全用動賓結構的句式，分三字句和六字句兩組，統一中顯出變化，整齊中呈現錯落。履、披、踞、登、攀、俯六個詞，準確地寫出登山歷險的種種動作；巉巖，狀山之高險；蒙茸，狀草之冗雜；虎豹，狀石之怪特；虯龍，狀樹之奇詭。不僅景物奇異驚險，體現出遊興之濃，意志之堅，而且寓有比興之意，那一系列登山涉險的形象，不正是作者在政治鬥爭中不畏艱難險阻精神的寫照嗎。這種獨往獨來的氣魄自非常人所能追隨和企及，故"二客不能從焉"。第三層，當身在高峰絕頂，"劃然長嘯，草木震動，山鳴谷應，風起水湧"時，勇於探奇的蘇公也不能不產生悲涼之感、憂懼之心，於是返而登舟。這裏寫的是自然景物給作者的感受，但毫無疑問，其中也體現了作者當時政治處境之艱難及其恐懼心情。"凜乎其不可留也"意味着敵我力量懸殊，只得抽身引退，"反而登舟"，一任其"放乎中流，聽其所止而休焉"，在政治舞台上失意以後，只好力求適應逆境，自我解脫。

第三段，舟行中流，時夜將半，四顧寂寥，正待悠然而息，不料驟起一波，一隻孤鶴突然橫江東來，掠舟而過，出人意表。這一細節的插入，不僅使文章再起波瀾，跌宕生姿，而且為第二層寫夢打下伏筆。第二層，寫遊後登岸就寢。在睡夢中見一道士，向他作揖，問他"赤壁之遊樂乎？"借道士關聯孤鶴，構思空靈飄渺，而在在貼緊題意。首先，孤鶴與道士一而二、二而一的關係，說明物、我雖有區別，但在人的幻覺或夢中可以互相轉化，此之謂物化。第二，孤鶴雖為得道之士，卻也不甘寂寞，仍在尋覓志同道合的伴侶，所以才"掠予舟而西"，對蘇軾表示友好。這意味着蘇軾自己雖遭貶謫，彷彿很孤獨寂寞，其實並不缺乏同情他的人，因此精神上可以得到慰藉和滿足。第三，這段描寫是前賦中所說的"挾飛仙以遨遊"的體現，但前賦認為這種事近於幻想，"不可驟得"；而在本賦裏，蘇軾則彷彿認為，神仙境界可以追求。

評析

　　本賦作於神宗元豐五年（1082）夏曆十月十五日夜。蘇軾在寫《赤壁賦》三個月後，又重遊黃岡赤壁，寫下這篇短賦。

　　本賦從遊前的準備寫到出遊，又由出遊寫到遊後夢境，意境多變，作者的感情也隨之而轉換。大抵前兩段實寫，尾段轉實為虛，"靈空奇幻，筆筆欲仙"（李贄語，《蘇長公合作》卷一引），而寄託之意，悠然見於言外。文中描寫江山勝景，色澤鮮明，景物如畫。作者很善於抓住事物的特徵來下筆，同是赤壁風月，隨着節序的推移和心情的變化，所呈現出來的境界卻大異其趣，各有特色。在作者筆下的景物往往帶有抒情成份和哲理意味。他再次巧妙而靈活地把寫景抒情和說理融為一體，使文章兼具詩情畫意與理趣。

　　作為大家，一個地方遊了兩次，一個題目作了兩篇，真可謂挑戰自我。我們來比較一下：兩篇都是文賦，都寫赤壁，既互相發明，緊密聯繫，同時又筆筆不同，各臻其妙。

　　前賦繪初秋風光，後賦狀冬初景象；前賦主要寫江面泛舟之遊，所以側重描寫水月交輝；後賦主要寫登山俯瞰之趣，所以側重描寫攀援之艱難和巉巖的險峻；前賦側重描繪寧靜清爽的境界，後賦着力渲染寥落幽峭的氣氛；前賦是有意與友人偕

《後赤壁賦》圖卷（南宋・馬和繪）

遊，所以酒餚都有準備；後賦卻是臨時倡議，即興而發，本無意於遊而遊，所以酒餚都是拼湊來的。前賦寫了舟中飲酒和歌唱的場面，後賦便不再重複；前賦是在舟中醉臥到天明，後賦則寫作者興盡歸家；前賦有主有客，後賦則"二客不能從"，專寫作者個人的感受。前賦重在談玄說理，妙在敘志，描寫自然景物只有"清風徐來，水波不興"和"月出於東山之上，徘徊於斗牛之間。白露橫江，水光接天"六句，後賦主要敘事寫景，妙在體物，繪景篇幅增加不少，至於水月如故，而江山已不可復識，正前賦所謂"自其變者而觀之，則天地曾不能以一瞬"的形象化說明，但此處只點到為止，不發一句議論；前賦水月間充滿禪道哲理，後賦平敘中含有無限風光；前賦精警自然，實寫主客問答，後賦靈空奇幻，虛寫道士化鶴；前賦借景喻理，表達自己圓通達觀的襟懷，後賦通過記敘見聞和夢境，寄託作者超塵絕俗的奇想；"前賦是特地發明胸前一段真實了悟，後賦是承上文從現身現境一一指示此一段真實了悟，便是真實受用也。本不應作文字觀，而文字特奇妙。""若無後賦，前賦不明；若無前賦，後賦無謂。"（金聖歎《天下才子必讀書》卷十五）確實，只有將前、後《赤壁賦》對照來讀，才能更深刻地理解蘇軾的深刻用意，也才能更深入地體會出兩篇立意高遠、情文並茂之作各自的勝境。

蘇　轍

黃州快哉亭記

江出西陵，[1] 始得平地；其流奔放肆大，[2] 南合沅湘，[3] 北合漢沔，[4] 其勢益張；[5] 至於赤壁之下，波流浸灌，與海相若。清河張君夢得，[6] 謫居齊安，[7] 即其廬之西南為亭，[8] 以覽觀江流之勝，而余兄子瞻名之曰"快哉"。

蘇轍

蓋亭之所見，南北百里，東西一舍，[9] 濤瀾洶湧，風雲開闔；[10] 晝則舟楫出沒於其前，夜則魚龍悲嘯於其下；變化倏忽，[11] 動心駭目，不可久視——今乃得翫之几席之上，[12] 舉目而足。[13] 西望武昌諸山，岡陵起伏，草木行列，煙消日出，漁夫樵夫之舍，皆可指數：[14] 此其所以為"快哉"者也。至於長洲之濱，[15] 故城之墟，[16] 曹孟德、孫仲謀之所睥睨，[17] 周瑜、陸遜之所騁騖，[18] 其流風遺跡，亦足以稱快世俗。[19]

昔楚襄王從宋玉、景差於蘭臺之宮，有風颯然至者，[20]

王披襟當之，[21]曰：「快哉此風！寡人所與庶人共者耶？」宋玉曰：「此獨大王之雄風耳，庶人安得共之？」玉之言，蓋有諷焉。[22]夫風無雄雌之異，而人有遇不遇之變；[23]楚王之所以為樂，與庶人之所以為憂，此則人之變也，而風何與焉？[24]士生於世，使其中不自得，將何往而非病？使其中坦然，不以物傷性，[25]將何適而非快？今張君不以謫為患，竊會計之餘功，而自放山水之間，[26]此其中宜有以過人者。將蓬戶甕牖，[27]無所不快，而況乎濯長江之清流，[28]挹西山之白雲，[29]窮耳目之勝以自適哉？[30]不然，連山絕壑，[31]長林古木，振之以清風，照之以明月，此皆騷人思士之所以悲傷憔悴而不能勝者，[32]烏睹其為快也哉？[33]元豐六年十一月朔日趙郡蘇轍記。[34]

注釋

1. 西陵：又名夷陵峽，長江三峽之最長者，自湖北巴東宮道口至宜昌南津關，約一百五十公里。
2. 肆大：形容水勢浩大無阻的樣子。
3. 沅湘：沅江、湘江，湖南省的兩條主要河流，都在長江南岸，北流入洞庭湖，合於長江。
4. 漢沔：漢水上源為沔水，出陝西省西南部，至漢中，稱漢水，流經湖北省西北部至漢口入長江。
5. 張：闊大。
6. 清河：今屬河北。張夢得：即蘇軾《記承天寺夜遊》（也作於元豐六年冬）中提到的「念無與樂者，遂至承天寺尋張懷民。」字懷民，又字偓佺，在黃州與蘇軾有交往（據王文誥《蘇詩總案》卷二十二）。

7. 齊安：古代都名，即黃州，治所在今湖北黃岡。

8. 即：就，在。

9. 一舍：三十里。古時行軍每天走三十里宿營，故稱。《左傳》僖公二十三年載晉公子重耳對楚子曰："晉、楚治兵，遇於中原，其辟（避）君三舍。"賈逵注："三舍，九十里也。"（《春秋左傳賈服注輯述》卷七）

10. 風雲開闔：猶言風雲變化。闔，同"合"。

11. 倏忽：迅速，急速。

12. 翫之几席之上：依靠在亭子的几席上就可以盡情翫賞。翫，同"玩"。几席：這裏指坐臥之處。几，小桌。

13. 舉目而足：抬眼可得。

14. 指數：指點計算出來。

15. 長洲：蘇軾《東坡志林・記樊山》："自余所居臨皋亭下，亂流而西，泊於樊山，為樊口……其上為盧洲。孫仲謀汎江遇大風，柂師請所之，仲謀欲往盧洲。其僕谷利以刀擬柂師，使泊樊口。遂自樊口鑿山通路歸武昌。"長洲疑即指盧洲。據《黃岡縣志》所載，西南長江中多沙洲，如得勝洲、羅湖洲、木鵝洲、鴨蛋洲等。此處可能是泛指。

16. 故城：指孫權的故都。《水經注》卷三十五"鄂縣北"條引《九州記》曰："鄂，今武昌也。孫權以黃初元年自公安徙此，曰武昌。"蘇軾《次韻樂著作野步》詩自注："黃州對岸武昌有孫權故宮。"墟：舊有建築物毀後留有遺跡之地。

17. 曹孟德、孫仲謀：三國時赤壁之戰中敵對雙方的最高統帥。曹操字孟德。孫權字仲謀。睥睨：窺伺。

18. 周瑜：赤壁之戰中吳軍的主將。字公瑾，盧江舒（今安徽舒城）人。陸遜：吳國的將軍。字伯言，吳郡（今江蘇蘇州）人。曾破劉備伐吳大軍於猇亭（今湖北宜都縣北）。《三國志・吳志・孫權傳》

載黃龍元年（229）"徵上大將軍陸遜輔太子登，掌武昌留事"。又載赤烏四年（241）"秋八月，陸遜城邾"（按黃岡為古邾城）。此可見陸遜曾兩次駐節黃州。騁騖：同"馳騖"，奔走，追逐。

19. 稱快世俗：為世俗人所快意。

20. 颯然：形容風聲。

21. 披襟當之：敞開衣襟迎着它。

22. "昔楚襄王"等句：《文選》宋玉《風賦》："楚襄王遊於蘭臺之宮，宋玉、景差侍。有風颯然而至。王乃披襟而當之，曰：'快哉此風！寡人所與庶人共者邪？'宋玉對曰：'此獨大王之雄風耳，庶人安得而共之！'（後文即闡明"大王之雄風"與"庶人之雌風"的區別）"呂向注："《史記》云：宋玉，郢人也，為楚大夫。時襄王驕奢，故宋玉作此賦以諷之。"《史記·屈原列傳》："屈原既死之後，楚有宋玉、唐勒、景差之徒者，皆好辭而以賦見稱。"蘭臺，在今湖北鍾祥市東。

23. 遇不遇：得意不得意，順利不順利。

24. 何與焉：有什麼關係呢？

25. 不以物傷性：不因外物的影響而損害性情。這裏的外物既包括周圍的環境，也包括功名利祿這些所謂的身外之物。

26. "竊會計之餘功"二句：謂職事之暇，一心遊玩山水。竊，取，利用。會計，掌賦稅錢穀等事務。放，放縱，無拘無束地遊玩。

27. 蓬戶甕牖：貧窮人的住所。語見《禮記·儒行》。孔穎達疏："蓬戶，謂編蓬為戶。又以蓬塞門謂之蓬戶。甕牖者，謂牖窗圓如甕口也。又云以敗甕口為牖。"

28. 濯長江之清流：左思《詠史》之五寫高士的生活："振衣千仞岡，濯足萬里流。"

29. 揖：以禮相對。西山：蘇轍《武昌九曲亭記》說齊安（黃岡）"無名山，而江之南武昌（即鄂城）諸山，陂陁蔓延，澗谷深密，中有浮圖精舍；西曰西山，東曰寒溪。"按，西山即樊山，在鄂城縣西三里。

30. **窮耳目之勝**：極盡耳目之佳妙。即盡飽耳福、眼福。

31. **絕壑**：深不見底的山谷。

32. **勝**：承受。

33. **烏睹**：哪裏看得出。

34. **趙郡**：蘇轍先世為趙郡欒城（今屬河北）人。

串講

　　第一段，記快哉亭的建造和命名。先宕開一筆，從黃州附近的長江水勢落筆，由遠及近，寫江流氣勢之三變：奔放→益張→浩瀚，描繪了一幅千里江流圖。接着，筆鋒收攏，轉而寫亭：登亭能"覽觀江流之勝"，揭示了先寫江水的用意和造亭的目的。

　　第二段，揭出命名緣由：一是從俯瞰、仰視、晝觀、夜聞、近睹、遠眺諸角度，極言在亭上觀賞周圍景色，壯觀奇幻，足以令人稱快；二是憑弔歷史遺跡，感受古人的流風餘韻，也足以令人稱快。

　　第三段，就"快哉"兩字抒發議論。先承接上文的懷古，引錄宋玉《風賦》的有關故事，不僅交代"快哉"兩字的出處，還從宋玉將風分為雌雄生發開去，指出風無雌雄之分，而人有遇不遇之別，然後由楚王之樂、庶民之憂，聯繫到"士生於世"的兩種不同的處世態度，肯定張夢得的不以物傷性，自放於山水之間的那種"何適而非快"的樂觀情懷。最後，用"不然"兩字從反面收結，進一步襯托出張夢得曠達胸襟的可貴。

評析

　　蘇轍（1039-1112），字子由，號潁濱遺老，眉山（今屬四川）人 。嘉祐進士，官至尚書右丞、門下侍郎。他將自己的文章與兄蘇軾作比，稱“子瞻之文奇，余文但穩耳”（《欒城遺言》）。有《欒城集》。

　　本文作於宋神宗元豐六年（1083）冬。時蘇轍因上疏營救以“烏台詩案”獲罪的蘇軾，被貶為監筠州（治所在今江西高安縣）鹽酒稅，與文中提到的建亭者張夢得、題名者蘇軾，同為逐客。快哉亭，位於黃州（今湖北黃岡）城南。

　　此記在記述建造亭子的命名原因之後，即描繪登亭所見的景色，極寫觀形勝與覽古之快，並由此而引起感慨，抒發議論：認為士處於世，應像張夢得這樣心中坦然，不以得失為懷。這既表達了作者身處逆境的曠達樂觀胸懷，也暗含對政治失意的牢騷和不平。

　　文章構思精巧，結構嚴謹，全文扣住“快哉”着筆，層層展開，一篇之中“快”字七見，與“自適”的主旨緊密縮結，猶如剝繭抽絲，既做足了題目，又把不以謫居為患、在逆境中自勉之意，發揮得淋漓盡致。文題雖曰“記”，卻把敘事、寫景和抒情、議論，無痕地融為一體。文勢雄放而有風致，筆致委曲而又明暢，頗能體現蘇轍散文的基本風格。吳楚材、吳調侯《古文觀止》評曰：“讀之令人心胸曠達，寵辱俱忘。”洵非虛言。

李清照

金石錄後序

　　右《金石錄》三十卷者何？[1]趙侯德父所著書也。[2]取上自三代，[3]下迄五季，[4]鐘、鼎、甗、鬲、盤、匜、尊、敦之款識，[5]豐碑大碣、顯人晦士之事蹟，[6]凡見於金石刻者二千卷，皆是正訛謬，[7]去取褒貶，上足以合聖人之道，下足以訂史氏之失者皆載之，可謂多矣。嗚呼！自王播、元載之禍，[8]書畫與胡椒無異；長輿、元凱之病，錢癖與傳癖何殊？[9]名雖不同，其惑一也。

　　余建中辛巳，[10]始歸趙氏。時先君作禮部員外郎，[11]丞相作吏部侍郎，[12]侯年二十一，在太學作學生。[13]趙、李族寒，素貧儉，每朔望謁告出，[14]質衣取半千錢，步入相國寺，[15]市碑文果實歸，相對展玩咀

李清照

嚼，自謂葛天氏之民也。[16] 後二年，出仕宦，便有飯蔬衣練，[17] 窮遐方絕域，盡天下古文奇字之志。[18] 日就月將，[19] 漸益堆積。丞相居政府，親舊或在館閣，[20] 多有亡詩、逸史、魯壁、汲冢所未見之書，[21] 遂盡力傳寫，浸覺有味，不能自已。後或見古今名人書畫，一代奇器，亦復脫衣市易。嘗記崇寧間，[22] 有人持徐熙《牡丹圖》求錢二十萬。[23] 當時雖貴家子弟，求二十萬錢豈易得耶？留信宿，[24] 計無所出而還之。夫婦相向惋悵者數日。後屏居鄉里十年，[25] 仰取俯拾，[26] 衣食有餘。連守兩郡，[27] 竭其俸入以事鉛槧。[28] 每獲一書，即同共勘校，整集籤題。[29] 得書畫彝鼎，[30] 亦摩玩舒卷，[31] 指摘疵病，夜盡一燭為率。故能紙劄精緻，字畫完整，冠諸收書家。余性偶強記，每飯罷，坐歸來堂烹茶，[32] 指堆積書史，言某事在某書某卷第幾頁第幾行，以中否角勝負，為飲茶先後。中即舉杯大笑，至茶傾覆懷中，反不得飲而起。甘心老是鄉矣！故雖處憂患困窮，而志不屈。收書既成，歸來堂起書庫大櫥，簿甲乙，置書冊。[33] 如要講讀，即請鑰上簿，[34] 關出卷帙。[35] 或少損汙，必懲責揩完塗改，不復向時之坦夷也。[36] 是欲求適意而反取憀慄。[37] 余性不耐，始謀食去重肉，衣去重采，[38] 首無明珠翡翠之飾，室無塗金刺繡之具，遇書史百家字不刓闕、本不訛謬者，[39] 輒市之，儲作副本。[40] 自來家傳周易、左氏傳，故兩家者流，文字最備。於是几案羅列，枕席枕藉，[41] 意會心謀，目往神授，[42] 樂在聲色狗馬之上。[43]

　　至靖康丙午歲，[44] 侯守淄川，[45] 聞金人犯京師。四顧茫然，盈箱溢篋，且戀戀，且悵悵，知其必不為己物矣。建炎丁未春三月，[46] 奔太夫人喪南來。既長物不能盡載，[47] 乃先去書之重大印本者，又去畫之多幅者，又去古器之無款識者，[48] 後又去書之監本者，[49] 畫之平常者，器之重大者。凡屢減去，尚載書十五車。至東海，[50] 連艫渡淮，又渡江，至建康。[51] 青州故第，尚鎖書冊什物，用屋十餘間，期明年春再具舟載之。十二月，金人陷青州，凡所謂十餘屋者，已皆為煨燼矣。建炎戊申秋九月，[52] 侯起復，[53] 知建康府。己酉春三月罷，[54] 具舟上蕪湖，[55] 入姑孰，[56] 將卜居贛水上。[57] 夏五月，至池陽，[58] 被旨知湖州，[59] 過闕上殿。[60] 遂駐家池陽，獨赴召。六月十三日，始負擔捨舟，坐岸上，葛衣岸巾，[61] 精神如虎，目光爛爛射人，望舟中告別。余意甚惡，呼曰："如傳聞城中緩急，[62] 奈何？"戟手遙應曰：[63] "從眾。必不得已，先棄輜重，[64] 次衣被，次書冊卷軸，次古器。獨所謂宗器者，[65] 可自負抱，與身俱存亡，勿忘之！"遂馳馬去。途中奔馳，冒大暑，感疾。至行在，病痁。[66] 七月末，書報臥病。余驚怛，念侯性素急，奈何病痁！或熱，必服寒藥，疾可憂。遂解舟下，一日夜行三百里。比至，果大服柴胡、黃芩藥，[67] 瘧且痢，病危在膏肓。[68] 余悲泣，倉皇不忍問後事。八月十八日，遂不起，取筆作詩，絕筆而終，殊無分香賣屨之意。[69]葬畢，余無所之。朝廷已分遣六宮，[70]又傳江當禁渡。時猶有書二萬卷，金石刻二千卷，器皿茵褥可待百客，他長物稱是。[71]余又大病，僅存喘息，事勢日迫，念侯有妹婿任兵部侍郎，從衛在洪州，[72]遂遣二故吏先部送行李往投之。冬十二月，金人陷洪州，[73]遂盡委棄。所謂連艫渡江之書，又散為雲煙矣。獨餘少輕小卷軸書帖，寫本李、杜、韓、柳集，《世說》，《鹽鐵論》，[74]漢唐石刻副本數十軸，三代鼎鼐十數事，[75]南唐寫本書數篋，偶病中把玩，搬在臥內者，巋然獨存。[76]上江既不可往，[77]又虜勢叵測，[78]有弟迒，任敕局刪定官，[79]遂往倚之。到台，[80]台守已遁之剡。[81]出陸，又棄衣被走黃巖，[82]僱舟入海奔行朝。[83]時駐蹕章安，[84]從御舟海道之溫，[85]又之越。[86]庚戌十二月，[87]放散百官，[88]遂之衢。[89]紹興辛亥春三月，[90]復赴越。壬子，[91]又赴杭。先侯疾亟時，[92]有張飛卿學士，攜玉壺過視侯，便攜去，其實珉也。[93]不知何人傳道，遂妄言有頒金之語，[94]或傳亦有密論列者。[95]余大惶怖，不敢言，亦不敢遂已，盡將家中所有銅器等物，欲赴外廷投進。[96]到越，已移幸四明。[97]不敢留家中，並寫本書寄剡。後官軍收叛卒，取去，聞盡入故李將軍家。所謂巋然獨存者，無慮十去五六矣。[98]惟有書畫硯墨可五七簏，更不忍置他所，常在臥榻下，手自開闔。在會稽，[99]卜居土民鍾氏舍，忽一夕，穴壁負五簏去。余悲慟不已，重立賞收贖。

後二日，鄰人鍾復皓出十八軸求賞，故知其盜不遠矣。萬計求之，其餘遂不可出。今知盡為吳說運使賤價得之。[100]所謂巋然獨存者，乃十去其七八。所有一二殘零不成部帙書冊，三數種平平書帖，猶復愛惜如護頭目，何愚也邪！

　　今日忽閱此書，如見故人。因憶侯在東萊靜治堂，[101]裝卷初就，芸籤縹帶，[102]束十卷作一帙。每日晚吏散，輒校勘二卷，跋題一卷。[103]此二千卷，有題跋者五百二十卷耳。今手澤如新而墓木已拱，[104]悲夫！昔蕭繹江陵陷沒，不惜國亡，而毀裂書畫；[105]楊廣江都傾覆，不悲身死，而復取圖書。[106]豈人性之所著，死生不能忘之歟？或者天意以余菲薄，不足以享此尤物耶？[107]抑亦死者有知，猶斤斤愛惜，不肯留在人間耶？何得之艱而失之易也？嗚呼！余自少陸機作賦之二年，[108]至過蘧瑗知非之兩歲，[109]三十四年之間，憂患得失，何其多也！然有有必有無，有聚必有散，乃理之常。人亡弓，人得之，[110]又胡足道！所以區區記其終始者，亦欲為後世好古博雅者之戒云。[111]紹興二年玄黓歲壯月朔甲寅，易安室題。[112]

注釋

1. 右：以上。後序附於原書卷末，故云。
2. 侯：唐、宋時以州、府地方長官比擬古代的諸侯。如韓愈《柳州羅池廟碑》稱柳宗元為“故刺史柳侯”。趙明誠歷任知州、知府，故稱。又，古時士大夫平輩之間有時也尊稱侯。德父，趙明誠字。

3. 三代：夏、商、周三朝。

4. 五季：五代，指後梁、後唐、後晉、後漢、後周。

5. 甌（yǎn）：古代陶製炊具。鬲（lì）：古代烹飪器。匜（yí）：盛水的器具。敦（duì）：青銅製食器。款識（zhì）：古代鐘鼎器物上鑄刻的文字。

6. 豐碑：大碑。碣（jié）：圓頂的石碑。晦士：生平事跡無從查考的人。

7. 是正訛謬：訂正錯誤。

8. “自王播、元載之禍”二句：王播，清人何焯校改為王涯，可從（參見羅爾綱《師門五年記》，北京三聯書店，1995年5月版24-25頁）。涯字廣津，太原（今屬山西）人。官至宰相兼領鹽鐵。在唐文宗時的甘露之變中，為宦官仇士良所殺，家產被抄沒。《新唐書》本傳載，其家藏書之多，可與秘府相比。曾以重金求購前世的著名書畫，藏於家中牆內。被抄家後，盦軸金玉為人破牆剔取，而書畫則被棄之於道。而王播亦太原人，與王涯同時，官至宰相兼領鹽鐵。但不聞有藏書畫事，亦未遇禍。元載，字公輔，岐山（今陝西鳳翔）人。唐代宗時宰相。後因罪被捕，賜自盡。《新唐書》本傳載抄其家，“胡椒至八百石，它物稱是”。

9. “長輿、元凱之病”二句：和嶠，字長輿，西平（今屬河南）人。晉武帝時，官至中書令。《晉書》本傳載，嶠家產豐富，可與王者相比。但非常吝嗇，被世人所譏。杜預說他有錢癖。杜預，字元凱，杜陵（今陝西西安）人。西晉初年滅吳的主將。著有《春秋左氏經傳集解》。《晉書》本傳載，杜預常說，王濟有馬癖，和嶠有錢癖。晉武帝聽說後，問杜預：“你有何癖？”對曰：“臣有《左傳》癖。”

10. 建中辛巳：宋徽宗建中靖國元年（1101），歲次辛巳。

11. 先君：李清照稱其已故的父親李格非。員外郎：尚書省各部諸曹的副長官，職位次於郎中。

12. 丞相：指趙明誠的父親趙挺之，於宋徽宗崇寧四、五年（1105-1106）任尚書右僕射兼中書侍郎，職位相當於古代的丞相。侍郎：尚書省各部均置侍郎，為部的副長官。

13. 太學：京師的最高學府。

14. 朔望：舊曆初一、十五日。謁告：請假。

15. 相國寺：故址在今河南開封。北宋時為汴京最大的寺廟，廟內有集市。孟元老《東京夢華錄》卷三載相國寺臨汴河大街，"每月五次開放萬姓交易"，"第二三門皆動用什物，庭中設綵帳露屋義鋪，賣蒲合、簟席、屏幃、洗漱、鞍轡、弓劍、時果、臘脯之類"，"殿後資聖門前，皆書籍、玩好、圖畫，及諸路罷任宮員土物香藥之類"。

16. 葛天氏之民：葛天氏，相傳為遠古帝王，此以喻生活簡樸而安定的遠古時代。

17. 飯蔬衣練（shū）：謂生活樸素。飯、衣，均動詞。練，布類。一作"綀"。練，粗糙的絲綢。劉向《說苑·反質》："於是更製練帛之衣，大白之冠朝（上朝見群臣），一年而齊國節儉也。"

18. 古文奇字：指秦漢以前文字。《晉書·衛恆傳》論六書："一曰孔氏壁中書也。二曰奇字，即古文而異者也。"

19. 日就月將：日積月累。語出《詩經·周頌·敬之》："日就月將，學有緝熙於光明。"就，成。將，進。

20. 館閣：掌管圖書、編修國史的官署。宋朝有昭文館、史館、集賢院館和祕閣、龍圖閣、天章閣等，統稱館閣。

21. 亡詩：指今本《詩經》三百零五篇以外的逸詩。逸史：正史以外的史籍。魯壁：《漢書·藝文志》："武帝末，魯共（恭）王壞孔子宅，欲以廣其宮，而得《古文尚書》及《禮記》、《論語》、《孝經》凡數十篇，皆古字也。"汲冢：《晉書·武帝紀》載，成寧五年（279）："汲郡人不準掘魏襄王冢，得竹簡小篆古書十餘萬言，藏於祕府。"

22. 崇寧：宋徽宗年號（1102-1106）。

23. 徐熙：五代時南唐大畫家，以畫花卉著稱。

24. 信宿：再宿為信。

25. 屏（bǐng）居鄉里十年：宋徽宗大觀元年（1107）趙挺之罷相，不久卒於京師，並被追奪贈官（見徐自明《宋宰輔編年錄》卷十一），此後趙明誠與李清照屏居鄉里。屏居，退職閒居。按趙氏本密州諸城人，移居青州（今山東益都縣）。《宋史·趙挺之傳》記挺之有"乞歸青州"語，鄉里，當指青州。

26. 仰取俯拾：謂持家勤儉，動有收益。《史記·貨殖列傳》："魯人俗儉嗇，而曹邴氏尤甚。以鐵冶起，富至巨萬。然家自父兄子孫約：俛（俯）有拾，仰有取。"

27. 連守兩郡：趙明誠曾任萊州、淄州知州（相當於郡守）。

28. 鉛槧：指著錄、校訂工作。鉛，指鉛粉筆，用以修改誤字。槧，書寫的木板。

29. 籤題：書籤、題識。

30. 彝：古代宗廟用的祭器。

31. 舒卷：把字畫卷軸展開。

32. 歸來堂：在青州趙氏故第內，取陶淵明《歸去來兮辭》之意名其堂。

33. "簿甲乙"二句：謂分門別類編製目錄，安放圖書。

34. 請鑰：取出鑰匙。上簿：登記上冊。

35. 關出：檢出。卷帙（zhì），合數卷為一帙，指書籍。帙，書套。

36. 坦夷：平易，不在意。

37. 惝慄：不安。

38. "食去重（讀平聲）肉"二句：謂節省衣食費用。《史記·管晏列傳》載晏嬰："以節儉力行重於齊。既相齊，食不重肉，妾不衣帛。"《後漢書·循吏傳序》載漢光武帝："身衣大練，色無重綵。"

39. 刓闕：殘缺。闕，同"缺"。

40. 副本：藏書家於善本書之外，另備同書的常用之本，曰副本。

41. 枕藉：謂縱橫堆積。

42. 神授：猶言神往。

43. 聲色狗馬：指歌舞、女色以及狗馬珍物之玩。《史記・殷本紀》："益收狗馬奇物，充仞宮室。"《漢書・食貨志下》："世家子弟、富人，或鬥雞，走狗馬。"

44. 靖康丙午歲：宋欽宗靖康元年（1126），歲次丙午。

45. 淄川：即淄州，今山東淄博。

46. 建炎丁未：宋高宗建炎元年（1127），歲次丁未。

47. 長（zhàng）物：多餘的物件。

48. 古器之無款識者：古代鼎彝等器物未鑄刻文字者（古器以有款識者為貴）。

49. 監本：五代以來國子監所刻的書稱監本，在當時為通行的版本。

50. 東海：即海州，治所在今江蘇連雲港西南海州鎮。

51. 建康：今江蘇南京。

52. 戊申：建炎二年（1128），歲次戊申。

53. 起復：古代官員遭父母之喪，在家守喪尚未滿期而應召任職者稱為起復。

54. 己酉：建炎三年（1129），歲次己酉。

55. 蕪湖：今屬安徽。

56. 姑孰：今安徽當塗。

57. 贛水上：指今江西省地區。聯繫下文看，當指洪州（今江西南昌）。

58. 池陽：今安徽貴池。

59. 湖州：治所在今浙江湖州。

60. 過闕上殿：謂上任之前，到朝廷朝見皇帝。時宋高宗在建康。闕，指宮闕。

61. 葛衣：謂夏衣。岸巾：戴頭巾露額。顯露曰岸。

62. 緩急：發生緊急事件（偏義複詞）。

63. 戟手遙應：在遠處舉起手回答。戟手，用手指中指指點，其形如戟（古兵器，有枝刃橫出），一般形容激憤罵人的樣子，這裏形容倉皇着急的樣子。

64. 必：假使。輜重：行李。

65. 宗器：古代宗廟的祭器和樂器。

66. 行在：皇帝出行所在之地。此指建康。痁（diàn）：瘧疾。段玉裁《說文解字注》："痁，有熱無寒之瘧也。"

67. 柴胡、黃芩（qín）：中醫所用兩種退熱的寒（涼）藥。此謂趙明誠急於把病治好（上文有"侯性素急"語），服食柴胡、黃芩過量，所以病況轉危。

68. 病危在膏肓（huāng）：謂病在心、膈之間，不可救治。膏，心下端的脂肪。肓，膈上的薄膜。《左傳》成公十年："疾不可為也，在肓之上，膏之下，攻之不可，達之不及，藥不至焉，不可為也。"

69. 殊無分香賣屨之意：謂不以身後事為念。曹操《遺令》："餘香可分與諸夫人，不命祭。諸舍中（姬妾）無所為，可學作組屨賣也。"

70. 朝廷已分遣六宮：時金兵南下，南宋朝廷實行疏散。李心傳《建炎以來繫年要錄》卷二十五載宋高宗建炎三年（1129）七月壬寅詔："迎奉皇太后（隆祐）率六宮往豫章（今江西），且奉太廟神主、景靈宮祖宗神御以行，百司非預軍旅之事者悉從。"六宮，古代皇后和妃嬪居住的地方。此指后妃、宮女等。

71. 他長物稱是：其餘應用的器物也相當於此數。

72. 從衛：擔任侍從、警衛之職。在洪州：時隆祐皇太后率領妃嬪、宮女及疏散官員退駐洪州（治所在今江西南昌）。

73. "冬十二月"二句:《宋史·高宗紀》載建炎三年十一月:"金人
陷洪州,權知州事李積中以城降。"

74. 《世說》:《世說新語》,南朝宋劉義慶著。《鹽鐵論》:漢桓寬
著。

75. 鼐(nài):大鼎。十數事:即十餘件。

76. 歸然獨存:王延壽《魯靈光殿賦序》:"自西京未央、建章之殿,
皆見隳壞,而靈光歸然獨存。"歸然,高峻獨立貌。此用成語,取
"獨存"義。

77. 上江:安徽省以西較之江蘇省居於長江之上游,故稱安徽以西為上
江,江蘇為下江。此指江西省。

78. 叵測:不可測度。

79. 敕局刪定官:敕局即編修敕令所,屬樞密院,掌管編輯詔旨,設置
提舉、詳定官與刪定官等員,選派職事官兼充。

80. 台:台州,治所在今浙江臨海。

81. 台守已遁之剡(shàn):謂台州郡守(知州)已逃往剡縣。《宋
史·高宗紀》載建炎四年(1130)正月,"丁卯,台州守臣晁公
為棄城遁。"剡:剡溪,在浙江剡縣南,此指剡縣。

82. "出陸"二句:由台州入海有水陸兩路,"走黃巖"為陸路。黃巖,
今浙江台州市黃巖區。

83. 行朝:即行在。

84. 駐蹕(bì):皇帝出行,沿途暫住,曰駐蹕。章安,今臨海鎮名。

85. 溫:溫州,治所在今浙江溫州。據《續資治通鑑》卷一〇六載,建
炎四年"二月丁亥,御舟至溫州江心寺駐蹕。"

86. 越:越州,治所在今浙江紹興。

87. 庚戌:宋高宗建炎四年(1130),歲次庚戌。

88. 放散百官:《建炎以來繫年要錄》卷三十六載宋高宗建炎四年十
月:"自金人破楚州,遊騎至江上,朝廷震恐,乃議放散百司。"
"詔放散行在百司,除侍從、台諫官外,……並量留官吏,餘令從

便寄居，春暖赴行在。"

89. 衢：衢州，治所在今浙江衢州。

90. 紹興辛亥：宋高宗紹興元年（1131），歲次辛亥。

91. 壬子：紹興二年（1132），歲次壬子。

92. 疾亟：病危。

93. 瑉（mín）：似玉的美石。

94. 頒金：謂寄頓金銀財物。一說，謂以玉器賄贈金人。頒，分與。

95. 密論列：向朝廷秘密檢舉。

96. 外廷：諱言朝廷遷流在外，借用舊詞（原與"內廷"或"中朝"對舉），婉稱外廷。

97. 移幸四明：《宋史·高宗紀》載建炎三年十月"壬辰，帝至越州"，十二月"丙子（《建炎以來繫年要錄》卷三十作"己卯"），帝至明州"。皇帝所至曰幸。四明，即明州，治所在今浙江寧波。

98. 無慮：大略。

99. 會稽：古代郡名，今浙江紹興。

100. 吳說：字傅朋，號練塘，錢塘（今浙江杭州）人。宋高宗時曾知信州（治所在今江西上饒）。為當時著名書法家（見王明清《揮麈後錄》卷十）。運使，轉運使的簡稱，宋朝各路主管軍需糧餉的官，後兼掌軍事，權甚重。

101. 東萊：古代郡名，即萊州，治所在今山東掖縣。

102. 芸籤：書籤。縹（piāo）帶：淡青色的帶子，用以束卷軸（宋以前書都用卷軸）。一說，縹帶是用以懸掛牙籤，作為藏書的標識。《舊唐書·經籍志下》："其集賢院御書：經庫皆鈿白牙軸，黃縹帶，紅牙籤；史書庫鈿青牙軸，縹帶，綠牙籤；子庫皆雕紫檀軸，紫帶，碧牙籤；集部皆綠牙軸，朱帶，白牙籤，以分別之。"韓愈《送諸葛覺往隨州讀書》詩："鄴侯家多書，插架三萬軸（卷）。——懸牙籤，新奇手未觸。"

103. 跋：書後的文字曰跋。題：書寫。

104. 墓木已拱：墳墓上的樹木已可兩手合抱。謂人死已久。《左傳》僖公三十二年載秦穆公使謂蹇叔曰：「爾何知？中壽，爾墓之木拱矣。」拱，兩手合抱。

105. 「昔蕭繹江陵陷沒」三句：蕭繹字世誠，梁武帝第七子。封湘東郡王。公元五五二年即位於江陵（今湖北荊州市），為梁元帝。魏軍破江陵，被殺。《南史·梁元帝紀》載江陵將淪陷時，蕭繹「聚圖書十餘萬卷盡燒之」。

106. 「楊廣江都傾覆」三句：隋煬帝楊廣於義寧二年（608）在江都（今江蘇揚州）為禁軍將領宇文化及等所殺。傾覆，覆沒。復取圖書，《太平廣記》卷二八○引《大業拾遺記》云：「武德四年，東都平後，觀文殿寶廚新書八千許卷，將載還京師。上官魏夢見煬帝大叱云：『何因輒將我書向京師？』於時太府卿宋遵貴監運……乃於陝州下書著大船中……於河值風覆沒，一卷無遺。上官魏又夢見帝喜云：『我已得書。』帝平存之日，愛惜書史。……及崩亡之後，神道猶懷愛惜。」

107. 尤物：珍異之物。

108. 少陸機作賦之二年：謂十八歲。杜甫《醉歌行》：「陸機二十作《文賦》。」仇兆鰲《詳注》引臧榮緒《晉書》：「陸機少襲父兵為牙門將軍。年二十而吳滅，退臨舊里，與弟雲勤學，機妙解情理，心識文體，故作《文賦》。」

109. 過蘧瑗知非之兩歲：謂五十二歲。蘧瑗，字伯玉，春秋時衛國大夫。《淮南子·原道訓》：「故蘧伯玉年五十，而知四十九年非。」

110. 「人亡弓」二句：《孔子家語·好生》：「楚（恭）王出遊，亡弓。左右請求之。王曰：『已（止）之。楚王失弓，楚人得之，又何求之焉？』孔子聞之曰：『惜乎其不大也。亦曰「人遺弓，人得之」而已，何必楚也！』」作者用此典故，意在自我寬慰：自己雖然失掉了金石書畫，但別人得到了也是一樣。

111. 好古博雅：《楚辭·招隱士》序："昔淮南王安，博雅好古，招懷天下俊偉之士。"博雅，淵博典雅。

112. 紹興二年玄黓歲壯月朔甲寅：即紹興二年壬子八月一日。紹興二年，洪邁《容齋四筆》卷五"趙德甫《金石錄》"條謂《後序》為紹興四年（1134）所作。按，紹興二年（1132）作者四十九歲，與文中"至過蘧瑗知非之兩歲"句牴觸，疑誤。玄黓（yì），《爾雅·釋天》："太歲……在壬曰玄黓。"紹興二年適為壬子年。壯月，陰曆八月。《爾雅·月陽》："八月為壯。"朔甲寅，按紹興二年八月朔為戊子，甲寅為八月二十七日。李慈銘疑"朔"字前脫"戊子"二字。易安室：李清照自號易安居士，取義於陶淵明《歸去來兮辭》的"審容膝之易安"，意謂住處簡陋而心情安適。易安室為其書齋名。

串講

　　第一段，講述寫作的緣由。先由書及人，交代《金石錄》一書的作者、內容和價值，然後抒發感慨。

　　第二段，回憶美好的過去。以情真意切的筆調，記述與趙明誠在宴爾新婚後的情狀：伉儷情深、志同道合的幸福，烹茶賭勝、賞玩金石的歡樂。在這樣滿是幸福歡樂的回憶裏，書畫古器已經並不只是書畫古器，它們還凝聚着她與趙明誠共有的美好往事。

　　第三段，回憶慘痛的遭際。戰亂中家破人亡之痛，顛沛流離之苦，在藏品流失這一個點上，得到了濃縮。細膩處，娓娓而談，如數家珍；沉痛處，曲折淋漓，如泣如訴。所記載的南渡初年動盪離亂的真實情況，可補史書記載之不足；所自述的家庭之盛衰變化，身世之坎坷飄零，其淒惻動人的藝術感染力，更堪與蔡琰《悲憤詩》媲美。

　　第四段，結束回憶，重返現實。在現實中，趙明誠墳頭的松柏搖曳於晚風夕陽之中，老境漸迫的作者正獨對青燈，翻閱遺卷。此情此景，怎不令人油然而生悽愴之思。

評析

　　李清照（1084-約1151），號易安居士，歷城（今山東濟南）人。父親李格非是學者兼散文家，以文章受知於蘇軾，母親出身於官宦人家，也有文學才能。自幼受到良好的家庭教育，使她多才多藝，能詩詞，善書畫，王灼《碧雞漫志》說她“自少年即有詩名，才力華贍，逼近前輩”。朱弁《風月堂詩話》也記載晁補之常向人稱讚她的詩句。十八歲時，嫁給太學生趙明誠，趙愛好金石之學，也有很高的文化修養。二人早期生活優裕，除詩詞唱和之外，還共同致力於金石書畫的搜集和整理。靖康之變，金兵入據中原，隨夫流寓南方，備嘗離亂之苦。建炎三年（1129）趙明誠卒於建康（今南京）後，她輾轉於越州、杭州、金華等地，境遇更加孤苦，飽嘗了人世間的種種辛酸，感情變得越來越沉摯、悲涼以至淒切。所以後期作品多悲歎身世，情調感傷，並流露出對中原的懷念。有再嫁之說，但疑莫能明。有《易安居士文集》、《漱玉詞》，已散佚。今人王仲聞有《李清照集校注》。

　　據洪邁《容齋四筆》卷五“趙德甫《金石錄》”條，本文作於紹興四年（1134）。趙明誠的《金石錄》是一部記載自上古三代至隋唐五代金文石刻的著作，據張端義《貴耳集》所云，李清照亦曾參與撰寫。此書模仿歐陽修《集古錄》體例，考據精審，對新舊《唐書》多所訂正。紹興中，李清照表進於朝。卷首原有趙明誠自序，卷末李清照寫了這篇後序。浦江清《李清照金石錄後序》（《國文月刊》第一卷第二期，1931 年）評論說：「此文詳記夫婦兩人早年之生活嗜好，及後遭逢離亂，金石書畫由聚而散之情形，不勝死生新舊之感。一文情並茂之佳作也。趙、李事蹟，《宋史》失之簡略，賴此文而傳，可以當一篇合傳讀。故此文體例雖屬於序跋類，以內容而論，亦同自敘文。清照本長於四六，此文卻用散筆，自敘經歷，隨筆提寫。其晚境淒苦鬱悶，非為文而造情者，故不求其工而文自工也。」

序文以金石文獻「得之艱而失之易」為主線，以切書序之題。但重點不在寫物，而在寫時事，尤其在寫人情。不過這物，與作者半生悲歡離合的生活和命運密切相關，凝結着她對往日美滿生活的溫馨追憶和遭遇變故後辛酸痛楚的感觸，反映出作者生活史和感情史的巨大轉折；而作者生活和感情的巨變又與南渡前後動亂不安的時代息息相關，金石存亡 ↔ 身世巨變 ↔ 時代動亂，三者互為關聯，文物的歷史映照出人的歷史，而個人的命運又折射出時代的命運，不僅小中見大——由家庭而見國家；而且因物見人——由書籍的得失聚散而見人世的悲歡離合，這使文章更顯得意蘊深沉。而文章最後一段關於得失聚散「乃理之常」的感慨，又把這一切提到普遍性的人生哲理的思考高度，增多了本文的思想內涵。清人李慈銘評本文云：「敘致錯綜，筆墨疏秀，蕭然出畦町之外。予向愛誦之，謂宋以後閨閣之文，此為觀止。」意見頗為中肯。

文天祥

指南錄後序

　　德祐二年正月十九日，予除右丞相兼樞密使，[1] 都督諸路軍馬。時北兵已迫修門外，[2] 戰、守、遷皆不及施。[3] 縉紳、大夫、士萃於左丞相府，[4] 莫知計所出。會使轍交馳，[5] 北邀當國者相見，[6] 眾謂予一行為可以紓禍。[7] 國事至此，予不得愛身，意北亦尚可以口舌動也。[8] 初，奉使往來，無留北者，予更欲一覘北，[9] 歸而求救國之策。於是辭相印不拜。[10] 翌日，以資政殿學士行。[11]

　　初至北營，抗辭慷慨，上下頗驚動，北亦未敢遽輕吾國。[12] 不幸呂師孟構惡於前，[13] 賈餘慶獻諂於後，[14] 予羈縻不得還，[15] 國事遂不可收拾。予自度不得脫，[16] 則直前詬虜帥失信，[17] 數呂師孟叔侄為逆；[18] 但欲求死，不復顧利害。北雖貌敬，[19] 實則憤怒。二貴酋名曰館伴，[20] 夜則以兵圍所寓舍，而予不得歸矣。未幾，賈餘慶等以祈請使詣北。[21] 北驅予並往，[22] 而不在使者之目。[23] 予分當引決，[24] 然而隱忍以行。昔人云：“將以有為也。”[25]

　　至京口，得間奔真州，[26] 即具以北虛實告東西二閫，[27] 約以連兵大舉。中興機會，庶幾在此。[28] 留二日，維揚帥下逐客之令。[29] 不得已，變姓名，[30] 詭蹤跡，[31] 草行露宿，³² 日與北騎相出沒於長淮間。³³ 窮餓無聊，³⁴ 追購又急；³⁵ 天高地迥，號呼靡及。³⁶ 已而得舟，避渚洲，³⁷出北海，³⁸ 然後渡揚子江，入蘇州洋，³⁹ 輾轉四明、天台，⁴⁰ 以至於永嘉。⁴¹

　　嗚呼！予之及於死者不知其幾矣！詆大酋當死；⁴² 罵逆賊當死。⁴³ 與貴酋處二十日，爭曲直，⁴⁴ 屢當死；去京口，挾匕首，以備不測，幾自剄死；⁴⁵ 經北艦十餘里，為巡船所物色，幾從魚腹死。⁴⁶ 真州逐之城門外，幾彷徨死；如揚州，過瓜洲揚子橋，⁴⁷ 竟使遇哨，無不死。揚州城下，進退不由，⁴⁸ 殆例送死；⁴⁹ 坐桂公塘土圍中，騎數千過其門，幾落賊手死；⁵⁰ 賈家莊幾為巡徼所陵迫死。⁵¹夜趨高郵，迷失道，幾陷死；質明，避哨竹林中，邏者數十騎，幾無所逃死。⁵² 至高郵，制府檄下，幾以捕繫死；⁵³ 行城子河，出入亂屍中，舟與哨相後先，幾邂逅死；⁵⁴ 至海陵，⁵⁵ 如高沙，⁵⁶ 常恐無辜死。道海安、如皋，凡三百里，北與寇往來其間，無日而非可死。⁵⁷ 至通州，幾以不納死。⁵⁸ 以小舟涉鯨波，⁵⁹ 出無可奈何，而死固付之度外矣。嗚呼！死生，晝夜事也。⁶⁰ 死而死矣，而境界危惡，層見錯出，非人世所堪。痛定思痛，痛何如哉！⁶¹

　　予在患難中，間以詩記所遭，今存其本，不忍廢，道中手自抄錄。使北營，留北關外，⁶² 為一卷；發北關外，歷吳門、毗陵，⁶³ 渡瓜洲，復還京口，為一卷；脫京口，趨真州、揚州、高郵、泰州、通州，為一卷；自海道至永嘉，來三山，[64]為一卷。將藏之於家，使來者讀之，[65]悲予志焉。[66]

　　嗚呼！予之生也幸，而幸生也何所為？求乎為臣，[67]主辱臣死，有餘僇；[68]所求乎為子，以父母之遺體，行殆而死，有餘責。[69]將請罪於君，君不許；請罪於母，母不許；請罪於先人之墓。生無以救國難，[70]死猶為厲鬼以擊賊，義也；賴天之靈，宗廟之福，修我戈矛，從王於師，[71]以為前驅，[72]雪九廟之恥，[73]復高祖之業，[74]所謂"誓不與賊俱生"，[75]所謂"鞠躬盡力，死而後已"，[76]亦義也。嗟夫！若予者，將無往而不得死所矣。[77]向也，使予委骨於草莽，予雖浩然無所愧怍，[78]然微以自文於君親[79]，君親其謂予何？誠不自意，返吾衣冠，[80]重見日

江西吉安文家村文丞相祠

月，[81] 使旦夕得正丘首，[82] 復何憾哉！復何憾哉！

　　是年夏五，改元景炎，[83] 廬陵文天祥自序其詩，[84] 名曰《指南錄》。

注釋

1. 除：被任命。右丞相：南宋時置左右丞相，為宰相之職。右丞相之位，略次於左丞相。樞密使：宋朝掌管國家軍事的最高長官。

2. 時北兵已迫修門外：《指南錄·自序》：“時北兵駐高亭山，距修門三十里。”北兵，指元兵。時元兵統帥為伯顏。修門，國都的城門。

3. “戰、守、遷”句：（因為時局緊迫）無論迎戰、守城或遷都，都來不及進行了。

4. 縉紳：指一般官僚。萃：聚集、會集。左丞相：時左丞相為吳堅（後降元）。

5. 使轍交馳：雙方使者往來頻繁，意謂兩國正通過使臣密切接觸。轍，車輪碾出的痕跡。

6. 當國者：執政的人。

7. 紓：解除。

8. “意北”句：估計元人也還可以用言語打動。

9. 覘北：察看元方情況。覘（chān），窺視，偷偷地察看。

10. 辭相印不拜：辭去丞相職。不拜，不接受任命。

11. 以資政殿學士行：《宋史·瀛國公（恭帝）紀》載德祐二年正月丙戌（二十日）：“命天祥同吳堅使大元軍。”《續資治通鑑》卷一百八十二載：與文天祥、吳堅一同出使者尚有謝堂、賈餘慶。資政殿學士，屬於顧問性質的官。宋朝宰相罷政，多授以此官。

12. “初至北營”四句：《指南錄》卷一“紀事”：“予詣北營，辭色慷慨。……大酋（伯顏）為之辭屈而不敢怒，諸酋相顧動色稱為丈

夫。是晚諸酋議良久，忽留予營中。當時覺北未敢大肆無狀。"遽
（jù），匆忙，馬上。

13. 呂師孟構惡於前：指和呂師孟有夙怨。按呂文煥守襄陽，叛變降
    敵；其姪師孟為兵部侍郎，替敵人作內應，於德祐元年出使元軍。
    《指南錄》卷一"紀事"："先是，予赴平江，入疏言：'叛逆遺
    孽不當待以姑息，乞舉《春秋》誅亂賊之法。'意指呂師孟。朝廷
    不能行。"構惡事指此。構惡，結成仇恨。

14. 賈餘慶獻諂於後：賈餘慶為同簽書樞密院事、知臨安府，與文天祥
    同使元軍。元軍留天祥不遣，賈餘慶實預其謀。《指南錄》卷一
    "紀事"："予既縶維，賈餘慶以逢迎繼之，而國事遂不可收拾。"
    同上書卷一《使北》："賈餘慶兇狡殘忍，出於天性，密告伯顏，
    使啟北庭，拘予於沙漠。"獻諂，（向元軍）獻媚。

15. 予羈縻不得還：《元史·伯顏傳》載："天祥數請歸，伯顏笑而不
    答。天祥怒曰：'我此來為兩國大事，別人都被遣歸了，為何偏偏
    留我？'伯顏曰：'別生氣。您是宋朝大臣，責任不輕。今日之
    事，正當與我共同處理。'令忙古歹、唆都二人在賓館陪伴羈
    押。"羈縻（jīmí），束縛、拘留的意思。

16. 度：忖度。

17. 前：走上前。

18. "詬虜帥失信"二句：《指南錄》卷一"紀事"："正月二十日至
    北營，適與文煥同坐。予不與語。越二日，予不得回闕，詬虜酋失
    信，盛氣不可止。……至是，文煥云：'丞相何故罵煥以亂賊？'
    予謂：'國家不幸至今日，汝為罪魁。汝非亂賊而誰？三尺童子皆
    罵汝，何獨我哉！'煥云：'襄守六年不救。'予謂：'力窮援絕，
    死以報國可也。汝愛身惜妻子，既負國，又隳家聲。今合族為逆，
    萬世之賊臣也。'孟在傍甚忿，直前云：'丞相上疏欲見殺，何為
    不殺取師孟！'予謂：'汝叔姪皆降北，不族滅汝，是本朝之失刑
    也，更敢有面皮來做朝士！予實恨不殺汝叔姪。……'"數，責備。

19. 貌：表面上。

20. 二貴酋：指忙古歹、唆都。時忙古歹為萬戶，唆都為招討使，都是元軍的高級將領。館伴：謂來賓館陪伴。

21. 賈餘慶等以祈請使詣北：《宋史·瀛國公紀》載，德祐二年二月壬寅（六日）："猶遣賈餘慶、吳堅、謝堂、劉岊（jié）、家鉉翁充祈請使。"祈請使，奉表請降、懇求元帝保存趙宋社稷的使節。詣北，指往元京大都（今北京市）。

22. 驅：逼迫。

23. 不在使者之目：文天祥先被拘執，元人卻逼迫他同祈請使賈餘慶等一道往大都，所以說不在使者之列。

24. 分當引決：理當自殺。

25. 將以有為也：語出韓愈《張中丞傳後敘》："（張）巡呼（南霽）雲曰：'南八，男兒死耳，不可為不義屈！'雲笑曰：'欲將以有為也；公有言，雲敢不死！'"將以有為，指打算暫時保全性命，待機滅敵建功。

26. "至京口"二句：《指南錄》卷三"脫京口"："二月二十九日夜，予自京口城中間道出江滸，登舟泝金山，走真州。"同時隨文天祥脫險者有杜滸等十一人。京口，今江蘇鎮江。得間，得到機會。真州，治所在今江蘇儀徵。

27. 東西二閫：指淮南東路和淮南西路兩制置使（掌管邊防的軍事長官）。淮東為李庭芝，駐揚州。淮西為夏貴，駐廬州（今安徽合肥）。閫，邊帥，統兵在外的將帥。

28. "中興機會"二句：《指南錄》卷三"議糾合兩淮復興"載文天祥至真州，守將苗再成向其陳述恢復策略，天祥"喜不自制"，認為"中興機會在此"，即作書與李庭芝、夏貴，約雙方連兵大舉。

29. 維揚帥下逐客之令：《指南錄》卷三"出真州"載淮東制置使李庭芝得報，誤認文天祥為元作奸細，下令真州守將苗再成殺他。再成不忍，開城門放他出城。維揚，即揚州。

30. 變姓名：當時文天祥稱自己是劉珠。

31. 詭蹤跡：隱避自己的行蹤。

32. 草：在荒野裏。露：在露天下。

33. 日與北騎相出沒於長淮間：當時淮東宋軍只守住真州、揚州、高郵等少數城市，主要交通線已被元軍所控制，故云。《續資治通鑑》卷一百八十一載德祐元年："時元兵東下，所過迎降，李庭芝率勵所部，固守揚州。"元將"阿珠乃築長圍，自揚子橋竟瓜洲，東北跨灣頭至黃塘，西北抵丁村，務欲以久困之。"長淮間，指淮水以南水網密布的地區。

34. 無聊：無所依靠，無以為生。

35. 追購：懸賞追捕。

36. "天高地迥"二句：猶俗語所謂"呼天不應，呼地不靈"。靡及，達不到。靡，無，沒有。

37. 渚：水中的小塊陸地。洲：水中陸地，比渚大。

38. 北海：長江口以北的海。

39. 蘇州洋：今上海市附近海面。

40. 四明：今浙江寧波。天台：今屬浙江。

41. 永嘉：舊郡名，治所在今浙江溫州。

42. 詆（dǐ）：斥罵。

43. 逆賊：指呂文煥、呂師孟叔姪。

44. 爭曲直：爭論是非。

45. "去京口"四句：《指南錄》卷三"候船難"："予先遣二校坐舟中，密約待予甘露寺下。及至，船不知所在。意窘甚。交謂船已失約，奈何！攜匕首，不忍自殘，甚不得已，有投水耳。余元慶褰裳涉水，尋一二里許，方得船至。各稽首以更生為賀。"

46. "經北艦十餘里"三句：《指南錄》卷三"上江難"："予既登舟，意泝流直上，他無事矣。乃不知江岸皆北船，迷亙數十里；鳴梆唱更，氣燄甚盛。吾船不得已，皆從北船邊經過，幸而無問者。至七里江，忽有巡者喝云：‘是何船？’梢答以‘河鮋船’。巡者大呼云：‘歹船！’歹者，北以是名反側奸細之稱。巡者欲經船前，適潮退，閣淺不能至。是時舟中皆流汗。其不來，僥倖耳！”物色，訪尋。從魚腹死，葬身魚腹，謂投水死。

47. 瓜洲：在今江蘇揚州市南長江濱。揚子橋：即揚子津。

48. 進退不由：不由己，謂進退失據。

49. 殆例送死：幾乎等於去送死。

50. “坐桂公塘土圍中”三句：《指南錄》卷三“至揚州”：“予不得已，去揚州城下，隨賣柴人趨其家，而天色漸明，行不能進。至十五里頭，半山有土圍一所，舊是民居，毀蕩之餘，無椽瓦，其間馬糞堆積。時惟恐北有望高者，見一隊人行，即來追逐，只得入此土圍中暫避。”又“數千騎隨山而行，正從土圍後過。一行人無復人色，傍壁深坐，恐門外得見。若一騎入來，即無噍類矣！時門前馬足與箭筒之聲，歷落在耳，只隔一壁。幸而風雨大作，騎只徑去。”桂公塘，小丘名，在揚州城外。

51. “賈家莊”句：《指南錄》卷三“賈家莊”：“予初五日隨三樵夫，黎明至賈家莊；止土圍中，臥近糞壤，風露淒然。……是夜僱馬趨高沙。”同上“揚州地分官”：“初五至晚，地分官五咆哮而來，揮刀欲擊人，凶燄甚於北，亟出濡沫（給錢），方免毒手。”巡檄，巡查的哨兵。陵迫，欺凌迫害。

52. “夜趨高郵”七句：《指南錄》卷三“高沙道中”：“予僱騎夜趨高沙，越四十里，至板橋，迷失道，一夕，行田畝中，不知東西。風露滿身，人馬饑乏。旦行霧中，不相辨。須臾，四山漸明，忽隱隱見北騎，道有竹林，亟入避。須臾，二十餘騎遶林呼噪。虞侯張慶右眼內中一箭，項二刀，割其髻，裸於地。帳兵王青縛去。杜架閣（滸）與金應，林中被獲，出所攜黃金賂邏者得免。予藏處距杜架閣不遠，北馬入林，過吾傍三四，皆不見，不自意得全。”高郵，今屬江蘇。質明，正明，黎明。

53. "至高郵" 三句：《指南錄》卷三 "至高沙"："予至高沙，奸細之禁甚嚴。……聞制使有文字報諸郡，有以丞相來賺城，令覺察關防。於是不敢入城，急買舟去。" 制府，指淮東制置使的府署。檄，曉諭或聲討的文書。

54. "行城子河" 四句：《指南錄》卷三 "發高沙"："二月六日城子河一戰，我師大捷。"又："積屍盈野，水中流屍無數，臭穢不可當，上下幾二十里無間斷。"又，"是日經行戰場，四顧闃然。悼人心惡，長恐灣頭有人出來，又恐岸上有馬來趕。正荒急間，偶然柁折，整柁良久，危哉險哉！"城子河，在高郵縣東南。邂逅，不期而遇。

55. 海陵：今江蘇泰縣。

56. 如高沙：謂至海陵後，和在高郵的艱險遭遇相同。高沙即高郵。《指南後錄》卷二《發高郵》："初出高沙門，輕舫遶城樓。"

57. "道海安如皋" 四句：《指南錄》卷三 "泰州"："予至海陵，問程趨通州，凡三百里河道，北與寇出沒其間，真畏途也。"同上書 "聞馬"："越一日，聞吾舟過海安未遠，即有馬（敵騎）至縣，使吾舟遲發一時頃，已為囚虜矣，危哉！"道，取道。海安、如皋，今屬江蘇。

58. "至通州" 二句：胡廣《丞相傳》載，文天祥 "至通州，幾不納。適牒報：'鎮江大索文丞相十日，且以三千騎追亡於瓜浦。'始釋制司前疑。而又追浙騎。賴通州守楊師亮出郊，聞而館於郡，衣服飲食，皆其料理。"通州，治所在今江蘇南通。

59. 涉鯨波：謂出海。鯨波，巨浪。

60. 死生晝夜事也：《莊子·至樂》："死生為晝夜。"《莊子·田子方》："死生終始將為晝夜。"

61. 痛定思痛：事後追想當時遭受的痛苦。語出韓愈《與李翱書》："如痛定之人，思當痛之時，不知何能自處也。"二句意謂遭受痛苦之後，再追憶當時的痛苦會更感悲痛。

62. 北關：北門。

63. 吳門：吳縣的別稱，即今江蘇蘇州。毘陵：古縣名，在今江蘇常州。

64. 三山：今福建福州。市內有閩山、越王山、九仙山，故名。

65. 來者：後人。

66. 悲：瞭解、同情的意思。

67. 求乎為臣：要求做一個好臣子。

68. "主辱臣死"二句：謂君主受到污辱，臣子理應去死，死了都留下恥辱。僇，羞恥。

69. "以父母之遺體"三句：《孝經·開宗明義章》："身體髮膚，受之父母，不敢毀傷，孝之始也。"此據其義而言，謂自己冒險而死，是要受到指責的。行殆而死，冒險而死。有餘責，死了還是要受到指責的。

70. 無以救國難：沒有辦法解救國家的危難。

71. "脩我戈矛"二句：《詩經·秦風·無衣》："王於興師，修我戈矛，與子同仇。"修我戈矛，整治好我們的武器。從王於師，跟隨君王在軍隊裏效力。

72. 以為前驅：做王師的先鋒。

73. 九廟：古時皇帝才能立九廟。《宋史·徽宗本紀》："崇寧三年立九廟。"謂以九廟供奉趙氏祖宗。

74. 高祖之業：祖宗開創國家之偉業。開國的皇帝稱高祖，此指宋太祖趙匡胤。

75. "誓不"句：元和十二年，憲宗欲討平淮、蔡叛軍，當時朝臣多主罷兵，只有裴度請自往督戰。憲宗謂裴度："卿真能為朕行乎？"對曰："臣誓不與此賊俱生！"（《通鑑》卷二〇四）

76. "鞠躬"二句：諸葛亮《後出師表》："先帝慮漢賊不兩立，王業不偏安，故託臣以討賊也。……臣鞠躬盡瘁，死而後已。"鞠躬，敬謹貌。

77. "若予"句：謂像我這樣的人，無論死於何處，都是死得其所，無有遺憾。

78. 浩然：光明磊落。

79. "然微以"句：然而沒有用來向君親掩飾自己身為大臣卻不能救國難的話。文，文飾。

80. 返吾衣冠：謂回到宋朝。衣冠，指漢族的服裝。

81. 日月：比喻最高統治者。

82. 旦夕：猶言早晚，謂時間之暫。正丘首，《禮記・檀弓上》："狐死正丘首。"鄭玄注："正丘首，正首丘也。"孔穎達疏："所以正首而向丘者，丘是狐窟穴根本之處。雖狼狽而死，意猶向此丘。"引申為死於故鄉、故國。

83. "是年夏五"二句：《宋史・瀛國公紀》載德祐二年（1276）五月："（陳）宜中等乃立（趙）昰於福州，以為宋主（即端宗），改元景炎。"

84. 廬陵：今江西吉安。

串講

　　第一部分（一至四段），自敘出使元營所遭遇的種種磨難。其中一至三段重在記敘，第四段則以抒情為主。

　　第一段，先講自己是在"時北兵已迫修門外，戰、守、遷皆不及施"的嚴重形勢下出使北營的。再講自己當時的心情是"不得愛身"，即已抱定了為國捐軀的決心。其意圖是：一方面"意北亦尚可以口舌動也"，另一方面是"更欲一覘北，歸而求救國之策"。

　　第二段，記述至北營大致經歷的三個階段：第一階段是"初至北營……北亦未敢遽輕吾國。"第二階段是"不幸呂師孟

構惡於前，賈餘慶獻諂於後……予不得歸矣。”第三階段是
“未幾……北驅予並往，而不在使者之目。”最後講本來是“分
當引決”的，但仍“隱忍以行”，是為了“將以有為也”。

第三段，寫北行途中得脫的行程。可分為三層。第一層，
“至京口……中興機會，庶幾在此”，寫得脫後的喜悅。第二
層，“留二日，……天高地迥，號呼靡及。”寫受誤會後的困
境。第三層，“已而得舟，……以至於永嘉。”寫得舟後急於
南下的急迫心情。

第四段，以抒情為主，表明愛國、憂國的心志。可分為三
層：第一層，“嗚呼！予之及於死者不知其幾矣！”此句引出
“及於死”的危難，總起下文。第二層，“詆大酋當死……而死
固付之度外矣！”共用十七個排比句，情感真摯，氣勢磅礴，
再現了文天祥此次北行歷經的種種磨難。第三層，“嗚
呼！……痛定思痛，痛何如哉！”進一步抒發了出生入死而國
事難為的巨大傷痛。

第二部分（五至六段），主要說明寫作情況和結集目的、
集名。這部分告訴我們，文天祥之詩是“在患難中，間以詩記
所遭”，“今存其本，不忍廢”而保存下來的。文天祥將詩結
成集的目的是“將藏之於家，使來者讀之，悲予志焉”。

評析

文天祥（1236-1283），字履善，又字宋瑞，號文山。吉
州廬陵（今江西吉安）人。宋理宗寶祐四年（1256）二十歲時，
考取進士第一名，任官不到兩月即與權貴作尖銳的鬥爭，屢遭
彈劾仍堅持正義。宋恭帝德祐元年（1275）元兵東下，朝廷召

諸路"勤王",文天祥積極響應,以全部家產充軍費,在贛州組織武裝,入衛臨安(今浙江杭州)。次年元軍大舉南下,駐軍於皐亭山,文天祥被任為右丞相兼樞密使。受命出使元軍議和,他不辱國體,慷慨陳辭,觸怒元方丞相伯顏,被扣留,解送北方;行至鎮江逃脫,歷盡艱險,由海道南下至福建。端宗景炎二年(1277年)進兵江西,收復州縣多處。不久為元兵所敗,退入廣東。次年在五坡嶺(今廣東海豐北)被俘。被押到大都(今北京)後,元世祖忽必烈以宰相作為誘降條件,遭到文天祥的嚴辭拒絕。右丞相鄧光薦和元將張弘範勸其降元,亦遭唾罵。文天祥歷盡折磨而矢志不屈,自認為宋朝"狀元宰相",必須一死以盡"忠"。景炎三年(1283)十二月初九在柴市口從容就義,年僅四十七歲。戰亂中於所遭險難及平生戰友事蹟,均有詩歌反映,編集為《指南錄》。其中《過零丁洋》"人生自古誰無死,留取丹心照汗青"是歷來廣為傳誦的名句。寫於大都獄中的《正氣歌》激昂慷慨、蒼涼悲壯,更是體現其崇高氣節和至死不渝的堅貞意志的不朽之作。有《文山先生全集》。

　　《指南錄》是文天祥的一部詩集名,共四卷,係作者輾轉長江南北時(1276－1277)所作。集名取自作者《渡揚子江》"臣心一片磁鍼石,不指南方不肯休"的詩意,集中地表現他力圖恢復,念念不忘祖國的百折不撓的意志。詩集有自序兩篇,此為《後序》,追敘其德祐二年(1276)出使元營,被扣押後歷盡艱辛,在強敵面前威武不屈,終於萬死一生,得以脫險的經過,字裏行間悲憤交集,和《正氣歌》一樣,不僅記錄了一位仁人志士曲折驚險的生活經歷,更表現了一位民族英雄守義不屈的愛國精神，和奔走報國、艱苦戰鬥的頑強意志。

全篇記敘、抒情與議論相結合。如寫被驅北上時，"予分當引決，然而隱忍以行。昔人云：'將以有為也。'"這裏的記敘包含着克制內心無限痛苦的強烈感情，同時又帶有議論成分。又如，文中用大段抒情與描寫相結合的文字探討了生與死的問題。在語言上，本文生動而準確。如文中表現行蹤的動詞，表示離開某地用"去（京口）"，表示前往某地用"如（揚州）"，"趨（高郵）"；表示到達某地用"至（海陵）"，"來（三山）"；表示經由某處用"過（瓜洲揚子橋）"，"道（海安、如皋）"，"歷（吳門、毘陵）"。此外，動詞"奔"、"變"、"詭"、"行"、"宿"、"出"、"沒"、"窮餓"、"呼號"、"避"、"渡"、"入"、"輾轉"，都準確地表明了活動地點，也表達了作者心情急切、緊張和經歷的坎坷。在氣勢上，本文磅礡洶湧，感情充沛，特別是連寫"及於死者不知其幾"的具體情況，疊用排句，豐富多變，以實錄式的精煉筆墨，抒發了豪邁奔放的感情。